DACIA MARAINI

A longa vida de Marianna Ucrìa

TRADUÇÃO E NOTAS DE
FRANCISCO DEGANI

NOVALEXANDRIA

©Copyright 1993-2015 RCS Libri S.p.A. / Milan
©Copyright 2016-2017 Rizzoli Libri S.p.A. /BUR, Milan
©Copyright 2018 Mondadori S.p.A. /BUR, Milan

Todos os direitos reservados.
Título original: *La lunga vita di Marianna Ucrìa*

Editora Nova Alexandria
Rua Engenheiro Sampaio Coelho, 113
CEP 04261-080 - São Paulo/SP
Fone/fax: (11) 2215-6252
Site: www.editoranovaalexandria.com.br
E-mail: vendas@novaalexandria.com.br

Coordenação Editorial – Rosa Maria Zuccherato
Tradução e notas: Francisco Degani
Revisão: Renata Melo
Capa, Projeto Gráfico e Editoração Eletrônica: Mauricio Mallet Art & Design

Dados Internacionais de Catalogação na Publicação (CIP)

Maraini, Dacia
   A longa vida de Marianna Ucrìa / Tradução e notas Francisco Degani . - 1a ed. - São Paulo: Editora Nova Alexandria, 2025.
   256 p.; il.; 15,5 x 23 cm.

ISBN: 978-85-7492-526-4

1. Itália

16-0113   CDU 853

Índice para catálogo sistemático:
1. Literatura de italiana, 2. Romance

O presente trabalho foi realizado com o apoio do Istituto Italiano di Cultura di Rio de Janeiro

DACIA MARAINI

A longa vida de Marianna Ucrìa

TRADUÇÃO E NOTAS DE
FRANCISCO DEGANI

NOVALEXANDRIA

1ª Edição - 2025

I

Ali estão eles, um pai e uma filha: ele, loiro, belo, sorridente; ela, desajeitada, sardenta, assustada. Ele, elegante e descuidado, com as meias caídas, a peruca enfiada de través; ela, fechada dentro de um corpete vermelho que ressalta a pele clara.

A menina segue, pelo espelho, o pai que, inclinado, ajusta as meias brancas nas panturrilhas. A boca se move, mas o som das palavras não a alcança, perde-se antes de chegar a seus ouvidos, como se a distância visível que os separa fosse somente um empecilho aos olhos. Parecem próximos, mas estão distantes mil milhas.

A menina espia os lábios do pai que agora se movem depressa. Sabe o que ele está dizendo, mesmo que não o ouça: que se apresse a cumprimentar a senhora mãe, que desça ao pátio com ele, que monte logo na carruagem porque, como sempre, estão atrasados.

Enquanto isso, Raffaele Cuffa, que quando está na *casena*[1] caminha com passos leves e cautelosos como uma raposa, alcançou o duque Signoretto e lhe entregou uma grande cesta de vime trançado, na qual se sobressai uma cruz branca.

O duque abre a tampa com um leve movimento do pulso, que a filha reconhece como um dos seus gestos costumeiros: é o movimento irritadiço com que põe de lado as coisas que o aborrecem. Aquela mão indolente e sensual se enfia entre os panos bem estirados, estremece ao contato com o gélido crucifixo de prata, aperta o saquinho cheio de moedas e se retira rapidamente. A um sinal, Raffaele Cuffa apressa-se em fechar a cesta. Agora se trata apenas de fazer os cavalos correrem até Palermo.

Marianna, no entanto, entra precipitada no quarto de dormir dos pais, onde encontra a mãe entre os lençóis, a larga camisola de rendas a escorregar-lhe sobre o ombro, os dedos cerrados ao redor de uma tabaqueira de esmalte.

---

[1] Termo siciliano: casa para empregados, também usada para guardar materiais e outros objetos e como cabana de caça. Nas demais notas semelhantes ao longo do livro, a expressão "termo siciliano" será representada pela abreviatura T. S.

A menina para por um instante, dominada pelo odor de tabaco ao mel misturado aos outros eflúvios que acompanham o despertar materno: óleo de rosas, suor rançoso, urina seca, pastilhas ao perfume de lírios.

A mãe abraça a filha com um gesto de preguiçosa ternura. Marianna vê os lábios que se movem, mas não quer fazer o esforço de adivinhar as palavras. Sabe que ela está dizendo para não atravessar a rua sozinha, porque surda como é, pode ser atropelada por uma carruagem que não ouviu chegar. E também os cães, grandes ou pequenos, que se afaste dos cães. Suas caudas, bem sabes, alongam-se até se envolverem em torno da cintura das pessoas como fazem as quimeras e depois, zás, espetam com a ponta bifurcada e morres sem perceber...

Por um momento, a menina olha o queixo gorducho da senhora mãe, a boca belíssima, de linhas puras, as faces lisas e rosadas, os olhos ingênuos, arredios e distantes: "nunca serei como ela", pensa, "nunca, nem mesmo morta".

A senhora mãe agora está falando dos cães-quimera, que se alongam como serpentes, que fazem cócegas com os bigodes, que encantam com os olhos maliciosos, mas ela escapa depois de lhe dar um beijo apressado.

O senhor pai já está na carruagem. Mas em vez de gritar, canta. Ela sabe disso pelo modo como infla as bochechas, como levanta as sobrancelhas. Assim que ela apoia o pé no estribo, sente que a agarram do interior e a colocam no assento. A portinhola é fechada por dentro com um golpe seco. E os cavalos partem a galope chicoteados por Peppino Cannarota.

A menina se acomoda no assento estofado e fecha os olhos. Às vezes os dois sentidos com os quais mais conta estão tão alerta que brigam miseravelmente entre si. Os olhos têm a ambição de possuir as formas completas em sua integridade e o olfato, por sua vez, rebela-se, pretendendo fazer passar o mundo todo por aqueles dois minúsculos furos de carne do nariz.

Agora, baixou as pálpebras para descansar por um momento as pupilas e as narinas começaram a sorver o ar reconhecendo e catalogando os odores meticulosamente: como é prepotente a colônia de alfazema que impregna o colete do senhor pai! Debaixo dela, sente a fragrância do pó de arroz que se mistura à cera do assento, à acidez dos piolhos esmagados, ao prurido da poeira da estrada que entra pelas frestas das portinholas, além de um leve perfume de menta que exala dos prados da Villa[2] Palagonia.

Mas um solavanco mais forte do que os outros a obriga a abrir os olhos. Vê o pai, que dorme no assento à sua frente, o tricórnio[3] caído sobre o ombro, a peruca atravessada na testa suada, os cílios loiros pousados com graça sobre as faces recém barbeadas.

Marianna afasta a cortina arroxeada com águias douradas em relevo. Vê um pedaço de estrada poeirenta e os gansos que fogem das rodas abrindo as asas. No silêncio de sua cabeça bailam as imagens da campanha de Bagheria: os sobreiros retorcidos de tronco nu e avermelhado, as oliveiras de ramos pesados por minúsculos ovos verdes, os espinheiros que tendem a invadir a estrada, os campos cultivados, os figos-da--índia, os tufos de canas e, atrás, ao fundo, as colinas ventosas do Aspra.

A carruagem, agora, transpõe os dois pilares do portão da Villa Butera e se dirige para Ogliastro e Villabate. A pequena mão agarrada à cortina continua grudada ao tecido, sem se importar com o calor que sai do pano de lã áspera. Em sua postura rígida e firme há também a vontade de não acordar o senhor pai com barulhos involuntários. Mas que boba! E os barulhos da carruagem que roda sobre a estrada cheia de buracos? E os berros de Peppino Cannarota ao incitar os cavalos? E o estalar do chicote? E o latir dos cães? Mesmo que para ela sejam apenas barulhos imaginados, para ele são reais. No entanto, eles a incomodam, e a ele não. Que peças prega a inteligência aos sentidos mutilados!

---

[2] Moradia senhoril, unifamiliar, elegante, circundada por um parque ou um jardim, situada no campo, utilizada principalmente no verão ou em períodos de férias.
[3] Chapéu de três pontas popular entre os séculos XVI e XVIII.

Pelas canas que balançam preguiçosas movidas pelo vento africano, Marianna percebe que estão chegando a Ficarazzi. Ao fundo, à esquerda, o barracão amarelo chamado "a usina de açúcar". Pelas frestas da portinhola fechada insinua-se um cheiro forte, ácido. É o cheiro da cana cortada, moída, desfibrada, transformada em melaço.

Os cavalos hoje voam. O senhor pai continua a dormir, apesar dos solavancos. Ela gosta que esteja ali abandonado em suas mãos. De vez em quando, ela se inclina e lhe ajusta o tricórnio, espanta uma mosca mais insistente.

O silêncio é uma água morta no corpo mutilado da menina que recém completou sete anos. Naquela água parada e clara, boiam a carruagem, os terraços com panos estendidos, as galinhas que correm, o mar que se vê ao longe, o senhor pai adormecido. Tudo isso pesa pouco e facilmente muda de lugar, mas cada coisa está ligada à outra por aquele fluido que mescla as cores e desfaz as formas.

Quando Marianna volta a olhar para fora, repentinamente se vê diante do mar. A água é límpida e bate de leve em grandes pedras cinzentas. Sobre a linha do horizonte, um grande barco de velas frouxas se move da direita para a esquerda.

Um ramo de amoreira bate contra o vidro. Amoras roxas se esmigalham com força contra a janelinha. Marianna se afasta, mas é tarde: o choque a fez bater a cabeça contra o umbral. A senhora mãe tem razão: seus ouvidos não são bons para servir de aviso e os cães podem pegá-la de um momento ao outro pela rua. Por isso seu nariz tornou-se tão aguçado e os olhos são rapidíssimos em adverti-la de qualquer objeto em movimento.

O senhor pai abriu os olhos por um instante e depois voltou a cair no sono. E se lhe desse um beijo? Aquele rosto fresco com sinais de uma navalha impaciente lhe dá vontade de abraçá-lo. Mas se contém, porque sabe que ele não gosta de denguices. E também por que acordá-lo enquanto dorme tão tranquilo? Por que trazê-lo a mais um dia de *camurrie*[4], como ele diz, e também escreveu em um papelzinho com sua bela caligrafia redonda e torneada?

Pelos solavancos regulares que sacodem a carruagem, a menina percebe que chegaram a Palermo. As rodas passaram a girar sobre o calçamento e lhe parece ouvir o seu ruído cadenciado.

Dentro em pouco, dobrarão para Porta Felice, depois, tomarão o Cassaro Morto e depois? O senhor pai não lhe disse para onde a está levando, mas, pela cesta que Raffaele Cuffa entregou-lhe, pode adivinhar. Ao Vicariato[5]?

II

É justamente diante da fachada do Vicariato que a menina se encontra quando desce da carruagem, ajudada pelo braço do pai. Uma mímica que a fez rir: o despertar precipitado, uma ajeitada sobre as orelhas da peruca empoada, um tapa no tricórnio e um salto do estribo com um movimento que queria ser desenvolto, mas resultou desajeitado; por pouco não caía estendido no chão de tanto que suas pernas estavam entorpecidas.

As janelas do Vicariato são todas iguais: cheia de grades entrelaçadas que terminam em pontas ameaçadoras. O portão, marchetado de tachas enferrujadas, uma maçaneta em forma de cabeça de lobo com a boca aberta. É propriamente a prisão com toda a sua feiura, e, quando as pessoas passam diante dela, viram a cabeça para o outro lado, para não a ver.

O duque está para bater, mas a porta se abre e ele entra como se fosse a sua casa. Marianna vai atrás, entre as mesuras dos guardas e dos criados. Um deles lhe sorri surpreso, outro lhe faz cara feia, outro ainda tenta segurá-la pelo braço. Mas ela se solta e corre atrás do pai.

Um corredor estreito e longo: a filha se esforça para seguir o pai, que avança em largos passos para a galeria. Ela saltita sobre os sapatinhos

---

[4] T. S.: aborrecimento prolongado.
[5] Prédio ou palácio de uma circunscrição episcopal.

de cetim, mas não consegue alcançá-lo. Em certo ponto, pensa tê-lo perdido, mas ele a está esperando depois da curva.

Pai e filha estão em uma sala triangular mal iluminada por uma única janela colocada no teto abobadado. Ali, um criado ajuda o senhor pai a tirar a casaca e o tricórnio. Pega a peruca e a pendura num cabide na parede. Ajuda-o a vestir a longa túnica de tecido branco que estava na cesta juntamente com o rosário, uma cruz e um saquinho de moedas.

Agora o chefe da Capela da Nobre Família dos Brancos está pronto. Nesse meio tempo, sem que a menina perceba, chegaram outros cavalheiros, eles também de túnica branca. Quatro fantasmas com o capuz em volta do pescoço.

Marianna olha para cima, enquanto os criados, com as mãos ágeis, atarefam-se em volta dos Irmãos Brancos como se fossem atores que se preparam para entrar em cena: as dobras das túnicas devem ser bem retas, caindo alvas e modestas sobre os pés calçados com sandálias, os capuzes devem descer até o pescoço com as pontas brancas levantadas para o alto.

Agora os cinco homens estão iguais, não se distinguem um do outro: branco sobre branco, piedade sobre piedade; somente as mãos, quando saem por entre as pregas, e o pouco de preto que cintila pelos dois furos do capuz deixam que se adivinhe a pessoa.

O mais baixo dos fantasmas se inclina sobre a menina, agita as mãos virando-se para o senhor pai. Está indignado, percebe-se por como bate um pé no piso. Outro Irmão Branco intervém dando um passo adiante. Parece que vão se atracar. Mas o senhor pai os faz calar com um gesto autoritário.

Marianna sente o tecido frio e macio da túnica paterna que toca seu pulso nu. A mão direita do pai se aperta ao redor dos dedos da filha. O nariz lhe diz que está para acontecer algo de terrível, mas o quê? O senhor pai a arrasta por outro corredor e ela caminha sem olhar onde põe os pés, tomada por uma curiosidade lívida e excitada.

No fundo do corredor, encontram escadas íngremes de pedra escorregadia. As mãos dos cavalheiros agarram suas túnicas como fazem as senhoras com suas amplas saias, levantando as pontas para não tropeçar. Os degraus de pedra destilam umidade e se enxerga mal, apesar de um guarda os preceder, carregando alta uma tocha acesa.

Não há janelas, altas ou baixas. De repente cai uma noite com cheiro de óleo queimado, excrementos de rato, gordura de porco. O Capitão justiceiro entrega as chaves do *dammuso*[6] ao duque Ucrìa, que prossegue até encontrar um portãozinho de madeira reforçada com tábuas. Ali, ajudado por um rapaz de pés descalços, abre o ferrolho atarraxado e puxa uma grande barra de ferro.

A porta se abre. A chama fumarenta ilumina um pedaço de piso em que as baratas correm enlouquecidas. O guarda levanta a tocha e joga algumas línguas de luz sobre dois corpos seminus que jazem ao longo da parede, os tornozelos presos por grossas correntes.

O mestre ferreiro, saído sabe-se lá de onde, inclina-se para soltar os ferros de um dos prisioneiros. Um rapaz de olhos remelentos, que se impacienta com a lentidão da operação, levanta um pé até quase tocar com o dedão o nariz do ferreiro. E ri, mostrando uma boca grande, desdentada.

A menina esconde-se atrás do pai, que, de vez em quando, inclina-se sobre ela e lhe faz uma carícia brusca, mais para verificar se ela está realmente olhando do que para encorajá-la.

Finalmente livre, o jovem se levanta. Marianna descobre que é quase um menino, deve ter mais ou menos a idade do filho de Cannarota, morto de malária poucos meses antes, com treze anos.

Os outros prisioneiros ficam mudos, olhando. Assim que o rapaz começa a caminhar para cima e para baixo com os tornozelos livres, retomam o jogo deixado pela metade, contentes por dispor de tanta luz.

O jogo consiste em matar piolhos: quem esmaga mais e mais rapidamente entre os dois polegares vence. Os piolhos mortos são

---

[6] T. S.: espécie construção em pedra de origem árabe utilizada como prisão em que os prisioneiros não podem falar com quem está fora.

delicadamente colocados sobre uma moedinha de cobre. Aquele que vence pega a moedinha.

A menina está absorta olhando os três que jogam, suas bocas se abrem ao riso e gritam palavras mudas para ela. Já não tem medo, agora pensa com tranquilidade que o senhor pai quer levá-la consigo ao inferno: deve haver uma razão secreta, alguma coisa que entenderá depois.

Ele a levará para ver os danados imersos na lama, os que caminham com pedras nas costas, os que se transformam em árvores, os que soltam fumaça pela boca por terem comido carvões ardentes, os que se arrastam como serpentes[7], os que são transformados em cães que alongam a cauda até fazer arpões para fisgar os passantes e levá-los à boca, como disse a senhora mãe.

Mas o senhor pai está ali para isso, para salvá-la das armadilhas. Além disso, o inferno, se visitado pelos vivos como fazia o senhor Dante, também pode ser bonito de se ver: eles lá que sofrem e nós aqui que olhamos. Não é esse o convite daqueles alvos encapuzados que se passam o rosário de mão em mão?

III

O rapaz a observa, desvairado, e Marianna devolve seus olhares, decidida a não se deixar intimidar. Mas as pálpebras dele estão inchadas e purgam; provavelmente não enxerga bem, pensa a menina. Sabe-se lá como a vê; grande e gordinha como no espelho deformante de tia Manina ou pequena e sem carne. Naquele momento, a uma careta dela, o rapaz se desmancha em um sorriso obscuro, torto.

O senhor pai, com a ajuda de um Irmão Branco encapuzado, pega-o pelos braços, puxa-o para a porta. Os jogadores retornam à semiescuridão de todos os dias. Duas mãos magras levantam a menina e a pousam com delicadeza no primeiro degrau da escada.

---

[7] Referência às penas dos condenados ao Inferno, na *Divina Comédia*, de Dante Alighieri.

A procissão recomeça: o guarda com a tocha acesa, o senhor duque Ucrìa com o prisioneiro pelo braço, os outros Irmãos Brancos, o mestre ferreiro e dois criados de casaco preto atrás. De novo estão na sala triangular entre um vai e vem de guardas e valetes que ajeitam archotes, trazem cadeiras, carregam bacias de água morna, toalhas de linho, bandejas com pão fresco e frutas cristalizadas.

O senhor pai se inclina sobre o rapaz com gestos afetuosos. Nunca o tinha visto tão terno e carinhoso, pensa Marianna. Com a mão em concha, pega água da bacia, fá-la escorrer sobre as faces empastadas de muco do rapaz; depois limpa-o com a toalha limpa que lhe estende o valete. Logo depois pega um pedaço de pão branco e macio e sorrindo entrega-o ao prisioneiro, como se fosse o mais querido de seus filhos.

O rapaz deixa-se cuidar, limpar, alimentar sem dizer uma palavra. Às vezes sorri, às vezes chora. Alguém coloca em suas mãos um rosário de grandes contas de madrepérola. Ele o apalpa com a ponta dos dedos, depois, deixa-o cair no chão. O senhor pai faz um gesto de impaciência. Marianna inclina-se para pegar o rosário e o coloca nas mãos do rapaz. Por um instante sente o contato de dois dedos calosos, frios.

O prisioneiro estira os lábios na boca, metade sem dentes. Os olhos avermelhados foram banhados com um lenço embebido em colônia de alfazema. Sob o olhar indulgente dos Irmãos Brancos, o condenado estica a mão para a bandeja, olha por um momento ao redor, atemorizado, depois põe na boca uma ameixa cristalizada cor de mel.

Os cinco cavalheiros ajoelham-se e desfiam o rosário. O rapaz, com a boca cheia de doces, é gentilmente empurrado de joelhos para que reze com eles.

As horas mais quentes da tarde transcorrem em rezas sonolentas. De vez em quando, um valete se aproxima, trazendo uma bandeja cheia de copos d'água e anis. Os Brancos bebem e voltam a rezar. Um enxuga o suor, outros cochilam e acordam aos sobressaltos, voltando a desfiar o rosário. O rapaz também adormece depois de engolir três damascos cristalizados. Ninguém tem coragem de acordá-lo.

Marianna observa o pai que reza. Mas aquele encapuzado ali será o senhor duque Signoretto ou será aquele outro com a cabeça caída? Parece-lhe ouvir a sua voz que recita lentamente a ave-maria.

Na concha do ouvido, agora silenciosa, conserva algum resíduo de vozes familiares: aquela gorgolejante, rouca, da senhora mãe, aquela aguda da cozinheira Innocenza; aquela sonora, bonachona do senhor pai que, de vez em quando, alterava-se e estraçalhava-se desagradavelmente.

Talvez até tivesse aprendido a falar. Mas quantos anos tinha? Quatro ou cinco? Uma menina retardada, silenciosa e absorta que todos tinham a tendência de esquecer em algum canto para depois se lembrarem de repente e repreendê-la por ter se escondido.

Um dia, sem qualquer razão, emudecera. O silêncio tomara conta dela como uma doença ou talvez como uma vocação. Não ouvir mais a voz alegre do senhor pai parecera-lhe muito triste. Mas depois, habituara-se. Agora tem uma sensação de alegria ao olhá-lo falar sem apreender as palavras, quase uma maliciosa satisfação.

"Nasceste assim, surda-muda", uma vez o pai lhe escrevera num caderno e ela precisou se convencer de ter inventado aquelas vozes distantes. Sem poder admitir que o querido senhor pai, que a ama tanto, diga mentiras, deve se considerar visionária. A imaginação não lhe falta e nem o desejo da palavra, por isso:

> *Tulì tulì tulì*
> *setti fimmini p'un tarì.*
> *Un tarì è troppu pocu,*
> *setti fimmini p'un percocu.*[8]

Mas os pensamentos da menina são interrompidos pelo movimento de um Branco que sai e volta com um grosso livro, no qual está escrito

---

[8] Antiga cantiga siciliana: "Tulí, tulí, tulí/sete mulheres por um tarí./Um tarí é muito pouco,/sete mulheres por um abricó".

em letras de ouro DESENCARGOS DE CONSCIÊNCIA. O senhor pai acorda o rapaz com um tapinha gentil e juntos se afastam para um canto da sala, onde a parede forma um nicho e uma placa de pedra está embutida para servir de assento.

Lá, o duque Ucrìa de Fontanasalsa curva-se ao ouvido do condenado, convidando-o a se confessar. O rapaz murmura algumas palavras com a jovem boca desdentada. O senhor pai insiste afetuoso encorajando-o. O outro finalmente sorri. Agora parecem pai e filho que falam desenvoltos sobre coisas de família.

Marianna os observa tomada de espanto: o que pensa estar fazendo aquele papagaio empoleirado ao lado do pai, como se o conhecesse desde sempre, como se tivesse segurado nas mãos as mãos impacientes dele, como se conhecesse de memória o seu perfil, como se sempre tivesse tido, desde que nasceu, os cheiros dele nas narinas, como se tivesse sido mil vezes agarrado por dois braços robustos que o faziam saltar de uma carruagem, de uma liteira, do berço, das escadas, com o ímpeto que só um pai carnal pode sentir pela própria filha? O que pensa fazer?

Um forte desejo de matar lhe sobe pela garganta, invade o palato, queima a língua. Jogará uma bandeja na cabeça dele, enfiará uma faca no peito, arrancará todos os seus cabelos. O senhor pai não pertence a ele, mas a ela, àquela desgraçada muda que tem só um bem no mundo, o senhor pai.

Os pensamentos homicidas desaparecem com um brusco movimento de ar. A porta se abriu e na soleira surgiu um homem de barriga de melão. Está vestido como um bufão, metade de vermelho e metade de amarelo: jovem e corpulento, tem as pernas curtas, os ombros robustos, os braços de lutador, os olhos pequenos e vesgos. Mastiga sementes de abóbora e cospe as cascas para cima com alegria.

O rapaz, quando o vê, empalidece. Os sorrisos que lhe arrancou o senhor pai morrem em seu rosto; os lábios começam a tremer e os olhos, a lacrimejar. O bufão aproxima-se dele sempre cuspindo sementes de abóbora para cima. Quando o vê deslizar para o chão como um trapo molhado, faz um gesto aos dois criados para que o levantem pelas axilas e o arrastem até a saída.

O ar é sacudido por sombrias vibrações como o bater das asas gigantescas de um pássaro nunca visto. Marianna olha ao redor. Os Irmãos Brancos estão se dirigindo para a porta de entrada com passo cerimonioso. O portão se escancara de chofre e aquele bater de asas fica tão perto e tão forte a ponto de aturdi-la. São os tambores do Vice-Rei e com eles a multidão que grita, agita os braços, comemora.

A praça Marina, que antes estava vazia, agora está lotada: um mar de cabeças que ondeia, pescoços que se alongam, bocas que se abrem, estandartes que se levantam, cavalos que pateiam, um pandemônio de corpos que se apinham, empurram-se, invadindo a praça retangular.

IV

As janelas transbordam de cabeças, os balcões são um empurra-empurra de corpos que se debatem, e se debruçam para ver melhor. Os Ministros de Justiça com os cetros amarelos, a Guarda Real com o estandarte violeta e ouro, os Granadeiros munidos de baioneta estão ali firmes, detendo com dificuldade a impaciência da multidão.

O que está para acontecer? A menina adivinha, mas não ousa responder. Todas aquelas cabeças vociferando parecem bater em seu silêncio pedindo para entrar.

Marianna desvia o olhar da balbúrdia e o dirige para o rapaz desdentado. Vê que está firme, empertigado: não treme mais, não desaba sobre si mesmo. Tem um brilho de orgulho nos olhos: todo aquele escarcéu por ele! Aquela gente vestida de festa, aqueles cavalos, aquelas carruagens, esperam por ele. Aqueles estandartes, aqueles uniformes de botões cintilantes, aqueles chapéus emplumados, todo aquele ouro, aquelas púrpuras, tudo só para ele, é um milagre!

Dois guardas o tiram brutalmente da extática contemplação do próprio triunfo. Prendem-no à corda com que lhe tinham atado as mãos, uma outra corda mais longa e grossa que prendem à cauda de uma mula. E assim amarrado arrastam-no para o centro da praça.

Ao fundo, sobre o Steri, vê-se uma esplêndida bandeira vermelho-sangue. É de lá, do palácio Chiaramonte que agora saem os Grandes Padres da Inquisição, dois a dois, precedidos e seguidos por uma nuvem de clérigos.[9]

No centro da praça, um tablado com duas ou três braças de altura, exatamente igual àqueles em que se representam as histórias de Nofriu e Travaglino, de Nardo e de Tiberio[10]. Só que, no lugar do pano preto, há um tétrico objeto de madeira; uma espécie de L virado ao contrário, no qual está pendurada uma corda com um laço.

Marianna é empurrada pelo senhor pai, que segue o prisioneiro e este, por sua vez, segue a mula. Agora a procissão parte e ninguém pode pará-la por nenhuma razão: os cavalos da Guarda Real estão à frente; os Senhores Brancos, encapuzados; os Ministros da Justiça, os Arquidiáconos, os sacerdotes, os frades descalços, os tamboreiros, as trompas, um longo cortejo que abre caminho com dificuldade em meio à multidão excitada.

A forca está a alguns passos de distância, porém, parece muito distante pelo tempo que empregam para chegar até ela, dando voltas capciosas ao redor da praça.

Finalmente o pé de Marianna bate contra um degrau de madeira. Agora sim chegaram. O senhor pai está subindo as escadas junto com o condenado, precedido do carrasco e seguido pelos outros Irmãos da Boa Morte.

O rapaz tem de novo aquele sorriso desvairado no rosto pálido. E o senhor pai, que o encanta, o fascina com suas palavras de consolo, empurra-o para o paraíso descrevendo-lhe as delícias de uma estadia

---

[9] O Palácio Chiaramonte-Steri era a sede da prisão da Inquisição Espanhola na Sicília.
[10] Personagens populares do teatro de marionetes siciliano.

feita de repouso, ócio, comidas e sonos colossais. O rapaz, como uma criança embalada mais pelas palavras de uma mãe do que de um pai, parece não desejar mais do que correr para o mundo do além, onde não há prisões, nem piolhos, nem doenças, nem sofrimento, só doces e repouso.

A menina dilata as pupilas doloridas; agora um desejo salta-lhe em cima: ser ele, mesmo que só por uma hora, ser aquele rapaz desdentado com os olhos lacrimosos para poder escutar a voz do senhor pai, beber o mel daquele som perdido cedo demais, só uma vez, mesmo a custo de morrer enforcada naquela corda que balança ao sol.

O carrasco continua a comer sementes de abóbora que depois cospe para cima com ar de desafio. Tudo exatamente como no teatrinho do Casotto: agora Nardo levantará a cabeça e o carrasco lhe dará um monte de pauladas. Nardo agitará os braços, cairá debaixo do tablado para voltar mais vivo do que antes e receber outras pauladas e outros insultos.

Assim como no teatro, a multidão ri, conversa, come, esperando as pauladas. Os vendedores de água e *zammù*[11] vão até o tablado para oferecer suas bebidas, acotovelam-se com os vendedores de *vasteddi* e *meusa*[12], de polvos cozidos e de figos-da-índia. Cada um elogia sua mercadoria com golpes de cotovelo.

Um doceiro passa sob o nariz da menina e quase adivinhando que é surda, oferece-lhe com gestos eloquentes a bandeja portátil presa ao pescoço por um barbante imundo. Ela olha de esguelha para aqueles cilindrozinhos de metal. Bastaria esticar a mão, pegar um, empurrar com o dedo para abrir a argolinha e tirar o canudinho com sabor de baunilha. Mas não quer se distrair; sua atenção está voltada para outra coisa, para o alto daqueles degraus de madeira enegrecida, onde o senhor pai continua a falar baixo e com doçura com o condenado, como se fosse carne da sua carne.

---

[11] T. S.: licor de anis.

[12] T. S.: espécie de pães recheados com queijo e com miúdos de boi, respectivamente.

Os últimos degraus foram vencidos. Agora o duque Ucrìa faz uma reverência às autoridades sentadas diante do tablado: aos senadores, aos príncipes, aos magistrados.

Depois se ajoelha pensativo com o rosário nas mãos. A multidão aquieta-se por um momento. Até os vendedores ambulantes param de se agitar e ficam ali com seus tabuleiros móveis, suas correias, suas mercadorias expostas, de boca aberta e nariz para cima.

Terminada a oração, o senhor pai entrega ao condenado o crucifixo para beijar. Parece que, no lugar de Cristo na cruz, ele mesmo esteja ali, nu, martirizado, com as belas carnes de marfim e a coroa de espinhos na cabeça, oferecendo-se àqueles lábios murchos de rapaz amedrontado para acalmá-lo, sossegá-lo, e mandá-lo ao outro mundo contente e tranquilo.

Nunca havia sido tão terno com ela, tão carnal, tão próximo, pensa Marianna, nunca lhe deu seu corpo para beijar, nunca esteve tão perto dela como se quisesse protegê-la, cobrindo-a de palavras ternas e tranquilizadoras.

O olhar da menina desvia-se para o condenado e o vê se dobrar penosamente sobre os joelhos. As palavras sedutoras do duque Ucrìa são varridas pelo contato frio e viscoso da corda que o carrasco está colocando no pescoço do prisioneiro. Mesmo assim consegue ficar em pé, enquanto lhe escorre o nariz. Ele tenta libertar uma das mãos para limpar o muco que lhe goteja nos lábios, no queixo. Mas a mão está presa atrás das costas. Duas, três vezes o ombro se alça, o braço se torce, parece que limpar o nariz naquele momento seja a única coisa que importa.

O ar vibra pelos golpes de um grande tambor. O carrasco, a um sinal do Magistrado, dá um chute na caixa em que havia obrigado o rapaz a subir. O corpo estremece, estica-se, cai sobre si mesmo, começa a girar. Mas algo não funcionou. O enforcado, em vez de balançar como um saco, continua a se retorcer suspenso no ar, o pescoço inchado, os olhos arregalados fora das órbitas.

O carrasco, vendo que sua tarefa falhou, iça-se com a força dos braços sobre a forca, salta sobre o enforcado e, por alguns segundos, os dois balançam pendurados na corda como duas rãs fazendo amor, enquanto a multidão contém o fôlego.

Mas agora está mesmo morto; nota-se pela consistência de boneco do corpo dependurado. O carrasco escorrega desenvolto pelo pau da forca, cai no tablado com um salto ágil. O povo começa a jogar os bonés para cima.

Um bandoleiro muito jovem, que matou uma dezena de pessoas, foi justiçado. A menina saberá disso depois. Agora está se perguntando o que pode ter feito o menino pouco mais velho do que ela e de rosto tão assustado e amedrontado.

O senhor pai inclina-se sobre a filha, extenuado. Toca sua boca como se esperasse um milagre. Segura-lhe o queixo, olha-a nos olhos ameaçador e suplicante. "Precisas falar" dizem seus lábios, "precisas abrir esta maldita boca de peixe!"

A menina sente os lábios descolarem, mas não consegue. Seu corpo está tomado por um tremor incontrolável. As mãos, ainda agarradas às dobras da túnica paterna estão rígidas, como pedra.

O rapaz que queria matar está morto. E se pergunta se pode ter sido ela a matá-lo tendo desejado sua morte, como se deseja um bem proibido.

V

Os irmãos fazem pose diante dela. Um grupo colorido, irrequieto: Signoretto, tão semelhante ao senhor pai com aqueles cabelos finos, as pernas torneadas, o rosto festivo e confiante; Fiammetta, em sua roupinha de freira, os cabelos presos na touca rendada; Carlo, de calças curtas que lhe apertam as coxas gordas, os olhos pretos cintilantes; Geraldo, que há pouco perdeu os dentes de leite e sorri como um velho; Agata, de pele clara e transparente, cheia de picadas de mosquito.

Os cinco observam a irmã muda inclinada sobre a paleta e parece que a estão pintando e não ela a eles. Espiam-na enquanto se curva sobre as cores, remexe com a ponta do pincel e depois volta à tela. De repente, o branco se cobre de um amarelo suave e, sobre o amarelo, estende-se o celeste em pinceladas límpidas e felizes.

Carlo diz alguma coisa que os faz rir. Marianna pede-lhe com gestos para ficar parado mais um pouco. O desenho a carvão está ali na tela com as cabeças, os colarinhos, os braços, os rostos, os pés. A cor demora a tomar corpo, tende a se diluir, a escorrer. E eles continuam impacientes por mais alguns minutos. Depois Geraldo rompe o equilíbrio dando um beliscão em Fiammetta, que reage com um chute. E logo são cotoveladas, empurrões, tapas. Até que Signoretto os coloca em seus lugares com safanões: é o mais velho e pode fazê-lo.

Marianna recomeça a molhar o pincel no branco, no rosa, enquanto seus olhos passam da tela ao grupo. Há algo de incorpóreo nessa sua pintura, algo de muito bem-acabado, irreal. Parece um daqueles "retratos" oficiais que mandam fazer as amigas da senhora mãe, todos empertigados e rígidos, de modo que da imagem original resta apenas uma vaga lembrança.

Deverá pensar melhor no caráter deles, se não quiser deixá-los fugir, pensa consigo mesma. Signoretto está se rivalizando com o pai: seus modos autoritários, suas risadas sonoras. E a senhora mãe o protege: quando vê pai e filho se confrontarem, olha-os dissimulada, quase divertida. Mas os olhares de indulgência recaem sobre o filho com uma tal intensidade que fica evidente a todos.

O senhor pai, entretanto, irrita-se: aquele menino não só se parece surpreendentemente com ele, como copia seus movimentos melhor do que ele próprio, com mais garbo e elegância. É como estar diante de um espelho que o adula e, ao mesmo tempo, recorda-lhe que logo será substituído sem dor. Entre outras coisas, é o primeiro e tem o seu mesmo nome.

Com a irmã muda, Signoretto é geralmente protetor, um pouco ciumento das atenções que o senhor pai lhe dedica; às vezes desdenhando a sua mutilação, às vezes usando-a como pretexto para mostrar aos outros o quanto é generoso; mas nunca se sabe onde começa a verdade e onde o fingimento.

Ao lado dele Fiammetta vestida de freira, as sobrancelhas retas, os olhos muito juntos, os dentes encavalados. Não é bonita como Agata e por isso a destinaram ao convento. Mesmo que encontrasse marido não se poderia negociar, como se faz com uma autêntica beleza. No pequeno rosto torto e vivo da menina já há o desafio contra um futuro de prisioneira que, por outro lado, aceitou bravamente usando aquela túnica que esconde todas as formas de seu corpo feminino.

Carlo e Geraldo, quinze anos um e onze o outro, são tão parecidos que parecem gêmeos. Mas um acabará no convento e o outro, no exército. Muitas vezes vestem-se como um abade e um soldado em miniatura, Carlo de túnica e Geraldo de uniforme; assim que chegam ao jardim, divertem-se trocando as roupas, depois rolam no chão, de modo a arruinar tanto a túnica de cor creme quanto o belo uniforme com alamares de ouro.

Carlo tende a engordar. Adora doces e comidas temperadas. Mas também é o mais afetuoso dos irmãos, com ela, e muitas vezes vai procurá-la só para pegar em sua mão.

Agata, a menor, é a mais bonita. Para ela já se está negociando um casamento que, sem tirar nada da família, salvo um dote de trinta mil escudos, dará aos familiares a possibilidade de estender sua influência, de contrair parentes úteis, de estabelecer descendências endinheiradas.

Quando Marianna volta a alçar os olhos para os irmãos, percebe que sumiram. Aproveitaram que ela estava absorta na tela para escapulir, contando com o fato de que ela não os ouviria rir e correr.

Voltando a cabeça, ainda vê um pedaço da saia de Agata, que desaparece atrás da *casena* entre os espinhos dos agaves.

Agora como fará para continuar o quadro? Deverá pescar na memória, sabendo que não voltarão a se reunir diante dela, como fizeram hoje depois de muito insistir e esperar?

O vazio deixado por seus corpos foi logo preenchido pela palmeira anã, pelos jasmineiros e pelas oliveiras que descem até o mar. Por que não pintar aquela paisagem calma e sempre igual, ao invés dos irmãos que nunca ficam parados? Tem mais profundidade e mistério, posa gentilmente há séculos e parece pronta para qualquer brincadeira.

A mão adolescente de Marianna busca outra tela, que apoia no lugar da primeira no cavalete; molha o pincel no verde macio e oleoso. Mas por onde começar? Pelo verde novo e brilhante da palmeira anã, pelo verde fervilhante de azul da baixada das oliveiras ou pelo verde estriado de amarelo das encostas do monte Catalfano?

Poderia também pintar a *casena*, assim como a construiu vovô Mariano Ucrìa, com suas formas quadradas e toscas, suas janelas mais apropriadas a uma torre do que a uma casa de campo. Um dia a *casena* será transformada em villa, tem certeza, e ela irá morar lá mesmo no inverno, porque suas raízes se afundam naquela terra que ama mais do que as *balati*[13] de Palermo.

Enquanto está incerta com o pincel pingando na tela, sente puxarem-na pela manga. Vira o rosto. É Agata, que lhe entrega um folheto.

"O *puparu*[14] chegou, vem!" pela grafia, entende que se trata de Signoretto. De fato, soa mais como uma ordem do que um convite.

Levanta-se, enxuga o pincel gotejante de verde no trapo úmido, limpa as mãos esfregando-as contra o avental listrado de algodão e se encaminha para o pátio de entrada, seguindo a irmã.

Carlo, Geraldo, Fiammetta e Signoretto já estão ao redor de Tutui. O *puparo* prendeu o asno na figueira e está terminando de montar seu teatrinho. Quatro tábuas verticais que se cruzam com três barras horizontais. Ao redor quatro braças de pano preto.

---

[13] T. S.: placa de pedra ou de mármore, aqui no sentido de calçamento.
[14] T. S.: titereiro, operador de marionetes.

Enquanto isso, as criadas apareceram nas janelas, a cozinheira Innocenza, dom Raffaele Cuffa e até a senhora mãe, a quem o *puparo* logo se dirige com uma grande reverência.

A duquesa joga-lhe uma moeda de dez tarí[15] e ele a pega rápido, enfia-a dentro da camisa, faz outra reverência teatral e vai buscar suas marionetes em uma cesta presa nas ancas do asno.

Marianna já viu aquelas pauladas, aquelas cabeças que caem debaixo do palco para logo reaparecerem atrevidas e risonhas. Todos os anos, nesta época, Tutui aparece na *casena* de Bagheria para divertir as crianças. Todos os anos, a duquesa joga uma moeda de dez tarí e o *puparo* se consome em reverências e mesuras tão exageradas que mais parecem gozação.

Nesse meio tempo, não se sabe como avisados e por quem, chegam dezenas de *picciriddi*[16] das vizinhanças. As criadas descem ao pátio enxugando as mãos, ajeitando os cabelos. Também aparecem o vaqueiro dom Ciccio Calò com as filhas gêmeas Lina e Lena, o jardineiro Peppe Geraci com a esposa Maria e os cinco filhos, bem como o lacaio dom Peppino Cannarota.

Então, Nardo dá pauladas em Tiberio e bum e bum! O espetáculo começou e as crianças ainda não pararam de brincar. Mas um instante depois estão todos ali sentados no chão, com o nariz para cima, os olhos fixos na cena.

Marianna fica em pé, um pouco distante. As crianças lhe dão medo: muitas vezes foi objeto da zombaria delas. Pulam em cima dela às escondidas para ver suas reações, apostam entre elas quem conseguirá explodir uma bombinha sem que ela perceba.

No entanto, ao fundo daquele pano preto, surge um objeto novo, imprevisto: uma forca. Nunca se vira um patíbulo no teatrinho de Tutui e sua aparição faz com que os *picciriddi* segurem o fôlego de emoção, esta sim que é uma novidade excitante!

---

[15] Moeda de ouro de origem islâmica emitida na Sicília entre 913 e 1859.
[16] T. S.: crianças.

Um guarda com a espada na cintura, depois de ter corrido atrás de Nardo para cima e para baixo ao longo do pano preto, pega-o pelo pescoço e enfia-lhe a cabeça no laço. Um tamboreiro surge à esquerda e Nardo é forçado a subir num banquinho. Depois, com um chute, o guarda manda longe o banquinho, Nardo cai, enquanto a corda começa a girar.

Marianna é sacudida por um estremecimento. Alguma coisa se agita em sua memória como um peixe preso no anzol, alguma coisa que não quer vir à tona e puxa sacudindo as águas quietas da sua consciência. A mão se levanta para buscar a túnica áspera do senhor pai, mas só encontra os pelos duros da cauda do asno.

Nardo balança no vazio, balança com toda a leveza de seu corpo de rapaz remelento e desdentado, o olhar fixo em um estupor sem saída e parece que ainda levante espasmodicamente os ombros para libertar a mão e poder limpar o nariz que escorre.

Marianna cai para trás rígida e pesada, batendo a cabeça na terra nua e dura do pátio. Todos se voltam. Agata corre para ela, seguida por Carlo, que cai no choro curvado sobre a irmã. A esposa de Cannarota abana-a com o avental, enquanto uma criada vai chamar a duquesa. O *puparo* sai de baixo da cortina preta com a marionete na mão, cabeça erguida, enquanto Nardo continua a balançar no alto da forca.

VI

Uma hora depois, Marianna desperta no quarto dos pais com um lenço molhado que lhe pesa na fronte. O vinagre escorre entre os cílios e lhe queima os olhos. A senhora mãe está curvada sobre ela: reconheceu-a mesmo antes de abrir os olhos pelo odor forte de tabaco ao mel.

A filha olha para a mãe de baixo para cima: os lábios arredondados e apenas velados por uma pelugem loira, as narinas enegrecidas por muito rapé, os olhos grandes gentis e escuros; não saberia dizer se é bonita ou não, certamente há algo nela que a perturba, mas o quê?

Talvez o fato de ceder a qualquer estímulo, a calma inamovível, a sua entrega aos fumos doces do tabaco, indiferente a tudo.

Sempre suspeitou que a senhora mãe, em um passado distante, quando era muito jovem e sonhadora, escolheu fazer-se de morta para não precisar morrer. Disso deve vir aquela sua especial capacidade de aceitar qualquer aborrecimento com o máximo de condescendência e o mínimo de esforço.

Vovó Giuseppa, antes de morrer, às vezes lhe escrevia sobre a mãe no caderno com flores-de-lis: "Tua mãe era tão bonita que todos a queriam, mas ela não queria ninguém. 'Cabeza de cabra', como a teimosa da mãe dela, Giulia, que vinha das bandas de Granada. Não queria se casar com o primo, não gostava do teu pai Signoretto. E todos nós dizíamos: mas é um *beddu pupu*[17], realmente *beddu*, não porque é meu filho, mas só de vê-lo os olhos se alegram.

Tua mãe se casou com a *funcia*[18], parecia estar indo a um funeral e, depois de um mês de casamento, apaixonou-se pelo marido e o amava tanto que começou a fumar... não dormia mais à noite e por isso tomava láudano...".

Quando a duquesa Maria vê que a filha se recupera, vai até a escrivaninha, pega uma folha de papel e escreve alguma coisa. Enxuga a tinta com as cinzas e entrega à menina.

"Como estás filhinha?"

Marianna tosse cuspindo o vinagre que entrou em sua boca ao se levantar. A senhora mãe tira, rindo, o trapo molhado de seu rosto. Depois, vai até a escrivaninha, rabisca alguma coisa e volta com a folha até a cama.

"Agora já tens treze anos, aproveito para dizer que deves te casar, que encontramos um *zitu*[19] para ti, para que não sejas uma freirinha como é o destino da tua irmã Fiammetta".

---

[17] T. S.: belo rapaz.
[18] T. S.: de cara feia.
[19] T. S.: moço, rapaz.

A menina relê as palavras apressadas da mãe, que escreve ignorando a gramática, misturando dialeto com italiano, usando uma grafia capenga e cheia de ondulações. Um marido? Mas por quê? Pensava que, mutilada como é, o casamento lhe fosse proibido. Além disso, só tem treze anos.

A senhora mãe agora espera uma resposta. Sorri para ela afetuosa, mas com um afeto um pouco fingido. Para ela, essa filha surda-muda causa-lhe um sentimento de pena insustentável, um embaraço que a gela. Não sabe como tratá-la, como se fazer entender por ela. Já não gosta muito de escrever, ler a escrita dos outros é uma verdadeira tortura para ela. Mas com abnegação materna dirige-se docilmente para a escrivaninha, pega outra folha, a pena de ganso, o vidro de tinta e leva tudo para a filha na cama.

"Um marido para a muda?", escreve Marianna apoiando-se no cotovelo e manchando de tinta, na confusão, o lençol.

"O senhor pai fez de tudo para que falasses levando com ele até o Vicariato porque queria te assustar, mas tu não falasses porque és uma cabeça de pedra, não tem vontade... tua irmã Fiammetta casa com Cristo, Agata noiva do filho do príncipe de Torre Mosca, tens o dever de aceitar o *zitu* que te indicamos porque te queremo bem e por isso não te deixamo sair da família por isso te damos ao tio Pietro Ucrìa de Campo Spagnolo, barão da Scannatura, de Bosco Grande e de Fiume Mendola, conde de Sala di Paruta, marquês de Sollazzi e de Taya. Que além de ser meu irmão é também sobrinho do teu pai e te quer bem e só nele podes encontrar um refúgio para a alma", escreveu a mãe.

Marianna lê de cara feia sem fazer caso dos erros de ortografia da mãe, nem das palavras em dialeto espalhadas pelo texto. Relê sobretudo as últimas linhas: então o noivo, o *zitu*, seria o tio Pietro? Aquele homem triste, carrancudo, sempre vestido de vermelho, que em família chamam de "o camarão"?

"Não me caso", escreve raivosa atrás da folha ainda úmida das palavras da mãe.

A duquesa Maria volta paciente à escrivaninha, a testa salpicada de gotinhas de suor. Que trabalho lhe dá esta filha muda. Não quer entender que é um estorvo e basta?

"Ninguém te quer Mariannina minha. E para o convento precisa o dote, bem sabes. Já estamos preparando o dinheiro para Fiammetta, custa caro. O tio Pietro fica contigo por nada porque te quer bem e todas as terras dele seriam tuas, entendeu?".

Agora a senhora mãe largou a pena e lhe fala baixinho, como se ela pudesse ouvi-la, acariciando com um gesto distraído seus cabelos molhados de vinagre.

Finalmente arranca a pena das mãos da filha, que está para escrever alguma coisa, e traça rápida, com orgulho, estas palavras:

"Em dinheiro e logo quinze mil escudos".

VII

Uma pilha de tijolos de turfa espalhados pelo pátio. Baldes de gesso, montes de areia. Marianna caminha de um lado para o outro sob o sol com a saia presa na cintura para não sujar a barra.

As botinhas desabotoadas, os cabelos presos na nuca com alfinetes de prata, presente do marido. Ao redor há uma grande confusão de pedaços de madeira, colheres de pedreiro, pás, picaretas, carriolas, martelos e machados.

A dor nas costas tornou-se quase insuportável; os olhos procuram um lugar para descansar por alguns minutos à sombra. Uma grande pedra perto do estábulo, por que não, mesmo se ao redor se escorrega na lama. Marianna deixa-se deslizar sobre a pedra, segurando as costas com as mãos. Olha o ventre; mal se vê o volume, entretanto já são cinco meses e é a terceira gravidez.

Diante dela está a belíssima villa. Não há mais traços da *casena*. Em seu lugar, um corpo central com três andares, uma escadaria que sobe elegante com um movimento serpentino. Do tronco central, partem duas alas colunadas que se abrem e depois se fecham até concluir um círculo quase completo. As janelas se alternam em um ritmo regular: um, dois, três, um; um, dois, três, um, quase uma dança, um *tarascone*[20]. Algumas são verdadeiras, outras pintadas para manter o tempo da fuga. Em uma destas janelas mandará pintar uma cortina e talvez uma cabeça de mulher que espia, talvez ela mesma olhando por trás do vidro.

O senhor marido tio queria deixar a *casena* como fora construída pelo vovô Mariano, como os netos a dividiram em paz por tanto tempo. Mas ela insistira, tanto que no final o convencera a fazer uma villa onde se pudesse passar até mesmo o inverno, com quartos para os filhos, para a criadagem, para os amigos hóspedes. Enquanto isso, o senhor pai arranjara outra *casena* de caça para os lados de Santa Flavia.

O senhor marido tio quase não se fazia ver na obra. Tinha aversão a tijolos, poeira, cal. Preferia ficar em Palermo na casa de via Alloro enquanto ela em Bagheria tratava com os operários e os pintores. Até o arquiteto vinha pouco e deixava tudo nas mãos do mestre de obras e da jovem duquesa.

Aquela villa já havia engolido muito dinheiro. Só o arquiteto pedira seiscentas onças[21]. Os tijolos de arenito se quebravam continuamente e era preciso buscar novos todas as semanas. O mestre de obras caíra de um andaime, quebrando o braço, e foi preciso parar os trabalhos por dois meses.

Quando faltavam só os pisos, houve um surto de varíola em Bagheria: três pedreiros adoeceram e de novo foi preciso interromper os trabalhos por meses. O senhor marido tio foi se refugiar em Torre Scannatura com as filhas Giuseppa e Felice. Ela ficara, apesar dos bilhetes impositivos do duque: "Venha ou vai ficar doente... precisas pensar no filho que tens no ventre".

---

[20] Tipo de dança siciliana.
[21] Moeda de ouro que circulou na Sicília nos séculos XVIII e XIX, valia aproximadamente 6 ducados ou 60 carlinos.

Mas ela resistira: queria ficar e pedira para si só a companhia de Innocenza. Todos os outros podiam ir para as colinas de Scannatura.

O senhor marido tio se ofendera, mas não insistira mais. Depois de quatro anos de casamento, renunciara à obediência da esposa; respeitava as vontades dela desde que não o envolvessem pessoalmente, desde que não fossem contra à sua ideia de educação dos filhos e não obstruíssem os seus direitos de marido.

Não pretendia, como o marido de Agata, intervir em cada decisão do dia a dia. Silencioso, solitário, com a cabeça enfiada nos ombros como uma velha tartaruga, sempre com ar descontente e severo, o tio marido era, no fundo, mais tolerante do que tantos outros maridos que ela conhecia.

Nunca o vira sorrir, salvo uma vez em que ela tirara um sapato para colocar o pé nu na água da fonte. Depois, nunca mais. Desde a primeira noite, aquele homem frio e tímido habituara-se a dormir na beirada da cama, dando-lhe as costas. Depois, em uma manhã, enquanto ela ainda estava imersa no sono, jogara-se sobre ela e a violentara.

O corpo da esposa de treze anos reagira com chutes e unhadas. Na manhã seguinte, muito cedo, Marianna fugira para a casa dos pais em Palermo. E ali a senhora mãe escrevera-lhe que havia feito muito mal em sair do seu lugar de *mugghieri*[22], comportando-se como um *purpu inchiostrato*[23], que lança descrédito sobre toda a família.

"*Chi si marita e non si pente, compra Palermo a sole cent'onze*" e "*Cu si marita p'amuri sempri campa 'n duluri*" e "*Femmina e gaddina si perde si troppu cammina*" e "*La bona mugghieri fa bonu maritu*"[24], tinham-na atacado com reprovações e provérbios. À mãe juntara-se a tia Teresa, freira, escrevendo-lhe que, abandonando o teto conjugal, cometera "pecado mortal". Para não falar da velha tia Agata que pegara sua mão, arrancara a aliança e a fizera colocá-la, à força, entre os dentes. Por

---
[22] T. S.: esposa.
[23] T. S.: polvo entintado ou cheio de tinta.
[24] Provérbios sicilianos: "Quem se casa e não se arrepende, compra Palermo só por cem onças"; "Quem se casa por amor sempre vive em dor" e "A mulher e a galinha se perde se muito caminha"; "Boa esposa faz bom marido".

fim, até o senhor pai a repreendera e depois a acompanhara a Bagheria em sua caleça pessoal, entregando-a ao marido, pedindo que não se enfurecesse com ela por respeito à sua pouca idade e à sua mutilação.

"Fecha os olhos e pensa em outra coisa", escrevera a tia freira, enfiando-lhe o bilhete no bolso, onde o encontraria mais tarde, ao voltar para casa: "*Prega lu Signuri, iddu ti ricompenserà*"[25].

De manhã, o senhor marido tio se levantava cedo, lá pelas cinco. Vestia-se depressa enquanto ela dormia e saía para o campo com Raffaele Cuffa. Voltava lá pela uma e meia da tarde. Almoçava com ela. Depois dormia por uma hora e saía de novo, ou se trancava na biblioteca com seus livros de heráldica.

Com ela era cortês, mas frio. Por dias inteiros, parecia esquecer-se de que tinha uma esposa. Às vezes, ia a Palermo e ficava por uma semana. Depois, de repente, voltava, e Marianna surpreendia um olhar sombrio e insistente sobre seu peito. Instintivamente cobria o decote.

Quando a jovem esposa se penteava sentada à janela, o duque Pietro às vezes a espiava de longe. Mas, assim que percebia ser visto, fugia. Por outro lado, era difícil que ficassem sozinhos de dia, porque sempre havia uma criada que andava pelos cômodos, acendendo uma luz, fazendo a cama, colocando a roupa lavada nos armários, polindo as maçanetas das portas, colocando as toalhas recém passadas no *cantaranu*[26] ao lado da bacia de água.

Um mosquito grande como um moscardo pousa no braço nu de Marianna, que o olha por um instante, curiosa, antes de espantá-lo. De onde pode vir um mosquito tão gigantesco? Mandou secar a poça ao lado do estábulo há seis meses, o canal que leva água aos limoeiros foi limpo no ano passado; os dois pântanos da trilha que desce para o olival foram cobertos de terra já há algumas semanas. Deve ser de água parada em algum lugar, mas onde?

---

[25] Em siciliano: "Reze ao Senhor, ele te recompensará".
[26] T. S.: lavatório.

Enquanto isso, as sombras se alongaram. O sol se pôs atrás da casa do vaqueiro Ciccio Calò, deixando o pátio escuro pela metade. Outro mosquito vem pousar no pescoço suado de Marianna, que faz um gesto de impaciência: precisa jogar cal viva nos estábulos; talvez seja a água do bebedouro, que também serve para as vacas de Messina; deve estar dando vida a esses sanguessugas. Há dias do ano em que não há rede, não há véu, não há essência que possam afastar os mosquitos. Antes a preferida, aquela que atraía todos eles, era Agata. Agora também se casou, foi viver em Palermo, parece que os insetos amem principalmente os braços brancos, nus, o pescoço fino de Marianna. Esta noite, no quarto, deve mandar queimar folhas de verbena.

As obras da villa já estavam quase no fim. Faltavam só os acabamentos internos. Para os afrescos, chamou Intermassimi, que veio com um rolo sob o braço, um tricórnio sujo na cabeça, botas largas em que nadavam duas perninhas secas e curtas.

Desceu do cavalo, fez uma reverência, com um sorriso constrangido entre sedutor e confiante. Desenrolou o papel sob os olhos dela, esticando-o com duas mãos pequenas e gorduchas que a inquietaram.

Os desenhos são atrevidos e fantasiosos, rigorosos nas formas, respeitosos da tradição, mas como que populados por um pensamento noturno, malicioso e fulgurante. Marianna havia admirado as cabeças das quimeras que não tinham forma de leão, como quer o mito, mas traziam sobre o pescoço uma cabeça de mulher. Observando-as uma segunda vez, percebera que se pareciam estranhamente com ela e isso a espantara um pouco; como ele fez para retratá-la naquelas estranhas bestas míticas, tendo-a visto só uma vez e no dia do seu casamento, isto é, quando tinha apenas treze anos?

Debaixo daquelas cabeças loiras de grandes olhos azuis, alonga-se um corpo de leão coberto por caracóis bizarros, o dorso percorrido por cristas, plumas, crinas. As patas são eriçadas com garras em forma de bico de papagaio, a cauda longa faz anéis, espirais que se lançam para a frente e voltam com a ponta bifurcada exatamente como os cães que tanto aterrorizam a senhora mãe. Algumas carregam no dorso, na metade das costas, uma cabecinha de cabra que surge olhuda e petulante. Outras não. Mas todas olham por entre os cílios longos com um ar de espantada surpresa.

O pintor olhava para ela admirado, sem se embaraçar com seu mutismo. Aliás, logo começara a falar com os olhos, sem estender a mão para as folhas que ela trazia presas à cintura junto com o estojo das penas e a tinta.

Suas pupilas brilhantes diziam que o pequeno e peludo pintor de Reggio Calabria estava pronto para amassar com suas mãozinhas escuras e gordas o corpo lácteo da jovem duquesa como se fosse uma massa colocada ali a fermentar para ele.

Ela o havia olhado com desprezo. Não gostava do modo atrevido e arrogante de se apresentar. Afinal, o que era? Um simples pintor, um obscuro indivíduo que viera de algum casebre calabrês, colocado no mundo por pais que talvez criassem vacas ou ovelhas.

Depois riu de si mesma, no escuro do quarto de dormir. Sabia que aquele desdém social era fingido, que escondia uma perturbação nunca sentida, um medo repentino que lhe fechava a garganta. Até então, ninguém havia demonstrado em sua presença um desejo tão visível e ostentado pelo seu corpo e isso lhe parecia inesperado, mas também a deixava curiosa.

No dia seguinte, mandara dizer ao pintor que não estava e, no outro, escrevera-lhe um bilhete para ordenar que começasse os trabalhos, colocava à sua disposição dois rapazes para misturar as tintas e limpar os pincéis. Ela ficaria fechada na biblioteca, lendo.

E assim foi. Mas duas vezes saiu ao patamar para olhá-lo, enquanto, empoleirado nos andaimes, atarefava-se com o carvão nas paredes brancas. Gostava de observar como se moviam aquelas pequenas mãos peludas e gorduchas. Os desenhos eram firmes e elegantes, revelavam uma competência tão profunda e delicada que não podia deixar de ser admirada.

Com aquelas mãos sujas de tinta esfregava o nariz, manchando-o de amarelo e de verde, segurava o *vasteddu ca meusa* e o levava à boca, deixando cair pedaços de miúdos fritos e migalhas de pão.

VIII

Ninguém esperava que o terceiro filho, aliás, a terceira filha nascesse tão cedo, quase um mês antes e com os pés para frente, como um bezerro apressado. A parteira suara tanto que seus cabelos se colaram no crânio, como se tivesse recebido um balde de água na cabeça.

Marianna havia seguido os movimentos das mãos dela como se nunca as tivesse visto. De molho na água fervente e depois na banha de porco, um sinal da cruz no peito e de novo mergulhadas na água da *cantara*. Enquanto isso, Innocenza passava lenços banhados em essência de bergamota na boca e no ventre esticado da parturiente.

Niesci niesci cosa fitenti
ca lu cumanna Diu 'nniputenti.[27]

Marianna conhecia as fórmulas e as lia nos lábios da parteira. Sabia que estava para ser tomada pelos pensamentos dela e não fizera nada para afastá-los. Talvez aliviem a dor, pensara e havia fechado os olhos para se concentrar.

"O que faz este fedorento?... Por que não nasce? Está mal colocado, esse cabeça dura... O que fez, está virado? As pernas estão saindo primeiro e os braços estão de lado, parece que está dançando... E dança e dança garotinho... Mas por que não nasce, borboleta?... Se não nasce, dou-lhe pauladas... Depois, como peço para a duquesa os quarenta *tarí* prometidos? Ahhhh, mas é uma menina! Ai, ai, só mulheres saem desse ventre miserável, que desgraça! Muda como é, não tem sorte...

---

[27] Em siciliano: "Nasce, nasce, coisa "fedente"/ que assim comanda Deus onipotente".

Nasce, nasce, menina fedida... Nasce se eu te prometo um cordeirinho de açúcar? Não, não quer nascer... Nasce se te prometo um monte de beijos?... Se esta não nasce, mudo de profissão... Todos saberão que Titina, a parteira, errou feio, não conseguiu fazê-la nascer e fez morrer mãe e filha... Santa Virgem, me ajude... Mesmo que não tenha parido, minha virgenzinha, me ajude... Mas o que sabes de partos e dores...? Faça nascer esta menina que depois te acendo uma vela tão grande como uma coluna, juro por Deus, mesmo que tenha que gastar todo o dinheiro que me dará a boa duquesa...".

Se até a parteira lhe dava por morta, talvez fosse hora de se preparar para ir embora com a menina fechada na barriga. Devia recitar mentalmente alguma prece, pedir perdão ao Senhor por seus pecados, pensava Marianna.

Mas, justamente no momento em que se preparava para morrer, a menina saiu, cor de tinta, sem respirar. E a *mammana*[28] a pegara pelos pés, sacudindo-a como se fosse um coelho pronto para a panela. Até a *picciridda* fazer uma cara de macaquinha velha e começar a chorar, escancarando a boca desdentada.

Enquanto isso, Innocenza havia entregado a tesoura para a parteira, que cortara com um golpe o cordão umbilical e depois, com uma vela, o queimara. O fedor de carne subira às narinas ofegantes de Marianna: não iria mais morrer, aquela fumaça acre a trazia de volta à vida e, de repente, sentiu-se muito cansada e contente.

Innocenza continuava a se atarefar: limpava a cama, atava uma *cincinedda*[29] limpa à cintura da parturiente, colocava sal no umbigo da recém-nascida, açúcar no pequeno ventre ainda sujo de sangue e óleo em sua boca. Por fim, depois de tê-la lavado com água de rosas, envolvera a menina nas faixas, apertando-a da cabeça aos pés como uma múmia.

---

[28] T. S.: parteira.
[29] T. S.: pano, lençol.

"E agora, quem diz ao duque que é outra menina?... Alguém deve ter posto feitiço nessa pobre duquesa... Se fosse uma camponesa, era só dar uma colherinha de *ovu di canna*[30]: uma no primeiro dia, duas no segundo e três no terceiro e a menina não desejada iria para o outro mundo... Mas estes são senhores e ficam com as meninas, mesmo quando são muitas...".

Marianna não conseguia tirar os olhos da *mammana* que, enxugando seu suor, a medicava com o *conzu*, que é um pedacinho de pano queimado, ensopado de óleo, clara de ovo e açúcar. Tudo isso ela já conhecia; todas as vezes que dera à luz, vira as mesmas coisas, só que desta vez as via com os olhos ardentes e nostálgicos de alguém que sabe que não irá mais morrer. E sentia um prazer todo novo, seguindo os gestos comedidos e seguros das duas mulheres que se ocupavam de seu corpo com tanta solicitude.

Agora, a *mammana* cortava com a unha longa e afiada a película que prende a língua da recém-nascida, pois, ao contrário, quando crescesse ficava gaga; conforme a tradição e para consolar a menina que chorava, enfiara em sua boca um dedo com mel.

A última coisa que Marianna vira antes de cair no sono foram as duas mãos calosas da parteira, que levantavam a placenta junto à janela, para mostrar que estava inteira, que não a tinha rasgado, que não deixara restos no ventre da parturiente.

Quando abrira os olhos depois de doze horas de inconsciência, Marianna vira-se diante das duas outras filhas, Giuseppa e Felice, vestidas de festa, cobertas de laços, rendas e corais. Felice, já em pé, Giuseppa, no colo da babá. Todas as três a olhavam espantadas e embaraçadas como se ela tivesse se levantado do caixão no meio do funeral. Atrás delas também estava o pai, o senhor marido tio, em seu melhor traje vermelho e esboçava algo parecido com um sorriso.

---

[30] T. S.: espécie de veneno caseiro à base de cana.

As mãos de Marianna logo se estenderam para procurar a recém-nascida a seu lado, e, não a encontrando, ficou em dúvida: será que morrera enquanto ela dormia? Mas o meio sorriso de seu marido e o ar cerimonioso da babá vestida de festa haviam-na acalmado.

Que se tratava de uma menina ela já sabia desde o primeiro mês de gravidez: a barriga crescia redonda e não em ponta, como acontece quando se espera um menino. Assim lhe havia ensinado a vovó Giuseppa e, com efeito, todas as vezes sua barriga havia tomado uma doce forma de melão e todas as vezes havia parido uma filha. Além disso, sonhara com ela: uma cabecinha loira que se apoiava em seu peito e a olhava com ar aborrecido. O estranho era que a menina tinha nas costas uma cabecinha de cabra com cabelos encaracolados em desalinho. O que se faria com tal monstro?

Entretanto, nascera perfeita, apesar de um mês antes, só um pouco menor, mas bonita e clara sem os muitos pelos que recobriam Giuseppa quando veio ao mundo e sem a cabeça em pera e violácea de Felice.

Logo se mostrara uma menina tranquila, calma, que tomava o leite quando lhe davam, sem nunca pedir nada. Não chorava e dormia na posição em que a colocavam no berço por oito horas seguidas. Se não fosse por Innocenza que, de relógio na mão, ia acordar a duquesa para a mamada, mãe e filha continuariam a dormir sem se preocupar com o que diziam as parteiras, a *mammana*, as babás e todas as mães: que os filhos recém-nascidos devem mamar a cada três horas, senão, são capazes de morrer de fome lançando a família na infâmia.

Havia parido duas filhas com facilidade. Esta era a terceira vez e tivera outra filha. O senhor marido tio não estava contente, mesmo se gentilmente lhe poupara críticas. Marianna sabia que, enquanto não parisse um menino, deveria continuar tentando. Temia que lhe atirassem um daqueles bilhetes lapidares, dos quais já tinha uma coleção, do tipo "E o macho, quando vais te decidir?".

Sabia de outros maridos que não falavam com a esposa depois da segunda menina. Mas o tio Pietro era distraído demais para tal determinação. E depois, escrevia-lhe muito pouco.

Lá estava Manina, nascida justamente durante o final dos trabalhos da villa, a filha de seus dezessete anos. Recebeu o nome da velha tia Manina, irmã solteira do vovô Mariano. A árvore genealógica pendurada na sala rosa está repleta de Maninas: uma nascida em 1420 e morta em 1440 de peste; outra nascida em 1615 e morta em 1680, Carmelita descalça; mais uma nascida em 1650 e morta dois anos depois, e a última, nascida em 1651, a mais velha da família Ucrìa.

Da vovó Scebarràs herdou os pulsos finos e o pescoço longo. Do pai duque Pietro, um certo ar melancólico e severo, embora tenha as cores alegres e a beleza suave do ramo Ucrìa de Fontanasalsa.

Felice e Giuseppa gostam de brincar com a irmãzinha colocando-lhe nas mãos bonequinhos de açúcar e pretendendo que os coma, com o resultado de fazê-la lambuzar o berço e as faixas. Às vezes Marianna tem a impressão de que o afeto delas seja tão barulhento e agressivo a ponto de ser perigoso para a recém-nascida. Por isso está sempre de olho nelas quando estão perto do berço.

Desde que Manina nasceu, até pararam de ir brincar com Lina e Lena, as filhas do vaqueiro Ciccio Calò, que moram do lado do estábulo. As duas moças não se casaram. Depois da morte da mãe, dedicaram-se completamente ao pai, às vacas e à casa. Ficaram altas e robustas, mal se distinguem uma da outra, vestem-se igual, com saias vermelhas desbotadas, corpetes de veludo lilás e aventais azulados sempre sujos de sangue. Desde que Innocenza decidiu que não mata mais as galinhas, a tarefa de estrangulá-las e cortá-las em pedaços passou para elas, que o fazem com muita determinação e rapidez.

As más-línguas dizem que Lina e Lena se deitam com o próprio pai na mesma cama onde antes ele dormia com a mãe, que já ficaram grávidas duas vezes e que abortaram com salsa. Mas são mexericos que

Raffaele Cuffa lhe escreveu um dia atrás de uma folha das contas da villa e aos quais não quis dar atenção.

Quando estendem a roupa, as jovens Calò cantam que é uma maravilha. Também soube disso indiretamente, por uma das criadas que vem à villa para lavar a roupa. E Marianna se surpreendeu algumas manhãs apoiada na balaustrada pintada do longo terraço acima dos estábulos, olhando as jovens estendendo a roupa no varal. Como se curvam juntas sobre o grande cesto, como se levantam nas pontas dos pés com um gesto elegante, como pegam um lençol e o torcem segurando uma em cada ponta, parecendo brincar de cabo-de-guerra. Via que abriam as bocas, mas não podia saber se cantavam. E a ardente vontade de escutar suas vozes, que diziam ser belíssimas, ficava insatisfeita.

O vaqueiro, pai delas, as chama com um assobio, como faz com suas vacas de Messina. E elas acodem, saltando com passos decididos e bruscos, à maneira de quem está habituado a trabalhos pesados e tem músculos fortes e elásticos. Quando o pai está fora, Lina e Lena chamam com um assobio o baio Miguelito, montam nele e dão uma volta pelo olival, uma agarrada às costas da outra, sem se preocupar com os ramos que se quebram nos flancos do cavalo, com os espinheiros pendentes que se emaranham em seus cabelos longos.

Felice e Giuseppa vão encontrá-las na casa *scurusa*[31] ao lado do estábulo, entre imagens de santos e cântaros cheios de leite preparados para a ricota. Pedem que lhes contem histórias de mortos assassinados, de lobos maus, as quais depois repetem ao pai tio, que todas as vezes se indigna e as proíbe de voltar lá. Mas assim que ele vai para Palermo as duas meninas correm para a casa das gêmeas, onde comem pão e ricota em meio a uma nuvem de moscas. O senhor marido tio é tão distraído que nem percebe o cheiro delas quando voltam para a villa às escondidas, depois de ficarem por horas agachadas na palha escutando histórias arrepiantes.

---

[31] T. S.: escura.

À noite, as duas meninas vêm frequentemente se enfiar na cama da mãe pelo medo que aquelas histórias lhes causaram. Algumas vezes, acordam suadas e chorando. "Tuas filhas são cretinas: se têm medo, por que voltam lá?" É a lógica do senhor marido tio e não se pode dizer que esteja errado. Só que a lógica não basta para explicar o prazer de frequentar os mortos, apesar do medo e do horror. Ou talvez justamente por isso.

Pensando naquelas duas primeiras filhas sempre em fuga, Marianna pega no berço a última. Enfia o nariz no vestidinho rendado que lhe desce até os pés e cheira aquele odor inconfundível de bórax, de urina, de leite talhado, de colônia de alfazema que têm todos os recém-nascidos e não se sabe por qual razão é o melhor cheiro do mundo. Aperta contra a face o pequeno corpo quieto da última filha e se pergunta se falará. Também tivera medo de Felice e Giuseppa não falarem. Observara com ansiedade suas respirações, apalpando com os dedos as pequenas gargantas para sentir passar o som das primeiras palavras. E todas as vezes se tranquilizara vendo os labiozinhos que se abriam e se fechavam seguindo o ritmo das frases.

Ontem à noite, o senhor marido tio entrou no quarto, sentou-se na cama. Olhou-a amamentar com um ar pensativo e aborrecido. Depois lhe escreveu um bilhete tímido: "Como está a pequenina?" e "A senhora melhorou do peito?". Por fim, acrescentou, bonachão: "O *masculu*[32] virá, vamos dar tempo ao tempo. Não desanime, virá".

IX

O *masculu* chegou como queria o senhor marido tio, se chama Mariano. Nasceu exatamente dois anos depois de Manina. É loiro como a irmã, mais bonito do que ela, mas de caráter diferente: chora facilmente e, se não se cuida dele continuamente, irrita-se. O fato é

---

[32] T. S.: macho.

que todos o tratam na palma da mão, como uma joia preciosa e com poucos meses já entendeu que suas vontades serão satisfeitas.

Dessa vez, o senhor marido tio sorriu abertamente, deu de presente para a senhora esposa um colar de pérolas rosadas, grandes como grãos-de-bico. Também lhe fez uma doação de mil escudos porque assim "fazem os reis para com as rainhas quando parem um menino".

A casa se encheu de parentes nunca vistos, de flores e de doces. A tia Teresa freira trouxe consigo um bando de meninas de famílias nobres, futuras freiras, cada uma com um presente para a parturiente: uma lhe entregava uma colherzinha de prata; outra, uma almofada de alfinetes em forma de coração; outra, ainda, um travesseiro bordado; mais outra, um par de chinelas incrustadas de estrelas.

O senhor irmão Signoretto ficou sentado por uma hora junto à janela bebendo chocolate quente com um sorriso feliz impresso nos lábios. Com ele vieram também Agata e o marido dom Diego, com as crianças vestidas de festa.

Até mesmo Carlo veio de seu convento de San Martino delle Scale trazendo-lhe como presente uma *Bíblia* copiada a mão por um frade do século passado, salpicada de miniaturas de cores suaves.

Giuseppa e Felice, pela humilhação de terem sido esquecidas, fingem se desinteressar pelo menino. Retomaram o hábito de visitar Lina e Lena, de quem pegaram piolhos. Innocenza precisou lavar suas cabeças com petróleo e depois com vinagre, mas, apesar dos parasitas adultos caírem mortos, as lêndeas sobreviviam e voltavam a infestar as cabeleiras delas, multiplicando-se rapidamente. De modo que se resolveu raspar-lhes as cabeças e agora andam por aí como duas condenadas com o crânio nu e um ar de humilhação que faz Innocenza rir.

O senhor pai mudou-se para a villa "para poder espiar a cor dos olhos do pequenino". Diz que as pupilas dos recém-nascidos são mentirosas, que não se entende bem se "são nabos ou feijões" e a cada instante o pega no colo e o *annaca*[33] como se o filho fosse seu.

A senhora mãe veio só uma vez e a viagem a cansou tanto que depois ficou de cama por três dias. A viagem de Palermo a Bagheria pareceu-lhe eterna, e os buracos, abissais e o sol, mal-educado e a poeira, enganadora.

Achou que Mariano era "bonito demais para ser um homem e o que se faz com uma beleza destas?" escrevera numa folha azulada perfumada de violetas. Depois descobriu seus pezinhos e os mordeu delicadamente. "vamos fazer dele um bailarino". Contrariando seu costume, escreveu muito e com prazer. Riu, comeu, absteve-se de usar rapé por algumas horas e depois retirou-se para o quarto de hóspedes junto com o senhor pai e dormiram até de manhã depois das onze.

Todos os empregados da villa quiseram pegar nos braços esse menino tão esperado: o vaqueiro Ciccio Calò segurou-o ternamente com duas mãos cortadas e riscadas de preto. Lina e Lena beijaram-no na boca e nos pés com inesperada doçura. Havia também Raffaele Cuffa, que para a ocasião vestia uma túnica nova de damasco arabescado com as cores dos Ucrìa, e a esposa Severina, que nunca sai de casa porque sofre de dores de cabeça que quase a deixam cega; dom Peppino Geraci, o jardineiro, acompanhado da esposa Maria e dos cinco filhos, todos de cabelos e cílios ruivos e calados por timidez; Peppino Cannarota, o lacaio, com o filho maior, que é jardineiro na Villa Palagonia.

Passaram o recém-nascido de mão em mão como se fosse o menino Jesus, sorrindo como bobos, atrapalhando-se com a longa roupinha rendada, cheirando embevecidos os perfumes que emanavam daquele corpinho principesco.

Enquanto isso, Manina andava de gatinhas pelo quarto e só Innocenza se ocupava dela enfiando-se de quatro debaixo das mesas, enquanto as visitas entravam, saíam, pisando os preciosos tapetes

---

[33] T. S.: embala.

de Erice, cuspindo nos vasos de Caltagirone, pegando punhados de torrones de Catânia que Marianna tinha na bandeja ao lado da cama.

Uma manhã, o senhor pai chegou com uma surpresa: um conjunto de escrita para a filha muda. Uma redinha de malha de prata contendo um vidrinho de tampa rosqueável, para a tinta, um estojo de vidro para as penas, um saquinho de couro para as cinzas, além de um bloco amarrado com fita e preso com uma correntinha à redinha de malha. Mas a coisa mais surpreendente era uma mesinha portátil, dobrável, de madeira muito leve para prender à cintura com duas correntinhas de ouro.

"Em honra de Maria Luísa de Saboia Orléans, a mais jovem e a mais inteligente rainha da Espanha, para que lhe sirva de exemplo, Amém". Com estas palavras o senhor pai inaugurou o novo conjunto de escrita.

Devido à insistência da filha, começara a escrever resumidamente a história dessa rainha morta em 1714 e nunca esquecida.

"Uma menina talvez não bonita, mas muito vivaz. Filha de Vitor Amadeu II, o nosso rei desde 1713 e da princesa Ana de Orléans, sobrinha de Luís XIV, tornou-se esposa de Felipe V aos dezesseis anos. Logo, seu marido foi mandado para a Itália para combater e ela, por sugestão do tio Luís de França, foi feita Regente. A maioria resmungava: 'uma mocinha de dezesseis anos chefe de Estado?' Mas descobriu-se que fora uma escolha muito ajuizada. A pequena Maria Luísa tinha talento para a política. Passava horas e horas no Conselho escutando tudo e todos, intervindo com observações breves e certeiras. Quando um orador se estendia demais e inutilmente, a rainha pegava debaixo da mesa o bordado e se ocupava só dele. Tanto que, em certo momento, entenderam o recado e, quando a viam pegar o bordado, terminavam o discurso. Deste modo, fez com que as sessões do Conselho de Estado fossem muito mais rápidas e concretas.

"Correspondia-se com o tio Rei Sol e escutava com prazer os seus conselhos, mas, quando devia dizer não, dizia, e com que decisão! Os mais velhos ficavam de boca aberta diante daquela inteligência política. O povo a adorava.

"Quando se soube das derrotas do exército espanhol, a jovem Maria Luísa, para dar exemplo, vendeu todas as suas joias e foi pessoalmente aos mais ricos e aos mais pobres para recolher dinheiro e reconstruir a armada. Teve um primeiro filho, o príncipe de Astúrias. Dizia que, se dependesse dela, iria ao fronte a cavalo com o filhinho no colo. E todos sabiam que seria capaz disso.

"Quando chegou a notícia das vitórias de Brihuega e Villaviciosa, tal foi a sua alegria que desceu à rua misturando-se ao povo, dançando e pulando com a massa.

"Teve outro filho que morreu depois de uma semana. Nesse meio tempo, foi atingida por uma infecção nas glândulas do pescoço, da qual nunca se lamentou e tratou de cobrir o inchaço com gargantilhas de renda. Teve outro filho, Ferdinando Pedro Gabriel que por sorte sobreviveu. No entanto, o mal se agravava. Os médicos disseram que se tratava de tuberculose. Enquanto isso, morria o grande Delfim, pai de Filipe, e logo depois a irmã de Maria Luísa, Maria Adelaide, de varíola, junto com o marido e o filho mais velho.

"Dois anos depois entendeu que chegara para ela o tempo de morrer. Confessou-se, comungou, despediu-se dos filhos e do marido, com uma serenidade que espantou a todos, expirou com a idade de vinte e quatro anos, sem ter pronunciado uma só palavra de lamento".

Toda a caravana de parentes fugiu no dia em que um dos filhos de Peppino Geraci adoeceu de varíola. Mais uma vez a varíola em Bagheria! Já era a segunda desde quando Marianna começara a transformar a *casena* em villa. Na primeira epidemia, morreram muitos, entre eles a mãe de Ciccio Calò, o filho dos Cuffa, que também era filho único, e desde então a esposa Severina sofre de dores de cabeça tão devastadoras que é obrigada andar sempre com as têmporas enfaixadas com ataduras molhadas em vinagre e, aonde quer que vá, leva aquele cheiro acre e pungente. Na segunda epidemia, morreram outros dois dos quatro filhos restantes de Peppino Geraci. Morreu a noiva do filho de Peppe Cannarota, uma bela moça de Bagheria, criada na Villa Palagonia; morreram dois cozinheiros da Villa Butera e a velha princesa Spedalotto, que havia pouco mudara-se para a nova villa, não distante da deles.

Até a tia Manina, que chegara envolta em xales de lã, amparada por dois lacaios, e segurara nos braços esqueléticos o pequeno Mariano, morreu. Mas não se sabe se foi por causa da varíola. Fato é que se foi, justo ali na Villa Ucrìa e ninguém percebeu. Só a encontraram dois dias depois, deitada na cama como um passarinho de penas arrepiadas, a cabeça tão leve, que depois o senhor pai escrevera que "pesava como uma noz bichada".

A tia Manina, desde jovem, tinha sido "muito cortejada", com traços delicados, tinha um corpo de sereia e os olhos eram tão vivos e os cabelos tão luminosos que o bisavô Signoretto tivera que desistir de fazê-la freira para não descontentar os pretendentes. O príncipe de Cutò a queria como esposa e também o duque de Altavilla, barão de San Giacomo, além do conde Patané, barão de San Martino.

"Mas ela quisera ficar solteira na casa do pai. Para escapar dos casamentos, fingira-se doente por muitos anos", assim contava o senhor pai. "Tanto que depois adoecera seriamente, mas ninguém sabia do quê. Tossia dobrando-se em duas, perdia cabelos, ficava cada vez mais magra, sempre mais leve".

Apesar de suas doenças, tia Manina viveu quase oitenta anos e todos a queriam em suas festas porque era uma perspicaz observadora e sabia imitar as vozes de pessoas velhas e jovens, homens e mulheres, provocando risos em amigos e parentes.

Marianna também ria, apesar de não ouvir o que ela dizia. Bastava olhá-la, pequena e ágil, como movia as mãos de prestidigitador, como assumia a expressão contrita de um, birrenta de outro, vaidosa de outro mais para os conquistar.

Tia Manina era conhecida por sua má língua, e todos procuravam ser amigos dela pelo terror de que falasse deles pelas costas. Mas ela não se deixava encantar com adulações: quando via uma pessoa desajeitada a colocava na berlinda. Não era o mexerico em si que a atraía, mas os excessos aos quais levavam os vários carácteres do avarento, do vaidoso, do fraco, do desleixado. Às vezes, suas tiradas eram tão certeiras que acabavam por se tornar proverbiais. Como quando dissera do príncipe de Raù que "desprezava o dinheiro, mas tratava as moedas como irmãs". Ou quando dissera que o príncipe Des Puches esperava que a esposa parisse – o príncipe era conhecido por sua baixa estatura – "caminhando de um lado a outro debaixo da cama". Ou ainda quando definira o marquesinho Palagonia "um cabo de vassoura sem objetivo na vida". E assim por diante com muito divertimento de todos.

De Mariano havia resmungado que era um "ratinho disfarçado de leão disfarçado de ratinho". E olhara ao redor com os olhos cintilantes esperando a risada. Era como uma atriz no palco e por nada no mundo renunciaria ao seu público.

"Quando eu morrer, vou para o inferno" dissera uma vez. E acrescentara "mas o que é o inferno? Uma Palermo sem docerias. Eu não amo tanto os doces". E um instante depois: "Entretanto, lá estarei melhor do que naquele salão de baile, onde as santas fazem tapeçaria, que é o paraíso".

Morreu sem perturbar ninguém, sozinha. E as pessoas não choraram. Mas suas tiradas continuam a circular, salgadas e picantes como aliche em salmoura.

X

O duque Pietro Ucrìa nunca discutiu uma vírgula do que a esposa aos poucos decidia para a villa. Só exigiu que no jardim fosse construída uma pequena *coffee house*, como ele a chamava, de ferro batido com o teto em cúpula, ladrilhos brancos e azuis no chão, com vista para o mar.

Assim foi feito, ou pelo menos será feito, porque os ferros já estão prontos, mas faltam os ferreiros que os montem. Em Bagheria, neste período, constroem-se dezenas de casas e os artesãos, os pedreiros, são difíceis de encontrar. O senhor marido tio diz com frequência que a *casena* era mais cômoda, principalmente para a caça. Mas não se sabe por que diz isso, visto que nunca vai à caça. Odeia animais selvagens. Odeia fuzis, apesar de ter uma coleção deles. Seus amores são os livros de heráldica e o uíste[34], além de passeios nos campos, pelos limoeiros, dos quais cuida o enxerto pessoalmente.

Sabe tudo sobre os avós, sobre as origens da família Ucrìa de Campo Spagnolo e de Fontanasalsa, sobre precedências, hierarquias, honrarias. Em seu escritório, tem um grande quadro que representa o martírio de são Signoretto. Embaixo, gravado em cobre: "Beato Signoretto Ucrìa de Fontanasalsa e Campo Spagnolo, nascido em Pisa em 1269". E, em letras menores, a história da vida do beato, de como chegou a Palermo e fez obras de caridade "frequentando hospitais e socorrendo os muitos pobres que infestavam a cidade". De como se tenha retirado aos trinta anos para um "lugar desertíssimo à beira-mar". Mas onde teria sido esse "lugar desertíssimo", nas costas africanas? No deserto "à beira-mar", Signoretto foi "martirizado pelos sarracenos", mas não se sabe por quê, a placa não diz. Só porque era beato? Não, que bobagem, beato tornou-se depois.

Um braço do beato Signoretto, conta a placa, está com frades dominicanos, que o veneram como uma relíquia. O senhor marido tio fez de tudo para recuperar essa relíquia de família, mas até agora não conseguiu. Os dominicanos dizem tê-la cedido a um convento de freiras carmelitas e as estas dizem tê-la presenteado às Clarissas, que, por sua vez, sustentam nunca a ter visto.

No quadro, vê-se uma marina escura: um barco ancorado na praia, vazio, uma vela enrolada, marrom. Em primeiro plano, um feixe de luz que vem da esquerda, como se alguém segurasse fora da moldura uma tocha acesa. Um homem velho – mas não tinha trinta anos? – é

---
[34] Jogo de cartas para duas duplas, ancestral do bridge.

golpeado pelos punhais de dois jovens robustos de torso nu. No alto, à direita, três anjos elevam voando uma coroa de espinhos.

Para o duque Pietro, a história de família, por mais mítica e fantasiosa que seja, é mais crível do que as histórias que contam os padres. Para ele, Deus "está longe e não se importa"; Cristo "se era realmente filho de Deus, era no mínimo um insensato". Quanto à Virgem, "se tivesse sido uma dama, não teria se comportado com tanta leviandade levando aquele pobre menino para o meio dos lobos, deixando-o lá todo o santo dia, fazendo-o acreditar ser invencível, quando depois todos viram o fim que teve".

Segundo o senhor marido tio, o primeiro dos Ucrìa era ninguém menos do que um rei do século VII a.C. e precisamente um rei da Lídia. Daquela terra inacessível, sempre segundo ele, os Ucrìa passaram a Roma, onde se tornaram Senadores da República. Por fim, tornaram-se cristãos sob Constantino.

Quando Marianna lhe escreve, para provocar, que alguns desses Ucrìa eram grandes vira-casacas, os quais associavam-se sempre com os mais fortes, ele se aborrece e não a olha mais por alguns dias. Com os mortos da família não se pode brincar.

Se, no entanto, pede-lhe algumas explicações sobre os grandes quadros que estão empilhados no salão amarelo esperando para voltar às paredes, quando a villa estiver pronta, corre para pegar a pena e lhe escrever sobre o bispo Ucrìa, que combateu contra os turcos, e sobre o senador Ucrìa, que fez o famoso discurso para defender o direito de primogenitura.

Não importa o que ela responda. É raro que ele leia o que lhe escreve a esposa, apesar de admirar sua grafia nítida e veloz. O fato de que ela frequente continuamente a biblioteca o desconcerta, mas não ousa se opor; sabe que, para Marianna, a leitura é uma necessidade e, muda como é, também tem suas razões. Ele evita os livros porque são "mentirosos". A fantasia é uma opção levemente nauseante. A realidade é feita, para o duque Pietro, de uma série de regras imutáveis e eternas, às quais toda pessoa de bom senso não pode deixar de se adequar.

Só quando é preciso fazer uma visita a uma parturiente, como se usa em Palermo, ou presenciar uma cerimônia oficial, exige que a esposa se vista com elegância, que use o broche de diamantes da vovó Ucrìa de Scannatura no peito e o acompanhe à cidade.

Se decide permanecer em Bagheria, faz isso de modo que sempre haja gente à mesa dos Ucrìa. Ora convida Raffaele Cuffa, que é seu administrador, guardião e secretário, mas sempre sem a esposa, ora manda vir o advogado Mangiapesce de Palermo. Ou manda a liteira para a tia Teresa freira nas Clarissas, ou então envia um convite, por mensageiro a cavalo, a um dos sobrinhos Alliata de Valguarnera.

O senhor marido tio gosta principalmente do advogado Mangiapesce, porque lhe permite ficar calado. Não é preciso pedir que o jovem "causídico", com o chama o duque Pietro, mantenha conversação. É alguém que gosta muito de discorrer sobre sutis questões de direito, está muito atualizado sobre todos os últimos fatos da política da cidade e não perde nada dos mexericos das grandes casas palermitanas.

Porém, quando a tia Teresa também está, é mais difícil para o advogado manter a conversa, porque ela o interrompe, e, no que diz respeito aos mexericos, a tia sabe mais do que o advogado.

De todos os parentes, a tia Teresa, irmã do senhor pai, é a mais amada pelo senhor marido tio. Às vezes fala com ela apaixonadamente. Trocam notícias sobre a família. Trocam presentes: relíquias, rosários bentos, antigos objetos de família. A tia traz do convento trouxinhas recheadas de ricota moída com açúcar e erva-doce, que são uma delícia. O duque Pietro come até dez de uma vez enrugando o nariz como uma toupeira gulosa.

Marianna o vê mastigar e pensa que o cérebro do senhor marido tio se assemelha, de algum modo, à sua boca: tritura, decompõe, mói, arrota, amassa, engole. Mas da comida que deglute não retém quase nada. Por isso está sempre tão magro. Coloca tanto ímpeto para triturar os pensamentos que no corpo lhe ficam só os vapores. Assim que engole, é tomado pela pressa de eliminar as escórias que lhe parecem indignas de permanecer no corpo de um cavalheiro.

Para muitos nobres da sua idade, que viveram e cresceram no século passado, os pensamentos sistemáticos têm algo de abjeto, de vulgar. O confronto com outras inteligências, outras ideias, é considerado, por princípio, uma rendição. Os plebeus pensam como grupo ou como multidão; um nobre está sozinho e desta solidão é constituída sua glória e sua audácia.

Marianna sabe que ele não a considera sua igual, por mais que a respeite como esposa. Para ele, a esposa é uma menina de um século novo, incompreensível, com algo de trivial em sua ânsia por mudanças, por fazer, por construir.

A ação é aberrante, perigosa, inútil e falsa, dizem seus olhos melancólicos, vendo-a andar atarefada pelo pátio ainda entulhado de baldes de cal e de tijolos. A ação é escolha e a escolha é necessidade. Dar forma ao desconhecido, torná-lo familiar, conhecido, significa desconsiderar a liberdade do acaso, o princípio divino do ócio ao qual só um verdadeiro nobre pode se permitir, em imitação ao Pai Celeste.

Mesmo se nunca ouviu a sua voz, Marianna sabe o que ferve naquela garganta mal-humorada: um amor soberbo e atento às infinitas possibilidades da fantasia, da vontade sem metas, do desejo não realizado. Uma voz tornada estrídula pelo enfado e, no entanto, plenamente controlada como de quem nunca se descuida. Deve ser assim, ela deduz pelo hálito áspero e quente que sente quando está ao lado dele.

Entre outras coisas, o duque Pietro considera insensata essa mania da esposa de ficar em Bagheria, mesmo nos meses mais frios, quando dispõem de uma casa grande e acolhedora em Palermo. E também lhe aborrece dever renunciar às suas noites no cassino dos nobres, onde pode jogar uíste por horas bebendo taças de água e anis, ouvindo entediado o falatório dos seus contemporâneos.

Para ela, porém, a casa de via Alloro é escura demais e atulhada de quadros de antepassados, muito frequentada por visitantes não desejados.

Além disso, a viagem de Bagheria a Palermo, com aquela estrada cheia de buracos e de poeira a deixa melancólica. Muitas vezes, passando por Acqua dei Corsari, viu-se diante das lanças do governador com cabeças de bandidos espetadas para servir de advertência aos cidadãos. Cabeças secas pelo sol, comidas pelas moscas, muitas vezes acompanhadas de pedaços de braços e de pernas com sangue escuro colado na pele.

Inútil virar a cabeça, fechar os olhos. Um redemoinho de vento varre os pensamentos. Sabe que dali a pouco passarão entre as duas colunatas de Porta Felice, seguirão por Cassaro Morto, e logo entrarão no largo retangular da praça Marina, entre o edifício da Zecca e a igreja de Santa Maria della Catena. À direita surgirá o Vicariato e o vento na cabeça irá se fazer tempestade, os dedos irão se fechar segurando a túnica do senhor pai encapuzado acabando por rasgar o manto de veludo que traz às costas.

Por isso, odeia ir a Palermo e prefere ficar em Bagheria; por isso decidiu, salvo ocasiões excepcionais de funerais ou batismos ou partos, que infelizmente se alternam com grande frequência entre os parentes, todos muito prolíficos, arranjar seus aposentos de inverno na Villa Ucrìa. Mesmo se é obrigada pelo frio a viver em pouco espaço cercada de braseiros com carvão aceso.

Todos já sabem e vêm encontrá-la ali quando as estradas não estão inacessíveis pelo transbordamento do Eleuterio, que frequentemente alaga os campos entre Ficarazzi e Bagheria.

O último que veio foi o senhor pai, e ficou com ela uma semana inteira. Só os dois, como sempre desejou, sem a presença dos filhos, dos irmãos, dos primos e outros parentes. Desde que morreu a senhora mãe, de repente, sem adoecer, ele vem sozinho com frequência. Senta-se na sala amarela sob o retrato da vovó Giuseppa e fuma ou dorme. O senhor pai sempre dormiu muito, mas piorou com a velhice; se não dorme dez horas por noite, fica mal. E como é difícil que consiga dormir tantas horas seguidas, acaba adormecendo de dia, cabeceando nas poltronas, nos sofás.

Quando acorda, convida a filha para uma partida de *picchetto*[35]. Sorridente, alegre apesar do reumatismo que lhe deforma as mãos e lhe curva as costas, nunca se irrita com nada, está sempre pronto para se divertir e divertir os outros. Não tem a prontidão da tia Manina, é mais lento, mas tem o mesmo senso cômico e, se não fosse preguiçoso, também seria um ótimo imitador.

Às vezes, pega o bloco que Marianna traz à cintura, arranca uma folha e escreve impetuosamente: "És uma bobona, minha filha, mas envelhecendo descobri que prefiro mais os bobões a todos os outros". "Teu marido, o senhor cunhado tio, é um idiota, mas te quer bem". "Não me agrada morrer, porque te deixo, mas não me desagrada ir ver se vale a pena conhecer Nosso Senhor".

A coisa que nunca deixará de surpreendê-la é a diferença entre o tio Pietro e a irmã, a senhora mãe e o sobrinho, o senhor pai. Assim como a senhora mãe era opulenta, preguiçosa, ele é enxuto e atlético, sempre pronto a se mexer mesmo se só para medir a extensão de seus vinhedos. Assim como ela é disponível e arredia, ele é espinhoso e cabeçudo. Sem falar no sobrinho senhor pai que é tão sereno quanto o outro é sombrio, tão bem disposto para com os outros quanto o duque Pietro é hostil e desconfiado para com todos. Enfim, o senhor marido tio parece ter nascido de uma semente estrangeira que caiu por engano no terreno da família e cresceu torta, áspera e ressentida.

Da última vez, Marianna e o senhor pai ficaram até às duas da manhã jogando *picchetto*, comendo doces, bebendo o perfumado vinho de Málaga. O duque Pietro fora para Torre Scannatura por causa da vindima[36].

E assim, entre uma partida e um copo, o senhor pai lhe escrevera sobre todos os últimos mexericos de Palermo: da amante do vice-rei, que diziam dormir em lençóis pretos para pôr em evidência sua pele branquíssima; do último galeão vindo de Barcelona com uma carga de

---

[35] Espécie de antigo jogo de cartas para dois jogadores.
[36] Período entre a colheita da uva e o início da produção de vinho.

penicos de vidro transparente, com que todos presentavam os amigos; da moda da saia à "Adrienne" lançada pela corte de Paris e que desabara sobre Palermo como uma avalanche irrefreável, metendo em polvorosa todos os costureiros. Até lhe confessou um seu amor por uma rendeira chamada Ester, que trabalhava em uma casa de propriedade dele no Papireto. "Dei-lhe de presente uma sala, onde ela trabalha e que dá para rua... Precisas ver como ficou contente!".

No entanto, esse homem que é seu pai e a ama ternamente, fez com que sentisse o maior horror da sua vida. Mas ele não sabe. Ele o fez para ajudá-la: um grande médico da escola de Salerno o aconselhara a curar a surdez da filha, que parecia resultado de um grande medo, com outro medo maior. *Timor fecit vitium timor recuerabit salutem*[37]. Não era culpa dele se o experimento falhara.

Na última vez que veio encontrá-la, o senhor pai lhe trouxe um presente: uma menina de doze anos, filha de um condenado à morte por ele acompanhado à forca. "A mãe foi levada pela varíola, o pai foi enforcado e me recomendou a menina na hora da morte. Os Irmãos Brancos queriam colocá-la em um convento de órfãs, mas pensei que ficaria melhor aqui contigo. Dou-te de presente, mas queira-a bem, está sozinha no mundo. Parece que tem um irmão, mas não se sabe onde ele se enfiou, talvez esteja morto. O pai me disse que não o via mais desde que o entregou para uma camponesa cuidar. Prometes cuidar bem dela?"

Assim Filomena, chamada de Fila, entrou na villa. E foi vestida, calçada, alimentada, mas ainda não se adaptou: fala pouco ou nada, esconde-se atrás das portas e não segura um prato sem deixá-lo cair. Assim que pode, foge para o estábulo e se senta na palha ao lado das vacas. E quando volta, carrega um cheiro de estrume que se sente a dez passos de distância.

---

[37] Em latim: "O medo fez a doença, o medo recuperará a saúde".

Inútil repreendê-la. Marianna reconhece naquele olhar aterrorizado, sempre alerta, algo de seus humores infantis e a deixa em paz, suscitando a ira de Innocenza, de Raffaele Cuffa e até do senhor marido tio, que suporta com dificuldade a recém-chegada, só por respeito ao cunhado sogro e a esposa muda.

XI

Marianna desperta de sobressalto com uma sensação de gelo. Aguça os olhos no escuro para ver se as costas do marido ainda estão em seu lugar sob os lençóis, mas, por mais que se esforce, não consegue ver o volume familiar. O travesseiro parece intacto e o lençol estendido. Vai acender a vela, mas percebe que o quarto está inundado por uma luz líquida azulada. A lua pende baixa na linha do horizonte e goteja leite sobre as águas escuras do mar.

O senhor marido tio deve ter dormido em Palermo, como sempre faz, com mais frequência ultimamente. Isso não a inquieta, ao contrário, a alivia. Amanhã, finalmente, poderá pedir-lhe para arrumar sua cama em outro aposento; em seu escritório, talvez, sob o quadro do beato Signoretto, entre os livros de heráldica e de História. Além do mais, há algum tempo, começou a se mexer na cama como uma tarântula, acordando-a continuamente com terremotos repentinos.

Quando isso acontece, ela tem vontade de se levantar e sair, mas não o faz para não o acordar. Se dormisse sozinha, não precisaria se perguntar se seria o caso de acender a vela ou não, se poderia ler um livro ou ir à cozinha pegar um copo d'água.

Desde que morreu a senhora mãe, seguida em poucas semanas por Lina e Lena atacadas de repente pela malária, Marianna tem pesadelos e acorda sombria e agitada.

Entre o sono e a vigília, aparecem-lhe características da senhora mãe que nunca tinha prestado atenção, como se a visse agora pela primeira vez: os dois pés inchados e brancos pendurados na beira da cama, os dois dedões como cogumelos que se mexiam como se devessem tocar uma espineta[38] imaginária com os pés; a boca de lábios carnudos, que se abria preguiçosamente para receber uma colher de sopa; o dedo que imergia na bacia de água quente para sentir a temperatura e depois levá-lo à língua, como se devesse beber aquela água e não lavar o rosto. E de repente lá estava ela dando um laço no cinto de seda às costas, ficando vermelha pelo esforço.

À mesa, depois de ter comido uma laranja, pegava uma semente e a dividia em dois com os dentes da frente, cuspia no prato, pegava outra para dividir, até o prato parecer um pequeno cemitério de sementes brancas que, destripadas, tornavam-se verdes.

Partira sem perturbar, como fizera em toda a sua breve vida, tão temerosa de ser considerada um excesso a ponto de ficar sozinha pelos cantos. Muito preguiçosa para tomar uma decisão qualquer, deixava os outros o fazerem, mas sem se irritar. Seu lugar ideal era à janela, com um pote de frutas cristalizadas ao lado, uma taça de chocolate quente de vez em quando, um copo de láudano para se sentir em paz, uma pitada de rapé para o deleite do nariz.

O mundo até lhe podia parecer um belo espetáculo, desde que não lhe pedissem para participar. Era generosa em aplaudir as atitudes dos outros. Ria com prazer, entusiasmava-se, mas era como se tudo já tivesse acontecido há muito tempo e tudo fosse a repetição prevista de uma história conhecida.

Marianna não conseguia imaginar que quando moça tivesse sido esbelta e vivaz, como a descrevia vovó Giuseppa. Sempre a vira igual: o rosto largo de pele delicada, os olhos um pouquinho saltados, as sobrancelhas densas e escuras, os cabelos encaracolados e claros, os ombros redondos, o pescoço taurino, os quadris cheios, as pernas curtas em relação ao tronco, os braços pesados com dobras de gordura. Tinha um modo de rir delicioso, entre tímido e insolente, como se

---

[38] Instrumento musical de cordas, com teclado, da família dos cravos.

não soubesse decidir entre abandonar-se ao divertimento ou retrair-se para poupar energias. Quando sacudia a cabeça, fazia saltitar os cachos loiros sobre a testa e as orelhas.

Sabe-se lá por que, sempre lhe volta à memória que agora está morta. E não são lembranças, mas visões repentinas, como se estivesse ali com seu corpo deformado depois de tantos partos e abortos fazendo aqueles pequenos gestos cotidianos que quando estava viva pareciam feitos por uma moribunda e agora que não existe mais ainda têm o sabor amargo e cru da vida.

Agora perdeu completamente o sono. Impossível voltar a dormir. Senta-se na cama, vai enfiar os pés nas pantufas, mas para no ar e agita os dedos como se tocasse uma espineta imaginária. Sugestão da senhora mãe. Que vá ao diabo, por que não a deixa em paz?

Esta noite, as pernas a levam para as escadas de serviço, que sobem ao telhado. Gosta de sentir o frescor dos degraus sob as chinelas de ráfia. Dez degraus, uma parada, dez degraus, outra parada. Marianna recomeça a subir ligeira: a ponta do largo roupão de seda roça-lhe o dorso dos pés nus.

De um lado, as portas do sótão, do outro, alguns quartos dos criados. Não trouxe a vela; o nariz basta para guiá-la pelos corredores, escadas, galerias, vãos, cubículos, rampas imprevistas degraus traidores. Os cheiros que a guiam são de pó, excrementos de rato, cera velha, uva posta para secar, madeira podre, penicos, água de rosas e cinzas.

A porta baixa que dá para o telhado está fechada. Marianna tenta girar a maçaneta, mas parece emperrada, não se mexe nem um centímetro. Apoia o ombro na porta e tenta empurrar segurando a maçaneta. A porta cede de repente e ela fica na soleira, desequilibrada para a frente, assustada com a ideia de talvez ter feito barulho.

Depois de alguns minutos de espera, decide esticar um pé para as telhas. A luz da lua a atinge no rosto como um jorro de prata, o vento doce desalinha seus cabelos.

Os campos ao redor estão alagados de luz. Capo Zafferano cintila além da esplanada das oliveiras coberta por milhares de estilhaços metálicos. Os jasmins e as flores de laranja mandam para o alto seus perfumes como espirais vaporosas que se desmancham entre as telhas.

Longe, no horizonte, o mar escuro e imóvel é atravessado por uma larga faixa branca fervilhante. Mais perto, no fundo do vale, percebem-se os contornos das oliveiras, das alfarrobeiras, das amendoeiras e dos limoeiros adormecidos.

"Um cavaleiro vem pelo bosque, /seu semblante é de homem galhardo e intrépido/cândida como neve a sua vestimenta, /um branco pavãozinho em seu elmo..."[39] são versos de Ariosto, que lhe vêm doces à memória. Mas por que exatamente estes versos agora?

Parece distinguir à distância a figura agradável do senhor pai. O único "cavaleiro cândido como neve" que se apresentou ao seu amor. Desde que tinha seis anos o "cavaleiro" a cativara com seu "elmo de pavãozinho branco" e depois, quando ela se pôs a segui-lo, ele foi conquistar outros corações, outros olhos inquietos.

Talvez tivesse se cansado de esperar a filha falar, talvez ela o tivesse desiludido com seu mutismo pertinaz, inconsciente. Fato é que quando, fez treze anos, ele já estava muito cansado dela e a cedeu, em um ímpeto de generosidade cavalheiresca, ao desgraçado cunhado Pietro, que se arriscava morrer sem mulher e filhos. Os infelizes se entenderão, deve ter sido o pensamento paterno. E dera de ombros como só ele sabe fazer, com festivo desinteresse.

Mas agora, o que é este cheiro de sebo queimado? Marianna olha ao redor, mas não há luzes à vista. Quem pode estar acordado a esta hora? Equilibrando-se sobre as telhas, avança alguns passos, debruça-se sobre a mureta que circunda o telhado e sobre a qual se erguem as estátuas mitológicas: um Jano, um Netuno, uma Vênus e quatro enormes cupidos armados de arco e flecha.

---

[39] ARIOSTO, Ludovico. **Orlando furioso**. Canto I, 60.

A luz vem de uma janela do sótão. Se debruçar-se mais, poderá entrever um pedaço do quarto. É Innocenza, que acendeu a vela ao lado da cama. Estranho que ainda esteja toda vestida como tivesse entrado no quarto só naquele momento.

Marianna a observa enquanto desamarra os sapatos de cano alto. Pelos gestos irritados, adivinha o que ela está pensando: "Odiosos estes cordões que devem ser enfiados nos ilhoses, mas a duquesa Marianna manda fazer estes sapatos sob medida e depois os dá de presente para nós... E como cuspir em um par de sapatinhos de camurça vienense de trinta tarí?".

Agora Innocenza vai até a janela e olha para fora. Marianna faz um gesto de medo: e se a vir ali espiando do telhado? Mas Innocenza olha para baixo, também encantada por aquele extraordinário clarão da lua que banha o jardim e o faz fosforescente, acendendo de longe o mar.

Vê que ela vira um pouco a cabeça como que para escutar um barulho inesperado. Provavelmente é o baio Miguelito, que bate a pata no chão do estábulo. E mais uma vez Marianna é tomada, quase agredida, pelo pensamento de Innocenza: "Miguelito deve ter fome, aquele cavalo deve ter fome... Dom Calo rouba o feno, todos sabem, mas quem vai contar ao duque? Não sou espiã... Que se arranjem!".

De pés descalços, de corpete rosa com manchas de suor nas axilas, a camisa desbotada e a ampla saia marrom descendo pelos quadris, Innocenza vai até o meio do quarto. Ajoelha-se ali, levanta delicadamente uma tábua. Remexe com mãos impacientes em um buraco, tira fora um saquinho de couro amarrado com uma cordinha preta.

Leva-o para a cama. Desfaz o nó com dois dedos firmes, enfia a mão no saquinho, fecha os olhos enquanto apalpa algo precioso. Depois, lentamente tira da bolsa grandes moedas de prata, coloca uma a uma sobre o lençol com um gesto de jardineiro que manuseia flores recém-desabrochadas.

"Amanhã, às cinco, de novo com as mãos no carvão, as baforadas de fumaça no rosto antes de conseguir acender aquele maldito fogo debaixo do caldeirão e depois peixes a estripar e aqueles pobres coelhos que, quando se pega nas mãos com a cabeça pendurada, fica-se pensando em todo o trabalho para alimentá-los, criá-los e então zaz!, um golpe na cabeça e os olhos ficam opacos, mas não param de olhar, como que dizendo: por quê? Amanhã será uma galinha, mas que desgraça a morte das duas filhas de Calò, eram tão boas para matar frangos... Com certeza eram virgens mesmo se Severina disse que as viu uma manhã no estábulo, enquanto uma ordenhava a vaca a outra ordenhava o pai, era o que dizia, mas não sei se é verdade, Severina, desde que morreu o filho, está ruim da cabeça e vê coisas estranhas por todo lugar... Mas que não menstruaram primeiro uma e depois a outra por alguns meses é verdade, foi Maria quem disse, e nela se pode confiar... Ela verificava todos os panos estendidos para enxugar todos os meses e fazia as contas... E se tivessem engravidado de algum outro? Por que justamente do pai? Mas era o que diziam, até dom Peppino Geraci vira uma manhã todos os três juntos na cama quando foi buscar leite muito cedo... E depois abortaram... Pobres bobonas... Certamente foram à Pupara[40], chamam-na assim porque faz e desfaz os *picciriddi*... Não se sabe ao certo como... Conhece as raízes, as ervas... Por três dias cagas, te retorces, vomitas e no terceiro dia sai o feto, morto... Até as baronesas procuram a Pupara... Pagam até três onças por um aborto bem-sucedido... Mas ela sempre consegue, é muito boa a Pupara...".

Marianna recua, farta de pensamentos alheios, naquele telhado que de deserto se povoara de fantasmas atarefados. Mas não é fácil se livrar da voz de Innocenza, aquela voz silenciosa que continua a persegui-la com o cheiro adocicado de sebo queimado.

"Além disso, terá que decifrar os bilhetinhos desenhados por aquela louca da duquesa que a cada cinco minutos muda de ideia sobre o que quer comer e pretende fazê-lo entender com desenhos extravagantes: um rato enfiado no espeto quer dizer frango assado, uma rã na frigideira

---
[40] T. S.: quem faz bonecas, bonequeira.

quer dizer pato frito, uma batata na água quer dizer berinjelas ao forno. E depois vai descer aquela descarada da Giuseppa para meter o nariz e os dedos nos meus molhos, levará pedaços de bolo ainda meio crus para a biblioteca, derramará o leite, sempre cantando como uma tonta... Tenho vontade de esbofeteá-la, mas nem a mãe que é mãe faz isso, imagina!... Mas onde está com a cabeça? Ainda há muito a fazer: o duque não lhe encomendou para amanhã, que é aniversário de Manina, esturjão assado? Ele tem que ficar a noite toda de molho no vinho... Também quer a torta mil-folhas, em que cada folha tem que ser amassada com fúria e depois ficar descansando... Deve ser uma da madrugada e desde as cinco da manhã estou na cozinha... Tudo por aquelas miseráveis quatro moedas de prata que todos os meses me fazem penar pedindo e implorando porque todos se esquecem que devem pagá-las... Esses duques têm terras e palácios, mas nunca têm dinheiro, dane-se quem os inventou!...

"A duquesa às vezes me dá uns trocados, mas o que se faz com eles?... É preciso mais para a sua bolsa, que sempre tem fome e abre a boca como um peixe fora d'água... Nem sequer coloco aqueles pobres trocados debaixo do assoalho... Dá para comparar com um escudo de ouro com a cabeça de Carlos III que ainda cheira a novo? Ou um belo dobrão de ouro com a efígie do falecido Filipe V?... Dom Raffaele conta e reconta antes de me dar aquelas malditas moedas; uma vez queria me impingir uma falsa... Que imbecil! Como se não as conhecesse de olhos fechados, melhor do que uma mulher conhece o passarinho do marido".

Marianna sacode a cabeça desesperada. Não consegue se livrar dos pensamentos de Innocenza que parecem sair, naquele momento, de sua própria mente embriagada de luz lunar. Afasta-se da mureta, tomada por uma impaciência raivosa enquanto a voz da cozinheira, em sua cabeça, continua a murmurar: "O que fazer com todo esse dinheiro? Arranje um marido, poderias comprá-lo... Um marido, eu? Para ficar como as minhas irmãs? Uma leva chutes assim que abre a boca e a outra ficou sozinha como uma mula porque ele foi embora com uma mulher vinte anos mais nova, deixando-a sem casa, sem dinheiro, com seis filhos para cuidar?... As alegrias da cama? É o que falam as músicas, os livros que lê a duquesa... Mas será que ela, com todos aqueles vestidos de damasco e de seda, com aquelas carruagens, aquelas joias, já conheceu as alegrias da cama? A pobre muda sempre grudada nos livros e nos papéis... me dá pena...". Parece incrível, mas é assim: a cozinheira Innocenza Bordon, filha de um mercenário das distantes terras venetas, analfabeta, com as mãos todas cortadas, sem um afeto no mundo que não seja ela mesma, sente pena da grande duquesa que descende diretamente de Adão por via paterna...

Marianna está de novo apoiada na mureta, incapaz de se separar das falações mentais de Innocenza, e aceita as grosserias da sua cozinheira como a única coisa verdadeira daquela noite suave e irreal. Não pode deixar de olhá-la, enquanto, com mãos experientes pelos afazeres da cozinha, levanta dois a dois os grandes escudos de prata e os põe aos pares no saquinho como que para fazê-los dormir acompanhados. Os dedos conhecem seu peso com tal precisão que até de olhos fechados saberia se lhe faltasse apenas um pedacinho.

Com um suspiro, Innocenza amarra a cordinha ao redor do pescoço do saquinho. Recoloca-o em seu buraco no meio do quarto. Ajeita a tábua, primeiro com as mãos e depois com os pés, depois de se levantar. Então volta para a cama e com gestos rápidos se livra da saia, da camisa, do corpete, enquanto a cabeça se sacode como na dança da tarantela e os grampos voam longe junto com os pentes de tartaruga que antes eram da patroa.

Marianna recua fechando os olhos. Não quer ver a nudez de sua cozinheira. Agora é sua vez de sacudir a cabeça para se libertar daqueles pensamentos inoportunos, grudentos como o suco das alfarrobas. Já lhe aconteceu outras vezes de ser alcançada pelos pensamentos de alguém que está perto, mas nunca por tanto tempo. Está piorando? Desde pequena percebia frases, pedaços de pensamentos esparsos, mas eram sempre descobertas casuais, imprevistas. Quando queria realmente saber o que estava pensando o senhor pai, por exemplo, não conseguia de jeito nenhum.

Ultimamente entra dentro das pessoas atraída por um certo farfalhar vivaz de seus pensamentos que prometem sabe-se lá quais surpresas. Mas depois fica absorta, perdida neles sem saber como sair. Como gostaria de nunca ter subido no telhado, nunca ter espiado dentro do quarto de Innocenza, nunca ter respirado aquele ar claro, venenoso.

XII

"Papai escandaliza com suas últimas vontades." "Tirou do primogênito para dar às filhas." "Coisas que nunca aconteceram." "Signoretto mesquinho." "Brigou com Geraldo." "A tia freira discorda." "Para ti de quem gostava deixou a sua parte da Villa Ucrìa de Bagheria, porque choras, cretina?" "O advogado Mangiapesce diz que o Direito proíbe uma herança do gênero." "Tudo será anulado, está na lei do primogênito."

Marianna remexe nos bilhetes que as irmãs e as tias lhe jogaram rapidamente no prato. As palavras se confundem debaixo do seu nariz. As mãos se banham de lágrimas. Como se pode discutir sobre feudos e casas quando o rosto pálido e doce do pai ainda está nos olhos deles?

Pelos gestos devem estar dizendo poucas e boas. E não adiantam as delícias de Innocenza para lhes fazer curvar a cabeça sobre o prato. O pensamento de que enquanto estava no telhado apreciando os campos alagados de luz da lua, seu pai morria em sua cama da via Alloro em Palermo, tira-lhe o apetite. Como não ouviu, ela que ouve até o falatório interno das pessoas, a respiração ofegante do moribundo? Sim, houve alguma coisa, parecera-lhe ver seu corpo gentil entre as palmeiras anãs; pensara no "cavaleiro níveo". Mas não o interpretara como um pressentimento de morte. Perguntara-se sobre a sedução, sem pensar que estava perto da última das seduções, a mais profunda.

Eis que o almoço de aniversário em que o duque Pietro encomendara esturjão assado e torta mil-folhas para Innocenza se transformou em um almoço de pesar. Mas de pesar tem pouco, tem mais é escândalo pelo inusitado testamento do senhor pai. Um testamento que não se sabe como foi aberto, ainda antes de sepultar o corpo do morto.

Estão todos desconcertados, mas sobretudo Geraldo que tomou a liberalidade do pai para com as irmãs como uma ofensa pessoal. Mesmo se se trata de pequenos legados. O grosso vai para Signoretto e dessa herança inesperada usufruirão também os filhos homens não primogênitos. Mas a subversão dos costumes pegou todos de surpresa e mesmo se no fundo não lhes desagradou receber alguma coisa, sentem-se no dever de protestar.

Signoretto, como grande cavalheiro que é, não intervém, apesar de ser o mais prejudicado. Quem pensa em defender os direitos dele é a tia Agata freira, irmã do vovô Mariano. Está ali alongando o pescoço e as mãos em um paroxismo de indignação. O senhor marido tio é o único a não se preocupar com aquela encrenca. Não tem nada a ver com a herança do cunhado nem lhe importa para quem irá. Já tem o bastante. Já sabe que a Villa Ucrìa de Bagheria, que sua esposa gosta tanto, será inteiramente deles; por isso, serve-se de vinho e pensa em outras coisas, enquanto seus olhos pousam com alguma ironia nos rostos irados, acalorados dos sobrinhos.

Sentado em frente a Marianna, Signoretto talvez seja o único que se sinta no dever de demonstrar um doloroso pesar pelo desaparecimento do pai. Quando alguém fala com ele, faz uma expressão carrancuda que tem algo de cômico porque parece ter sido ensaiada.

Todos os títulos caíram em cima dele de uma vez só: duque de Ucrìa, conde de Fontanasalsa, barão de Bosco Grande, de Pesceddi, de Lemmola, marquês de Cuticchio e de Dogana Vecchia.

Ainda não se casou. A senhora mãe havia escolhido uma esposa para ele, mas ele não a quis. Então ela morreu de um dia para o outro, de ataque de coração, e ninguém mais se ocupou de levar adiante as complicadas relações de dar-ter com a família Uzzo de Agliano.

O senhor pai, quando o filho fez vinte e cinco anos solteiro, apressou-se, em um ímpeto de responsabilidade paterna, a lhe encontrar outra esposa: a princesa Trigona de Sant'Elia. Mas esta também não o agradou e o senhor pai estava fraco demais para obrigá-lo a obedecer.

Na verdade, provavelmente se tratava mais de incredulidade do que de fraqueza. O senhor pai não acreditava muito em sua autoridade, mesmo se por instinto fosse prepotente. Todas as suas decisões eram minadas pela incerteza, por um cansaço interno que o levava mais ao sorriso do que à carranca, mais à acomodação do que à firmeza. De modo que Signoretto, na idade em que todos os jovens das famílias nobres de Palermo eram casados e com filhos, ainda era solteiro.

Já há algum tempo, gosta de política: diz que quer ser senador, mas não acomodado como os outros; sua intenção é incrementar a exportação de trigo da ilha, reduzindo os preços, abrindo estradas para o interior que facilitem o transporte; comprar por conta do Senado navios para colocar à disposição dos agricultores. Pelo menos é o que diz e muitos jovens lhe dão crédito.

"Os senadores só vão ao Senado a cada morte de papa", escreveu-lhe uma vez Carlo, escondido de Signoretto, "e quando vão é só para discutir questões de precedência tomando sorvete de pistache, trocando os últimos mexericos da cidade. Trocaram de uma vez por todas o seu direito de dizer não pela garantia de serem deixados em paz em seus feudos."

Mas Signoretto é ambicioso, diz que irá à corte dos Saboia, em Turim, onde outros jovens palermitanos fizeram sucesso com sua elegância, sua tenacidade e sua inteligência pronta a racionalizar. Por isso recentemente esteve em Paris, aprendeu bem o francês e estuda acaloradamente os clássicos.

A pessoa que mais o ama e protege é Agata, a irmã do senhor avô Mariano, freira carmelita. Coberta de xales com longas franjas douradas jogadas descuidadamente sobre o hábito, coleciona biografias: generais, chefes de estado, príncipes, bispos e papas.

Pelos interesses que têm em comum, ela e o duque Pietro deveriam estar de acordo, mas não é assim. Fato é que ele sustenta que a família Ucrìa tem origem no século VII antes de Cristo, enquanto ela jura que surgiu nos anais históricos em 188 antes de Cristo, com Quinto Ucrìa Tuberone que se tornou cônsul com apenas dezesseis anos. Por essa disputa, não se falam há anos.

Fiammetta, no entanto, desde que se fez freira, perdeu aquele ar magrela e resignado que tinha quando criança. Tem seios fartos, a pele rosada, os olhos vivos. As mãos tornaram-se robustas de tanto amassar, cortar, descascar, mexer. Descobriu que *manciari pane e sputazza*[41] segundo as regras do convento, não são para ela, de modo que se atarefa com as panelas, preparando iguarias deliciosas.

Ao lado dela, Carlo, que se parece cada vez mais com a senhora mãe: preguiçoso, lento, enigmático, os braços roliços, o queixo que tende a ficar duplo, triplo, os olhos míopes e doces, o hábito esticado no peito maciço. Tornou-se excelente em decifrar antigos manuscritos religiosos. Recentemente foi chamado ao convento de São Calogero de Messina para desvendar os segredos de alguns livros do século III, que ninguém entendia. Ele os copiou, palavra por palavra, talvez colocando algo de seu, fato é que o encheram de presentes e de agradecimentos.

E depois Geraldo, que "estuda para general" como dizia tia Manina. Refinado, cerimonioso, frio. Seu uniforme parece recém-passado a ferro, corteja as mulheres e é muito procurado por elas. Recusa-se a casar, porque não dispõe de grandes propriedades nem títulos. Teria um bom partido indicado pela tia Agata: uma certa Domenica Rispoli, riquíssima filha de um capataz que fez fortuna graças à incompetência de um indolente proprietário de terras, mas ele nem quer saber. Diz que não irá misturar seu sangue com o de uma *zappitedda*[42] nem se

---

41 T.S.: comer pão e saliva.
42 T.S.: mulher que usa a enxada, camponesa.

fosse "bela como Helena de Troia". Só agora veio a saber que o pai lhe deixou um pedaço de terra em Cuticchio, do qual, se souber trabalhar, poderá tirar o bastante para manter uma carruagem e uma casa na cidade. Mas ele aspira a algo de mais luxuoso. Até os comerciantes da praça San Domenico têm uma carruagem.

Sentada na ponta da cadeira como uma menina, com os braços cobertos de picadas de mosquitos, está Agata, a belíssima Agata, dada como esposa aos doze anos ao príncipe Diego de Torre Mosca. Antes, entendiam-se só com o olhar, pensa Marianna, agora, tornaram-se quase duas estranhas.

Foi algumas vezes ao palácio dos Torre Mosca na via Maqueda. Admirou suas tapeçarias, seus móveis venezianos, seus enormes espelhos emoldurados de madeira dourada. Mas todas as vezes encontrava a irmã estranha, tomada por pensamentos distantes e sombrios.

Depois do primeiro filho, começou a encolher. A pele branquíssima, tão amada pelos mosquitos por sua fragrância, secou, enrugada antes do tempo. Os traços se deformaram, dilatados, e os olhos encovaram como se enxergar o que a circunda fosse penoso.

Fiammetta, que era considerada a feia da família, ficou quase bonita, capinando a horta e amassando o pão no convento. Agata, que aos quinze anos "fazia os anjos se apaixonarem", como escrevia o senhor pai, aos vinte e três tem um ar de Virgem Maria encarquilhada, daquelas Virgens Marias que ficam na cabeceira da cama, pintadas por mãos desconhecidas e que parece que vão cair aos pedaços de tão abatidas.

Teve seis filhos, dos quais dois mortos. No terceiro, uma doença de sangue quase a levou embora. Depois, recuperou-se, mas não completamente. Agora, sofre de feridas nos seios. Todas as vezes que amamenta, revira-se de dor e acaba dando ao filho mais sangue do que leite.

O marido trouxe para a villa amas de leite, mas ela se obstina a amamentar ela mesma. Teimosa em seu sacrifício materno até se reduzir a uma larva, sempre devorada por febres de puerpério, os olhos afundados nas órbitas, protegidos por duas sobrancelhas delicadas e loiras, não aceita conselhos nem ajuda de ninguém.

Lê-se uma vontade quase heroica na dobra daqueles lábios de jovem mãe, a fronte dividida por um sulco, o queixo enrijecido, o sorriso difícil, os dentes privados da porcelana, amarelados e lascados precocemente.

De vez em quando, o marido pega sua mão, beija-a, olhando-a de baixo para cima. Quem sabe qual é o segredo do casamento deles, pergunta-se Marianna. Cada casamento tem os seus segredos que não se contam nem a uma irmã. O seu é marcado pelo silêncio e pela frieza, por sorte interrompidos cada vez mais raramente por momentos de brutalidade noturna. E o de Agata? O senhor marido dom Diego parece enamorado dela, apesar das deformações e devastações devidas à maternidade, seguidas e suportadas como martírios. E ela? De como aceita aquelas carícias, aqueles beijos, parece que se esforce para conter uma impaciência no limite do desgosto.

Os olhos de dom Diego são límpidos, grandes e azuis. Mas, sob um aparente cuidado amoroso, é possível vislumbrar algo mais, que custa a chegar à tona; talvez ciúme, ou talvez a ânsia de uma posse ainda não completa. Fato é que, em alguns momentos, aqueles olhos cândidos revelam lampejos de satisfação pelo precoce murchar da esposa e sua mão se alonga com alegria desconfiada, misturando a piedade ao prazer.

O olhar de Marianna é interrompido por um baque que quase a faz cair da cadeira. Geraldo se levantou de repente, fazendo sua cadeira bater contra a parede, jogou o guardanapo no chão, dirigindo-se para a porta, não sem antes se chocar com a irmã surda-muda.

O senhor marido tio corre até ela para ver se machucou-se. Marianna lhe sorri para acalmá-lo. E se espanta por estar do lado dele, contra os irmãos, pelo menos uma vez cúmplices, amigos.

Para ela, a villa de Bagheria, que foi construída sob medida, é onde pretende envelhecer. Certamente ficaria contente em herdar uma das terras da família paterna para dispor de algum dinheiro seu e não prestar contas a ninguém, mesmo que as terras de Scannatura do senhor marido rendam bem. Mas deve dar conta ao duque Pietro de cada soldo que gasta, e muitas vezes não tem com o que comprar para escrever.

Até mesmo só as nogueiras de Pesceddi ou o olival de Bagheria a deixariam contente. Poder dispô-los a seu modo, ter uma entrada não controlada por ninguém e não prestar contas a outros... Sem perceber, também está dentro da lógica da divisão, também está calculando, desejando, pretendendo, reivindicando. Por sorte, não dispõe de uma voz que abra espaço nessa estúpida briga entre irmãos, caso contrário, sabe-se lá o que diria! Por outro lado, ninguém a interpela. Estão tão ocupados com o som de suas palavras que certamente, com o calor da discussão, adquirem o tom vibrante de trompetes, cujo som ela nunca ouviu, mas que imagina como um estremecimento metálico que faz os pés dançarem.

Frequentemente se comportam como se ela não estivesse ali. O silêncio a agarrou pela cintura, como teria feito um dos cães da senhora mãe, e a arrastou para longe. E fica ali, entre os parentes, como um fantasma que ora se vê, ora não se vê.

Sabe que agora que a briga está girando justamente em torno da casa de Bagheria, mas ninguém se dirige a ela. O senhor pai possuía uma parte daquela que tinha sido a *casena* do vovô e metade das oliveiras e dos limoeiros que crescem ao redor da villa. Com uma desenvoltura que parece escandalosa, deixou tudo para a filha muda. Mas há quem pense em "impugnar o testamento escandaloso demais". O senhor marido tio se afastou e um bilhete deixado em seu regaço fala de "sabe-se lá quais processos, já que os advogados crescem como cogumelos em Palermo".

O pensamento de que o senhor pai agora esteja estendido morto em sua cama da via Alloro, enquanto ela está ali comendo com os irmãos que se atracam, parece-lhe repentinamente uma coisa muito engraçada. E se derrama em uma risada solitária, muda, que se transforma um instante depois em uma cascata silenciosa, uma chuva insensata que a sacode como uma tempestade.

Carlo é o único que percebeu a sua desolação. Mas está envolvido demais na briga para se levantar. Limita-se a olhá-la com olhos generosos, mas também espantados, porque os soluços sem voz são como relâmpagos sem trovões, têm algo de incompleto e desengonçado.

XIII

A sala amarela foi esvaziada em parte para dar lugar a um gigantesco presépio. Os mestres marceneiros trabalharam dois dias levantando uma montanha que não fica nada a dever ao monte Catalfano. Ao longe, vê-se um vulcão com as bordas pintadas de branco. No centro, uma coluna de fumaça feita de plumas costuradas juntas. Sob o vale das oliveiras, o mar de sedas sobrepostas, as arvorezinhas de terracota com folhas de pano.

Felice e Giuseppa estão sentadas no tapete, atentas, bordando um laguinho feito de espelhos com penachos de papel salpicado de verde. Manina as observa em pé apoiada contra a parede. Mariano está ocupado comendo um biscoito, lambuzando as faces e os lábios. Fila, ao lado dele, deveria arrumar as estatuetas dos pastores no prado de lãzinha cor de garrafa, mas se esqueceu, encantada por aquele magnífico presépio. Innocenza, ao lado do estábulo, dá os últimos retoques na manjedoura, da qual saem tufos de palha verdadeira.

Signoretto, o último a nascer, dorme no colo de Marianna, que o embrulhou em seu xale espanhol e o *annaca* docemente, balançando o busto para frente e para trás.

Agora o lago está pronto, mas, ao invés de refletir o azul do papel colado atrás do estábulo, espelha os olhos zombeteiros de uma quimera, que espia através da folhagem do teto.

Innocenza pousa com delicadeza o menino Jesus com sua pesada auréola de cerâmica na palha fresca. Ao lado dele, a Virgem ajoelhada veste um manto azul turquesa, que lhe cobre a cabeça e as costas. São José usa calças de pele de ovelha e um chapéu de abas largas cor de avelã. O boi gordo e enrugado parece um sapo e o asno, com longas orelhas rosadas, um coelho.

Mariano, com sete anos recém-completos, vai até a cesta enfeitada, onde ainda estão as estatuetas e, com a mão lambuzada de açúcar, pega um rei mago de turbante cravejado de pedras preciosas. Giuseppa logo pula em cima dele, e lhe arranca a estatueta das mãos. Ele perde o equilíbrio, cai no chão, mas não desanima e volta a enfiar as mãos na cesta para pegar outro rei mago de túnica dourada.

Desta vez, é Felice que pula sobre o irmão para lhe tirar das mãos a preciosa estatueta. Mas ele resiste. Os dois caem no tapete, ele chutando e ela mordendo. Giuseppa vai ajudar a irmã e as duas derrubam Mariano, enchendo-o de pancadas.

Marianna levanta-se com o menino no colo e investe contra os três, mas Innocenza chegou antes, pegando-os pelos braços e pelos cabelos. A estatueta do rei mago se espatifa no chão.

Manina os observa com pesar. Dirige-se ao irmão, abraça-o, beija sua bochecha úmida de lágrimas. Logo depois, pega as mãos das irmãs e as puxa para abraçá-las.

Aquela menina tem o dom de apaziguar, pensa Marianna, mais do que para comer, mais do que para brincar, ama a concórdia. Agora, para distrair as duas irmãs da briga encheu as bochechas e assopra sobre o presépio de modo a fazer esvoaçar o manto da Virgem, levantar a roupinha de Cristo, empurrar para o lado a longa barba de são José.

Felice e Giuseppa caem na gargalhada. E Mariano, ainda segurando na mão a metade de uma estatueta, também ri. Até Innocenza ri daquele vento que vem balançar as palmeiras de pano, faz voar os chapéus dos pastores.

Giuseppa tem uma ideia: por que não vestir Manina de anjo? A cabeça de cachos loiros ela já tem, o rosto redondo e doce de grandes olhos em oração faz dela uma criatura do paraíso. Faltam-lhe só as asas e uma longa saia cor do céu.

Com esta ideia na cabeça desenrola uma folha de papel dourado ajudada por Felice. Começa a cortá-la de um lado a outro enquanto Mariano, que gostaria de fazer o que elas fazem, mas não consegue, é mandado embora.

Manina, depois que entendeu que fazer o anjo impedirá os irmãos de brigar por um tempo, deixa que façam: vão embrulhá-la com uma mantilha da mãe, irão costurar as asas no corpete, lambuzarão seu rosto de vermelho e branco. Concordará com tudo, se conseguir arrancar risadas com suas palhaçadas.

Marianna sente o cheiro das tintas: a terebentina pungente, a gordura oleosa. Uma repentina nostalgia aperta-lhe a garganta. Uma tela branca, um carvão e os dedos ágeis reproduziriam um pedaço do presépio, um ângulo da janela, o piso banhado de sol, as duas cabeças curvadas de Giuseppa e Felice, o corpo paciente de Manina com uma asa já colada às costas, a outra ainda no chão, o torso maciço de Innocenza misteriosamente curvado entre as arvorezinhas de cerâmica, os olhos de Fila em que se refletem as luzes de um gigantesco cometa de prata.

Enquanto isso, Signoretto acordou e pôs a cabecinha calva para fora do xale da mãe olhando-a enamorado. Assim careca, sem dentes, parece um *spiritu nfullettu*[43] de coração saltitante, *nun ave paci lu nfullettu*[44], escrevia a vovó Giuseppa no caderno de lírios dourados e "ri por rir".

Uma mãe com seus filhos. Ela também saberia se retratar naquele quadro de tela tão ampla. Começaria pelas quimeras, passaria para os cabelos pretos de Fila, depois para as mãos calosas de Innocenza, e os cachos amarelo-canário de Manina, os olhos cor de noite de Mariano, as saias violeta e rosa de Giuseppa e Felice.

A mãe seria retratada sentada numa almofada, como ela está agora, e as linhas do xale se entrelaçariam com as do vestido, que se abriria à altura da axila, para revelar a cabecinha nua do filho de poucos meses.

---

[43] Em siciliano: espírito endiabrado, diabinho.
[44] Em siciliano: não dá sossego este diabinho.

Mas por que a mãe daqueles filhos tem o rosto espantado e doloroso, naquele quadro que retrata um feliz momento familiar? O que é aquele espanto nervoso?

A pintura imaginária gela a mão de Marianna como uma culpada tentativa de se opor à vontade de Deus. Se não é Ele, quem tão ansiosamente os empurra adiante, faz com que eles rolem sobre si mesmos, cresçam, depois envelheçam e depois ainda morram no tempo de dizer um amém?

A mão que pinta tem instinto de ladrão, rouba ao céu para dar à memória dos homens, finge a eternidade e com esta ficção se compraz, como se tivesse criado uma ordem sua mais estável e intimamente mais verdadeira. Mas não é um sacrilégio, não é um abuso imperdoável para com o consenso divino?

No entanto, outras mãos pararam o tempo com sublime arrogância, tornando o passado familiar, que não morre nas telas, mas se repete ao infinito como o canto de um cuco, com tétrica melancolia. O tempo, pensa Marianna, é o segredo que Deus esconde dos homens. E deste segredo se vive cada dia miseravelmente.

Uma sombra se intromete entre o seu quadro imaginário e o sol que alaga alegremente o piso. Marianna levanta os olhos para a janela. É o senhor marido tio que os observa por trás da vidraça. Os olhos pequenos, penetrantes, parecem habitados pela satisfação: diante dele, reunida sobre o tapete do mais luminoso aposento da villa, toda a família, a sua descendência. Agora que os filhos homens são dois, seus olhares tornaram-se vitoriosos e protetores.

O olhar do tio marido se encontra com o da jovem sobrinha esposa. Há gratidão no sorriso apenas esboçado dele. E ela sente uma espécie de antigo e patético contentamento.

O senhor marido tio abrirá a janela? Virá se juntar a eles ao lado do presépio ou não? Se o conhece bem, preferirá, depois de ter se tranquilizado, afastar-se sozinho, evitando o calor da sala aquecida. De fato, vê-o dar as costas, enfiar as mãos nos bolsos e se encaminhar a grandes passos para a *coffee house*. Ali, abrigado pelos vidros e trepadeiras, pedirá que lhe tragam um café com muito açúcar e contemplará a paisagem que conhece de memória: à direita, a ponta estendida do Pizzo della Tigna; em frente, os bosques de acácias do monte Solunto, o dorso escuro e nu do monte Catalfano e ao lado, encapelado, o mar que hoje está verde como um prado primaveril.

XIV

O quarto está na penumbra. Uma chaleira d'água ferve sobre um braseiro no chão. Marianna está afundada na poltrona baixa, as pernas esticadas no piso, a cabeça abandonada sobre o travesseiro. Dorme.

Ao lado dela, o grande berço de madeira com laços azuis que já recebeu Manina e Mariano. As fitas se movem por um fio de ar que entra pela janela entreaberta.

Innocenza entra devagar empurrando a porta com um pé. Tem nas mãos uma bandeja com ponche fervendo e alguns biscoitos de mel. Coloca a bandeja em uma cadeira próxima à duquesa e está para sair, mas depois reconsidera e vai buscar uma coberta na cama para abrigar do frio a mãe adormecida. Nunca viu a senhora Marianna tão acabada, tão magra, pálida, com olheiras negras e um quê de sujo e desordenado que não fazem parte dela. Ela, que todos costumam ver como uma jovem de vinte anos, hoje demonstra ter dez anos a mais. Se ao menos não se cansasse lendo tanto! Um livro aberto está caído no chão.

Innocenza estende a coberta sobre as pernas dela, depois vai até o grande berço e observa o recém-nascido, Signoretto suga o ar sibilando. "Este menino não passa desta noite" pensa, e o drástico pensamento acorda Marianna que se ergue com um sobressalto.

Sonhava que estava voando, tinha os olhos e o nariz cheios de vento: as patas do cavalo galgavam as nuvens e ela percebia que montava o baio Miguelito diante de seu pai, que segurava as rédeas e incitava o animal ao galope entre as nuvens de algodão. Embaixo, no meio do vale via-se a Villa Ucrìa em toda a sua beleza, o corpo elegante cor de âmbar, os dois braços em arco cravados de janelas, a estátuas como bailarinas prontas a saltar sobre a cornija do telhado.

Abre os olhos e vê o rosto gordo, bonachão de Innocenza a um dedo do seu. Recua com um movimento brusco. O primeiro instinto é empurrá-la; por que a espia assim? Mas Innocenza sorri com uma apreensão tão afetuosa que Marianna não tem coragem de afastá-la. Senta-se, fecha o corpete, ajeita os cabelos com o dedo.

Agora a cozinheira se aproxima de novo do menino no fundo no berço, afasta com dois dedos as fitas de seda, examina aquele rostinho contraído que abre a boca desesperada à procura de ar.

Marianna se pergunta por qual infausta alquimia os pensamentos de Innocenza chegam até ela claros e límpidos como se os pudesse ouvir. Não quer aquele peso, é desagradável. Ao mesmo tempo, gosta de sentir o cheiro daquela saia cinzenta que recende a cebola, essência de alecrim, vinagre, banha, manjericão. É o cheiro da vida que se insinua impertinente entre os odores de vômito, suor e óleo canforado que exalam daquele berço enfeitado.

Faz sinal para se sentar ao lado dela. Innocenza obedece calada, levantando a larga saia preguegada. Acomoda-se no chão esticando as pernas sobre o tapete.

Marianna estende a mão para um copo de ponche. Na verdade, gostaria de um grande gole de água fresca, mas Innocenza pensou que a bebida quente poderia ajudá-la a aguentar o gelado da noite e não pode decepcioná-la pedindo-lhe outra coisa. Por isso, bebe o líquido quente e adocicado de uma só vez, queimando o palato. Mas, em vez de se sentir mais quente, começa a tremer de frio.

Innocenza pega sua mão com um gesto carinhoso e a esfrega entre as suas para aquecê-la. Marianna se enrijece: não pode deixar de pensar no saquinho de moedas, nos gestos sensuais daqueles dedos que colocavam o dinheiro como que para dormir dois a dois.

Para não a envergonhar com a recusa, Marianna se levanta, vai até a cama. Ali, atrás do biombo bordado de cisnes, agacha-se sobre o penico limpo e deixa cair algumas gotas de urina. Então, pega o penico e o entrega à cozinheira como se lhe desse um presente.

Innocenza o pega pela alça, cobre-o com uma ponta de seu avental e se dirige às escadas para ir despejá-lo na fossa. Caminha cautelosa, ereta, como se carregasse algo de precioso.

Agora, parece que o menino deixou de respirar completamente. Marianna olha seus lábios violáceos, inclina-se sobre ele inquieta, apoia um dedo em seu nariz. Um pouco de ar sai a intervalos rápidos, descompassados.

A mãe apoia a cabeça no peito do filho sentindo as batidas apenas perceptíveis de um coração fraco. O cheiro de leite regurgitado e de óleo canforado entra-lhe com violência nas narinas. O médico proibiu lavá-lo e aquele pobre corpinho jaz envolto nas bandagens que cada vez mais se impregnam de seus cheiros de moribundo.

Talvez ele consiga, os outros também ficaram doentes: Manina teve caxumba duas vezes, com febre alta por dias, Mariano esteve para morrer de erisipela. Mas nenhum deles emanou aquele cheiro de carne se deteriorando que exala agora do corpo de Signoretto, que recém completou quatro anos.

Lembra-se dele grudado em seu seio nos primeiros meses de vida, com duas mãozinhas de aranha. Nasceu prematuramente, como Manina, mas, enquanto ela veio ao mundo um mês antes do previsto, ele quis sair com dois meses de antecedência. Demorou para crescer, mas parecia sadio, pelo menos era o que dizia o doutor Cannamela: que em poucos meses alcançaria os irmãos.

Sentia que ele não mamava, dava empurrões, engasgava-se e depois cuspia o leite. No entanto, foi o mais precoce em reconhecê-la, ao dar para ela sorrisos irrequietos e entusiasmados.

Ninguém no mundo podia pegá-lo no colo a não ser ela. E não havia ama, babá, criada que pudessem aquietá-lo: enquanto não voltasse para o colo da mãe não parava de chorar.

Um menino alegre e inteligente que parecia ter adivinhado a surdez da mãe e inventara uma linguagem para se fazer entender por ela, só por ela. Falava com ela esperneando, mexendo-se, rindo, cobrindo-a de beijos pegajosos. Colava sua grande boca sem dentes no rosto dela, lambia seus olhos fechados, mordia com as gengivas os lóbulos de suas orelhas, mas sem a machucar, como um cachorrinho que conhece sua força e sabe dosá-la para brincar.

Crescera mais rápido do que os outros. Ficara muito alto, com dois pés enormes que Innocenza pegava na mão admirada: "Vamos fazer dele um paladino", dissera um dia, e o senhor marido tio apressara-se em escrever em um folheto que a esposa não risse disso.

Nunca gordo, isto não, ao abraçá-lo sentia as costelas finas como quartos de lua sob os dedos: quando este menino irá se decidir a criar um pouco de carne? Perguntava-se e beijava seu umbigo saliente, sempre um pouco avermelhado e inchado como se tivesse sido cortado só há meia hora.

Tinha um cheiro de leite azedo que nem o banho na tina cheia de água e sabão conseguia tirar completamente. Reconhecia esse último filho de seus trinta anos de olhos fechados. E o preferia abertamente pelo amor desmedido que lhe dedicava e pelo qual ela se deixava arrebatar.

Algumas vezes, de manhã cedo, despertava sentindo um calor nas costas nuas e depois descobria que era ele, que, entrando furtivamente na cama, colava a boca desdentada em sua pele e sugava como se fosse um mamilo.

Pegava-o pelo pescoço e, rindo, abraçava-o no calor das cobertas, no escuro. E ele, rindo às gargalhadas, agarrava-se a ela beijando-a, aspirando os odores noturnos dela, dando-lhe cabeçadas nos seios.

À mesa, fazia-o sentar-se a seu lado, apesar dos terminantes bilhetes do senhor marido tio: "As crianças devem ficar com as outras crianças, na *nursery* que está lá para isto".

Mas ela sabia comovê-lo com o argumento da magreza: "Sem mim ele não come, senhor marido tio". "E não me chame de senhor tio." "O menino é muito seco." "Acabarei de secá-lo eu, se não o mandar para seu quarto." "Se o mandar embora, vou também". Um vai e vem de bilhetes desaforados que faziam Fila rir e as ajudantes de cozinha atrás dela. No final, Marianna conseguira que só no almoço o menino se sentasse ao lado dela, para fazê-lo comer *sfinciuni*[45] recheado de frango desfiado, massa com ovos e queijo, zabaione com espuma de laranja, todas as coisas que, como dizia Innocenza, "fazem sangue".

Signoretto não engordava, mas esticava, crescia para cima, tinha um pescoço de cegonha e dois bracinhos de macaco que os irmãos ridicularizavam abertamente. Aos dois anos, era mais alto do que o filho de Agata, que tinha três. Só não ganhava peso; desenvolvia-se para cima como uma planta que busca ar. Seus dentes não nasciam, e nem os cabelos. A cabeça parecia uma bola e ela a cobria com toucas rendadas, encrespadas e bufantes.

Na idade em que todas as outras crianças começam a falar, ele só ria. Cantava, berrava, cuspia, mas não falava. E o senhor marido tio começara a escrever bilhetes ameaçadores: "Não quero meu filho mudo como a senhora". E a seguir: "É preciso se separarem, é o que diz o boticário e também o doutor Cannamela".

Marianna tivera tanto medo de que o levassem embora, que até teve febre. E o duque Pietro, enquanto ela delirava, andava exasperado pela casa, tomado por uma indecisão insana: devia aproveitar a inconsciência de sua esposa para lhe tirar o filho e colocá-lo no convento da tia Teresa freira, onde o ensinariam a falar ou deixá-lo piedosamente com a mãe que era tão ansiosamente ligada à criança?

Enquanto se retorcia indeciso, a febre passou. E ela o fizera prometer que deixaria filho perto dela por pelo menos mais um ano. Em troca,

---

[45] T. S.: Espécie de pizza alta, tradicional na Sicília.

contrataria um professor, e o obrigaria a aprender o abecedário. Já tinha quatro anos e aquela recusa a falar também a inquietava.

Assim foi. E o senhor marido tio se acalmou: o menino estava bem, era alegre, comia, crescia; como tirá-lo dos braços da mãe? Mas não dava sinais de falar.

Até que um dia, próximo do final do prazo de um ano estabelecido pelo pai, adoeceu. Ficou cinzento de tanto vomitar.

O doutor Cannamela diz que se trata de um delírio devido a uma "inflamação no cérebro". Fez o cirurgião Pozzolungo tirar-lhe uma tigelinha de sangue, o qual, por sua vez, colocou-o em jejum em um aposento isolado, onde só a mãe e Innocenza podem entrar. O cirurgião decretou que não se trata de uma inflamação no cérebro, mas de uma forma rara de varíola.

A cozinheira já teve varíola e saiu meio morta, mas saiu. Marianna não teve, mas não tem medo. Não ficara sozinha em casa quando toda a Bagheria foi acometida por febres e vômitos, sem se contagiar? Na época, lavava a cada instante as mãos com vinagre, chupava limão com sal e mantinha a boca coberta com um lenço amarrado atrás da nuca como um bandoleiro.

Porém, desde que Signoretto adoeceu, não toma nem as costumeiras precauções. Dorme na poltrona estofada ao lado do berço de madeira em que o filho arqueja, examinado cada respiração. De noite acorda de sobressalto, estica a mão para a boca do menino para ver se ainda respira.

Quando o vê sugar o ar daquele modo aflito, os lábios lívidos, as mãozinhas agarradas à beira do berço, pensa que o melhor modo de o ajudar seria fazê-lo morrer. O cirurgião diz que já deveria ter morrido. Mas ela o mantém vivo com o calor de sua proximidade, beijando-o, dando-lhe a todo momento um pouco da sua respiração.

XV

O senhor pai tem um modo todo seu de montar no baio agarrando-se à crina preta e falando ao cavalo com voz persuasiva. O que lhe diz, Marianna nunca soube, mas se assemelha muito às palavras enigmáticas e afetuosas que dizia ao ouvido do condenado à morte no tablado da praça Marina.

Quando está sobre a sela, faz sinal para que se aproxime, inclina-se sobre o pescoço do animal e puxa a filha, faz com que sente diante dele montada sobre a crina. Não é preciso chicotear ou esporear o baio Miguelito, porque ele parte assim que o senhor pai assume uma certa posição com as pernas bem fechadas contra os flancos e o peito distendido para frente.

Assim, tomam a descida que da casa leva ao largo da fonte de San Nicola, onde os pastores estendem as peles esfoladas das ovelhas para secar. Ali, paira sempre um cheiro forte de carne em putrefação e de curtidura. Pai e filha ultrapassam os portões da Villa Trabia, atravessam a viela que margeia o jardim da Villa Palagonia, deixando os dois monstros de um só olho, de pedra rosada, à esquerda. Entram na estrada poeirenta flanqueada por infinitas moitas de amora e de figos-da-índia para tomar a direção de Aspra e Mongerbino.

O senhor pai se debruça para a frente, o baio Miguelito começa o galope e passam pelas alfarrobeiras tortas, pelas casas esparsas dos camponeses, as oliveiras e amoreiras, as vinhas e o rio.

Quando o vapor úmido do mar começa a subir pelas narinas, fresco e salgado, o baio ergue as patas anteriores e em instantes, com um impulso poderoso dos flancos, levanta-se do chão. O ar se faz mais leve, limpo; gaivotas vêm ao encontro deles assustadas. O senhor pai incita o cavalo, a menina se agarra à crina equilibrando-se sobre o ágil e macio pescoço de Miguelito, que parece o pescoço de uma girafa.

O vento entra em seus cabelos, corta-lhe o fôlego na garganta, uma nuvem avança tepidamente para eles e, com um salto, o baio entra dentro dela, passa a nadar na espuma flutuante pateando e relinchando. Por um momento Marianna não vê mais nada, só uma névoa grudenta que lhe enche os olhos. Então, estão de novo fora, no límpido azul de um céu acolhedor.

Desta vez, certamente o senhor pai a está conduzindo ao paraíso, pensa Marianna e olha com satisfação as árvores que debaixo deles ficam cada vez menores e escuras. Os campos, ao longe, decompõem-se em geometrias azuladas; quadrados e triângulos se sobrepõem em desordem.

O baio, agora, não está mirando o céu, mas o topo de uma montanha. Marianna reconhece seu cume chato e nu, a forma de castelo de corpo cinzento. É o monte Pellegrino. Num piscar de olhos chegam lá. Agora descerão sobre aquelas pedras queimadas para descansar um pouco antes de prosseguir sabe-se lá para quais céus felizes.

Mas debaixo deles reuniu-se uma multidão e, no meio dela, há algo escuro: um tablado, um homem, uma corda pendurada. O baio Miguelito está fazendo giros concêntricos. O ar fica mais quente, os pássaros ficam para trás. Agora vê com clareza: o senhor pai está para pousar, com cavalo e filha, diante do patíbulo onde um rapaz de olhos que purgam está para ser justiçado.

No momento em que os cascos de Miguelito tocam o chão, Marianna acorda, a camisola enxarcada de suor, a boca seca. Desde que morreu o pequeno Signoretto, não consegue dormir de noite. A cada duas horas acorda sem ar, apesar da valeriana e do láudano que toma junto com chá de espinheiro branco, flor de laranjeira e camomila.

Com um gesto de impaciência afasta os lençóis, põe para fora os pés nus. O tapetinho de pele de cabra lhe faz cócegas nas plantas dos pés. Estende a mão para os fósforos. Acende a vela na mesa de cabeceira. Veste o roupão de chenile violeta e se dirige ao corredor.

Por baixo da porta do quarto do senhor marido tio se desenha um filete de luz. Também ele insone? Ou adormeceu com o livro na mão e a vela acesa, como lhe acontece com frequência?

Mais adiante, a porta do quarto de Mariano está entreaberta. Marianna a empurra com dois dedos. Dá alguns passos em direção à cama. Vê o filho que dorme de boca aberta. E se pergunta se é o caso de consultar de novo o doutor Cannamela. Aquele menino sempre foi fraco de garganta, toda hora um resfriado e seu nariz incha, fecha-se e a tosse o sacode, insistente.

Já o fez consultar dois médicos importantes, um receitou a costumeira sangria, que só o enfraqueceu. Outro disse que é preciso abrir o nariz, extrair um pólipo que o incomoda e voltar a fechá-lo. Mas o senhor marido tio nem quis saber: "Aqui se abrem e fecham só as portas, filho da puta".

Por sorte, crescendo, sua índole melhorou: não faz mais tantas manhas, não se joga mais no chão quando é contrariado. Está se assemelhando à senhora mãe, sua avó: é preguiçoso, bonachão, de entusiasmos fáceis, mas também desanima com facilidade. De vez em quando, vem lhe beijar a mão e contar alguma coisa, enchendo as folhas com uma caligrafia larga e confusa.

Às vezes, Marianna sente o olhar impiedoso do filho sobre suas mãos envelhecidas precocemente. Sabe que de alguma forma ele se alegra com isso, como uma punição merecida por ter concentrado de maneira impudica e descontrolada todos os seus cuidados sobre o corpinho detestável do irmãozinho morto aos quatro anos.

O duque Pietro e a tia Teresa freira fazem de tudo para convencê-lo a se comportar como um duque. Com a morte do pai, muito mais velho do que a mãe, herdará todos os títulos e as riquezas do ramo dos Scebarràs, deixados de presente ao tio Pietro. Ele até gosta um pouco, orgulha-se, fica arrogante, dali a pouco se aborrece e volta a brincar de esconde-esconde com as irmãs sob os olhos escandalizados do pai. Mas só tem treze anos.

Marianna para diante do quarto de Giuseppa, que é a mais inquieta das três filhas: rejeita as lições de música, de bordado, de espanhol, só é ávida por doces e corridas a cavalo. Foram Lina e Lena, antes que as levasse a febre quartã, quando chamavam o baio com um assobio e corriam abraçadas no olival, que a ensinaram a cavalgar. O senhor marido tio não aprova: "Há as cadeirinhas para as senhoras, há as liteiras, há as carruagens, não quero amazonas por aí".

Mas assim que o pai vai para Palermo, Giuseppa pega Miguelito e vai com ele até o mar. Marianna sabe, mas nunca a traiu. Ela também gostaria de montar a cavalo e galopar pelas trilhas poeirentas, mas nunca lhe permitiram. A senhora mãe a convencera de que uma muda não pode fazer quase nada do que deseja sem ser agarrada "pelos cães da longa cauda bifurcada". Só o senhor pai, depois de muita insistência, a levara às escondidas, duas ou três vezes, na garupa de Miguelito quando ainda era um cavalinho jovem e alegre.

O duque Pietro é particularmente severo com Giuseppa. Se a menina se recusa a se levantar cedo de manhã, tranca-a no quarto e a deixa lá o dia todo. Innocenza, às escondidas, leva-lhe comidinhas feitas especialmente para ela. Mas isto o senhor marido tio nem ao menos suspeita.

"Tua filha Giuseppa, aos dezoito anos, comporta-se como uma menina de sete", escreve ele em uma folha e a joga em cima dela com ar irritado. Marianna percebe que a filha não está descontente, mas não saberia dizer o porquê. Parece que sinta prazer em rolar em lençóis enxarcados de lágrimas, entre migalhas de biscoitos, os cabelos sebosos, pronta a dizer não a tudo e a todos.

"Mal do crescimento" escrevia o senhor pai "deixem-na e paz". Mas o senhor marido tio não a deixa em paz de jeito nenhum: "São caprichos". E todas as manhãs para à cabeceira da cama e lhe faz longos sermões que em geral surtem o efeito oposto. Repreende-a principalmente por não querer se casar. "Aos dezoito anos e ainda 'pura', é indecente. Aos dezoito anos tua mãe já havia feito três filhos. E a senhora solteira. O que faço com uma solteirona? O que faço?".

Marianna avança tateando: o corredor é longo e os quartos dos filhos se sucedem como as estações da Via Crúcis. Aqui dormia Manina antes de se casar, por vontade do pai, só com doze anos. Sempre foi a preferida dele, a mais obediente, a mais bonita. E ele havia pensado em fazer um grande sacrifício, renunciando a ela "para casá-la bem, com um homem justo e abastado".

A cama com o baldaquim franjado, as cortinas de veludo ocre, o conjunto de pente, escova e frisador em tartaruga e ouro, presente do avô Signoretto quando fizera dez anos. Cada coisa em seu lugar como se a menina ainda vivesse ali.

Marianna relembra das muitas cartas indignadas que escreveu ao marido para dissuadi-lo daquele casamento precoce. Mas foi derrotada pelos parentes, amigos e costumes. Hoje se pergunta se não fez muito pouco pela filha mais jovem. Não teve coragem suficiente. Certamente lutaria com mais energia caso se tratasse de Signoretto. Com Manina, depois das primeiras batalhas, deixou correr, por cansaço, por tédio, quem sabe, por covardia.

Afasta-se depressa do quarto da filha, mal iluminado por um pequeno lume que arde sob um quadro da Virgem. Ao lado, em um quarto que dá para as escadas, até há alguns anos dormia Felice, a mais alegre de suas filhas. Entrou para o convento com onze anos, construiu entre os franciscanos um pequeno reino que governa caprichosamente. Entra e sai quando quer, dá almoços e jantares para cada ocasião. Com frequência o pai lhe manda a cadeirinha e vem por um dia ou dois a Bagheria e ninguém diz nada.

Ela também deixou um vazio. Perdeu as filhas mulheres cedo demais, pensa Marianna. Salvo Giuseppa, que engole veneno e rola na cama sem nem saber por quê. Há algo de idiota em chocar os filhos como ovos, com a espantosa paciência de uma galinha.

Transferiu para os corpos dos filhos em transformação o próprio corpo, privando-se dele como se o tivesse perdido quando se casou. Entrou e saiu das vestes como um fantasma, seguindo um sentimento de dever que não vinha de uma inclinação, mas de um sombrio e antigo orgulho feminino. Na maternidade colocou sua carne, seus sentidos, adequando-os, sujeitando-os, limitando-os. Só com o pequeno Signoretto exagerou, bem sabe, seu amor ia além da relação mãe e filho, quase de dois amantes. E como tal não podia durar. Ele o entendera antes dela em sua espantosa inteligência infantil e havia preferido ir embora. Mas pode-se viver sem corpo, como ela fez por mais de trinta anos, sem se tornar a múmia de si mesma?

Agora os pés a levam a outro lugar, descem as escadas de pedra cobertas pelo tapete florido: a entrada, as plantas que serpenteiam pelas paredes, o corredor branco, a grande janela sobre o pátio adormecido, a sala amarela onde se vislumbra a espineta envernizada, as duas estátuas romanas guardiãs da porta-balcão, as quimeras que espiam entre a ramagem do teto, a sala rosa com seu divã estofado, o genuflexório de madeira avermelhada, a mesa de jantar sobre a qual se destaca o cesto branco cheio de peras e de uvas de cerâmica. O ar está gelado. Há dias caiu sobre Bagheria um frio incomum e inesperado. Há anos que não faz um frio assim.

A cozinha a recebe apenas um pouco mais quente com seu cheiro de fritura e de tomate seco. Pela porta aberta entra um fio de luz azulado. Marianna dirige-se para o armário. Abre as portas com um gesto mecânico. O cheiro do pão envolto em panos entra-lhe opressivo pelas narinas. Lembra-se do que leu sobre Demócrito em Plutarco: para não entristecer com sua morte a irmã que ia se casar, o filósofo prolongou a agonia cheirando o pão recém assado.

Com o canto do olho, Marianna entrevê alguma coisa escura que serpenteia no piso. Curva-se para olhar. Há alguns anos não enxerga bem de longe. O senhor marido tio mandou vir de Florença óculos para míope, mas ela não consegue se habituar. E depois sente-se ridícula com aquilo no rosto. Em Madri, parece que os jovens usem óculos, mesmo sem motivo, só para ostentar as grandes armações de tartaruga. E esta já seria uma boa razão para não os usar.

Olhando de perto percebe que são formigas: uma fila laboriosa composta de milhares de animaizinhos que vão e vêm da despensa à porta. Atravessando toda a cozinha, subindo pela parede, alcançando a banha que enche a sopeira de louça em forma de pato.

Mas onde está o açúcar? Marianna olha ao redor procurando as latas de metal esmaltado onde o precioso granulado é guardado desde quando é menina. Por fim as encontra, próximas à janela, alinhadas sobre uma tábua. O que não soube inventar o engenho de Innocenza para evitar as formigas! A tábua está equilibrada entre duas cadeiras; os pés das cadeiras estão dentro de panelinhas cheias d'água, sobre cada lata um pratinho cheio de vinagre.

Marianna tira de um cesto no chão um limão enrugado, sente seu cheiro fresco e acre, corta-o pela metade com uma faquinha de cabo de chifre. De uma metade tira uma fatia carnuda com o branco macio e esponjoso. Salpica em cima uma pitada de sal e a leva à boca.

É um hábito que adquiriu com a vovó Giuseppa, que todas as manhãs, antes mesmo de lavar o rosto, comia um limão fatiado. Era seu modo de conservar os dentes sadios, a boca fresca.

Marianna toca os dentes com um dedo, enfiando-o entre as gengivas e a língua. Certamente são bem firmes e fortes, mesmo se dois deles foram tirados pelo cirurgião no ano passado e agora não mastiga muito bem de um lado. Alguns estão lascados, outros, sem brilho. Veem-se os filhos pelos dentes. Não se sabe por quê, são ávidos de osso, quando estão na barriga. Aquele molar talvez pudesse ser salvo, mas doía e o cirurgião, como se sabe, tem o ofício de cortar, não de consertar. Deu tanto trabalho para tirar aqueles dois dentes que ele suava, tremia como se tivesse febre. Puxava com o boticão nas mãos, mas o dente não se movia. Então o quebrara com um martelinho e só conseguira extrair os pedaços quebrados apoiando um joelho no peito dela, soprando como um búfalo.

Com o limão na mão, Marianna se dirige para a despensa. Abre a portinha forçando-a com a unha, pega a lata de bórax. Depois, com a mão cheia de pó branco vai até a fila das formigas, deixa-o cair sobre a grande cobra em movimento. Logo as formigas começam a se agitar desfazendo as filas, saltando umas sobre as outras, refugiando-se nas fissuras da parede.

Com os dedos empoeirados de bórax, Marianna vai até as venezianas fechadas. Abre-as levemente deixando entrar o clarão da lua. O pátio caiado, resplende. Os oleandros formam massas escuras que lembram gigantescos dorsos de tartarugas adormecidas com o focinho contra o vento para se abrigar do frio.

O sono faz seus olhos lacrimejarem: os passos se dirigem sozinhos para o quarto. É quase manhã. Das janelas fechadas vem um leve odor de fumaça. Alguém nas *casene* próximas ao estábulo acendeu o primeiro fogo.

A cama desfeita não é mais uma prisão de onde fugir, mas um refúgio para se abrigar. Seus pés estão congelados e os dedos, dormentes. Da boca saem nuvens de vapor. Marianna se enfia debaixo das cobertas e, assim que apoia a cabeça no travesseiro, cai em um sono escuro e sem sonhos.

Mas não chega a repousar, é acordada por uma mão fria que lhe levanta a camisola. Senta-se de sobressalto. O rosto do senhor marido tio está ali a um dedo de distância do seu. Nunca o olhara tão de perto, parece estar cometendo um sacrilégio. Sempre fechou os olhos ao receber seus abraços. Agora, no entanto, o observa e o vê desviar os olhos incomodado.

O senhor marido tio tem os cílios brancos; quando se descoloriram daquela maneira? Como é que nunca percebeu? Desde quando? Ele levanta a mão longa e ossuda, como se quisesse bater nela. Mas é só para lhe fechar os olhos. O ventre armado pressiona as pernas dela.

Quantas vezes cedeu àquele abraço de lobo fechando os olhos e apertando os dentes! Uma corrida sem saída, as patas do predador no pescoço, o hálito que engrossa, pesado, um aperto nos quadris e a rendição, o vazio.

Ele certamente nunca se perguntou se esse ataque lhe agradava ou não. É o corpo dele que toma, que enforca. Não conhece outro modo de chegar ao ventre feminino. E ela o deixou para além dos olhos fechados, como um intruso.

Que se possa sentir prazer em uma coisa tão mecânica e cruel nunca lhe passou pela cabeça. No entanto, algumas vezes, cheirando o corpo tabacoso e sonolento da senhora mãe, adivinhara o odor de um secreto prazer sensual a ela completamente desconhecido.

Agora, pela primeira vez, olhando no rosto do senhor marido tio, consegue dizer que não com a cabeça. E ele se paralisa, com o membro rígido, a boca aberta, tão surpreso com sua rejeição a ponto de ficar ali estanque, sem saber o que fazer.

Marianna sai da cama, veste o roupão e vai para o quarto do marido, tremendo de frio e sem perceber. Ali, senta-se na beira da cama e olha ao seu redor como se visse pela primeira vez esse quarto tão perto dos seu e, no entanto, tão longe. Como é pobre e desagradável! As paredes brancas, branca a cama coberta por um edredom rasgado, uma pele de ovelha com pelos sujos no chão, uma mesinha de madeira de oliveira em que estão o espadim, um par de anéis e uma peruca de cachos murchos.

Apurando os olhos, pode ver, atrás da portinhola semiaberta da *rinalera*[46], o penico branco com borda dourada meio cheio com um líquido claro, no qual boiam duas linguiças escuras.

Esse quarto parece querer lhe dizer alguma coisa que ela nunca quis escutar: uma pobreza de homem solitário, que em sua ignorância colocou todo o seu aterrorizado sentimento de orgulho. Justamente no momento em que encontrou a força para se negar, sente uma doçura infinita por ele e pela sua vida de velho severo e embrutecido pela timidez.

---

[46] T.S.: mesa de cabeceira, com compartimento para se colocar o penico.

Ao voltar para o seu quarto, procura-o com os olhos entre suculentas, quimeras que se espalham nas paredes e no teto, vasos de flores de pétalas orvalhadas. Mas ele não está. E a porta que leva ao corredor está fechada. Então, vai até a grande janela que dá para a sacada e o encontra ali, agachado, a cabeça enfiada nos ombros, o olhar voltado para os campos leitosos.

Marianna se deixa escorregar no chão ao lado dele. Diante deles, o vale das oliveiras vai se iluminando. Ao fundo, entre o Capo Sólanto e Porticello, vê-se o mar calmo, sem ondas, de um azul desbotado que se confunde com o céu.

No frio da manhã, naquele canto abrigado, Marianna está para estender a mão para o joelho do senhor marido tio, mas lhe parece um gesto de ternura que não pertence ao casamento deles, algo de imprevisível e extraordinário. Sente o corpo do homem enrijecido a seu lado, tomado por restos de pensamentos que escapam como correntes de ar daquela cabeça grisalha e privada de sabedoria.

XVI

Ao espelho, as mãos de Fila se movem desajeitadas e rápidas, desembaraçando os cabelos de Marianna. A duquesa observa os dedos da jovem criada que seguram o pente de marfim como se fosse um arado. A cada nó um puxão, a cada embaraço um repelão. Há algo de raivoso e de cruel naqueles dedos que se enfiam em seus cabelos, como se quisessem desfazer ninhos, arrancar ervas-daninhas.

De repente, a patroa arranca o pente das mãos da menina e o quebra em dois, depois, joga-o pela janela. A criada fica em pé olhando-a assustada. Nunca viu a senhora tão irritada. É verdade que, desde que morreu seu filho menor, perde a paciência com frequência, mas agora exagera: que culpa tem ela se aqueles cabelos são um emaranhado de espinhos?

A senhora observa seu próprio rosto contraído no espelho, ao lado da doméstica perplexa. Com um gorgolejo que sobe do fundo do palato, uma palavra parece emergir das cavidades da memória atrofiada: a boca se abre, mas a língua fica inerte entre os dentes, não vibra, não soa. Da garganta contraída sai por fim um grito agudo que dá medo de ouvir. Fila estremece visivelmente e Marianna faz sinal para que saia.

Agora está sozinha e alça os olhos para o espelho. Um rosto nu, ressecado, com olhos desesperados a fixa do vidro prateado. Será possível que seja ela aquela mulher consumida pela desolação, com um sulco, como de uma navalhada, que divide em dois, na vertical, a ampla fronte? Onde está a doçura pela qual se enamorava Intermassimi? Onde está a maciez das faces, as cores suaves dos olhos, o sorriso contagiante?

Os olhos ficaram mais claros, de um azul desbotado, cansado; estão perdendo o brilho vivaz feito de candura e de surpresa, estão se tornando duros, vítreos. Um cacho de cabelos brancos cai-lhe sobre a testa. Fila já pintou algumas vezes aquele cacho com extrato de camomila, mas já se afeiçoou à pincelada de cal sobre a massa de cabelos loiros: um sinal de frivolidade sobre um rosto tomado pela impotência.

O olhar se desvia para os retratos dos filhos: pequenas aquarelas de pinceladas rápidas e leves, esboços quase roubados durante suas brincadeiras e seus sonos: Mariano, com o nariz eternamente inchado, a bela boca sensual, os olhos sonhadores; Manina meio sepultada nos cabelos loiros encaracolados e aéreos; Felice, com aquele ar de rato louco por queijo; e Giuseppa, que franze os lábios em um mau humor enfezado.

Scantu la 'nsurdiu e scanto l'avi a sanari[47]. Vira escrito um dia em uma carta do senhor pai à senhora mãe. Mas de qual susto falava? Houvera um empecilho, um embaraço, uma interrupção involuntária de seu pensamento quando era menina? E devido a quê? O doce fantasma do senhor pai se limita a lhe sorrir por trás do vidro com seu costumeiro ar festivo. Usa no dedo o anel de prata com os dois delfins que Manina quis para si quando ele morreu.

---

[47] Em siciliano: Um susto a ensurdeceu, um susto irá curá-la.

O passado é uma coleção de objetos usados e quebrados, o futuro está nos rostos destas crianças que riem indiferentes dentro das molduras douradas. Mas eles também irão se tornar passado, junto com as tias freiras, as babás, os capatazes. Todos correm para o paraíso e é impossível pará-los, mesmo por um momento.

Só Signoretto parou. O único de seus filhos que não corre, que não se transforma dia a dia. Está ali, em um canto do pensamento dela, sempre igual a si mesmo e repete ao infinito seus sorrisos de amor.

Quisera não se deixar consumir pelos filhos como sua irmã Agata, que aos trinta anos parece uma velha. Quisera mantê-los a uma certa distância, preparando-se para perdê-los. Com o último, porém, não foi capaz, suscitando com seu afeto excessivo, imperdoável, o rancor dos outros. Não resistira ao chamado daquela sereia. Brincara com aquele amor até sentir seu sabor amargo de fezes.

Enquanto isso, uma luz se insinuou no cinza leitoso do espelho. Não percebeu que está caindo a noite e à porta está Fila com um candelabro. Não sabe se entra. Marianna a chama com a mão. Fila caminha com passos curtos titubeantes; coloca o candelabro na mesa, está para sair. Marianna a segura pelo braço, levanta com dois dedos a barra da saia e vê que não usa sapatos. A menina, sentindo-se descoberta, olha-a com olhos de rato na ratoeira.

Mas a senhora sorri, não quer repreendê-la; sabe que Fila gosta de andar descalça pela casa. Deu-lhe um par de sapatos, mas ela assim que pode os tira e anda descalça, confiando nas saias longas que arrastam o pó e escondem bem os calcanhares rachados e calosos.

Marianna faz um movimento brusco e vê Fila, que se curva como para se esquivar de um golpe. No entanto, nunca lhe bateu, do que tem medo? Quando leva a mão aos cabelos, a menina se curva ainda mais, como quem diz: não rejeito a bofetada, só tento diminuir a dor. Marianna passa os dedos na cabeça dela. Fila fita-a com olhos selvagens. A carícia parece inquietá-la mais do que a bofetada. Talvez tema que a pegue pelos cabelos e os puxe, depois de enrolá-los na mão, como algumas vezes faz Innocenza, quando perde a paciência.

Marianna tenta sorrir, mas Fila está tão certa do castigo que só tenta descobrir onde será o golpe. Desanimada, Marianna deixa que Fila saia saltitando nas pontas dos pés descalços. Irá ensiná-la a ler, propõe-se, juntando os cabelos e amarrando-os para fazer um grande e desajeitado *scignò*[48].

Mas a porta se abre de novo para deixar entrar Innocenza, que carrega pela mão uma Fila relutante e carrancuda. A cozinheira também percebeu os pés descalços que tanto incomodam o duque Pietro ou simplesmente desconfiou da fuga precipitada da menina?

Marianna esboça um risinho mudo que desmonta Innocenza e encoraja a menina. É o único modo que tem para mostrar que não está irritada, que não tem intenção de punir ninguém. Ser sempre o juiz, o censor, deixa-a aborrecida. Além disso, não quer provocar Innocenza que, na ansiedade de se fazer entender por ela, começa a gesticular, a se retorcer, a emitir sons e gestos sem nexo. Para se livrar delas, tira de uma gaveta da escrivaninha duas moedas de um tarí e os coloca nas palmas de suas mãos estendidas.

Fila escapa, depois de fazer uma reverência desajeitada e emburrada. Innocenza vira e revira a moeda entre os dedos com ar de entendida. Marianna, olhando-a, sente a ameaça de uma avalanche de pensamentos que gravitam perigosamente em sua direção. Sabe-se lá por quê, justamente as reflexões de Innocenza, entre tantas pessoas perto dela, têm essa capacidade de se tornarem legíveis.

Por sorte, Innocenza hoje tem pressa de voltar à cozinha. Por isso, entrega-lhe rápida um bilhete no qual reconhece a caligrafia gigantesca e vacilante de Cuffa: *Vuscienza chi vulissi pi manciari?*[49]

---

[48] T. S.: coque.
[49] Em siciliano: O que Vossa Excelência tem vontade de comer?

E Marianna, no outro lado do bilhete, escreve distraidamente *Cicirata e purpu*[50], sem pensar que o senhor marido odeia grão-de-bico e não suporta polvo. Dobra a folha e a enfia no bolso do avental de Innocenza, para que o entregue a Raffaele Cuffa ou a Geraci. Depois, empurra-a para a porta.

XVII

"Hoje, auto de fé[51] na praça Marina. Solicitada minha participação. É necessário que também esteja a duquesa senhora esposa. Aconselho vestido púrpura, cruz de Malta no peito. E desta vez, nada de rusticidades camponesas."

Marianna lê o bilhete peremptório do senhor marido tio colocado debaixo do pote de pó de arroz. O auto de fé significa fogueira, praça Marina e a multidão das grandes ocasiões: as autoridades, a guarda, os vendedores de água e *zammù*, de polvo cozido, de balas e de figos-da-índia; o cheiro de suor, os hálitos podres, de pés enlameados, além da excitação que cresce e toma corpo, visível, e todos esperam, comendo e conversando, o golpe da navalha no ventre que dá pena e delícia. Não irá.

Naquele momento, vê entrar o senhor marido tio com uma camisa perfumada coberta de rendas. Nos pés, um par de sapatos novos de couro tão luzidio que parece laca.

"Não me queira mal, mas não poderei ir com o senhor ao auto de fé" escreve rápida Marianna e lhe entrega a folha ainda molhada de tinta.

"E por que não?"

"Me arrepia os dentes como uva azeda."

"Levam à fogueira dois heréticos conhecidos, irmã Palmira Malaga e frade Reginaldo Venezia. Toda Palermo estará lá e mais. Não posso me eximir. E nem a senhora."

---

[50] Em siciliano: grão-de-bico e polvo.
[51] Cerimônia pública, na qual a Inquisição anunciava e/ou executava as sentenças contra os acusados de heresia, apostasia ou outros crimes contra a fé.

A senhora está para escrever uma resposta, mas o duque Pietro já saiu. Como fará para desobedecer a esta ordem? Quando o senhor marido tio toma aquele ar atarefado e apresado é impossível contradizê-lo; empaca como uma mula. Será preciso inventar uma doença que lhe dê a desculpa para ir sozinho.

Irmã Palmira Malaga, um clarão de memória, leu sobre ela em algum lugar, talvez no livro de história das heresias? Ou em uma publicação sobre o Quietismo[52]? Ou em uma daquelas listas que a Santa Inquisição distribui com os nomes dos suspeitos de heresia?

Irmã Palmira, agora se lembra, leu sobre ela em um livreto impresso em Roma, que apareceu não se sabe como na biblioteca de casa. Tem também uma caricatura dela com dois chifrinhos na cabeça e uma longa cauda de asno, agora se lembra, que lhe saía por debaixo do hábito e terminava em uma ponta bifurcada, não muito diferente dos cães temidos pela senhora mãe.

Pode vê-la subir um a um os degraus de madeira do patíbulo. Os pés descalços, as mãos amarradas às costas, o rosto contraído em uma careta bizarra, como se aquele horror fosse a última chancela de uma sua decisão de paz. Atrás dela, frei Reginaldo, que imagina barbudo, o pescoço fino e o peito cavado, os grandes pés sujos e calosos apertados nas sandálias franciscanas.

O carrasco agora os amarra em paus sobre uma pilha de lenha cortada a machado. Dois assistentes com as tochas acesas se aproximam da lenha amontoada. A chama não pega logo nos gravetos de sabugueiro e nas canas quebradas que alguém recolheu e amarrou com salgueiro para facilitar o acendimento. Vapor branco atinge o rosto dos espectadores mais próximos.

Irmã Palmira sente subir o cheiro áspero dos gravetos e o medo contrai os músculos do seu ventre, um riacho de urina escorre pelas

---

[52] Doutrina mística que defende a perfeição espiritual através da passividade e do amor a Deus.

suas coxas. No entanto, o martírio apenas começou. Como fará para resistir até o fim?

O segredo lhe é soprado ao ouvido por uma voz muito doce. O segredo é aceitar, minha Palmira, não se enrijecer e resistir, mas receber no próprio regaço as línguas de fogo como se fossem flores voadoras, engolir a fumaça como se fosse um incenso, e dirigir para quem olha um olhar piedoso. São eles que sofrem, não tu.

Quando mãos rápidas se erguem sobre sua cabeça e empastam seu cabelo de piche, irmã Palmira dirige um olhar de amor para os torturadores. Eles agora aproximam, com seriedade exaltada, uma tocha acesa àqueles cabelos empastados e a cabeça da mulher se acende e flameja como uma coroa resplandecente. E o público aplaude.

Eles querem que sua morte faça espetáculo e, se o Senhor permite, quer dizer que também quer, do modo misterioso e profundo que o Senhor quer as coisas do mundo.

Frei Reginaldo abre a boca para dizer alguma coisa, mas talvez seja só um grito de dor. Diante dele, a cabeça da irmã Palmira arde como um sol, enquanto sua boca tenta sorrir e se torce e se enruga no calor do fogo.

Marianna vê o senhor marido tio sentado em uma bela cadeira dourada forrada de veludo roxo, junto aos santíssimos Padres da Inquisição, elegantes em seus hábitos bordados com desenhos de cachos de uva.

A praça ao redor deles está tão apinhada pela multidão que quase não se distinguem os rostos. Um único corpo feito de olhos, espasmodicamente à espera, que olha para cima, palpita, regozija-se.

No momento em que as chamas atingiram aos cabelos da irmã Palmira Malaga, houve um estrondo. Marianna o sente vibrar na barriga. O senhor marido tio agora se debruça para a frente, o pescoço enrugado estendido, o rosto contraído por um espasmo que ele mesmo não entende: de repugnância ou de satisfação?

Marianna estende a mão para o cordão da sineta. Puxa-o várias vezes, insistente. Pouco depois vê a porta se abrir e aparecer a cabeça de Fila. Faz-lhe sinal para entrar. A menina não se atreve, teme os seus maus humores. Mariana olha seus pés: estão descalços. Sorri para não a assustar e dobra o indicador como às vezes faz com as crianças para chamá-las.

Fila se aproxima titubeante. Marianna faz com que ela entenda que deve ajudá-la a desabotoar o vestido às costas. As mangas saem sozinhas, como tubos de madeira, e com elas as pérolas incrustadas. A saia fica em pé sobre si mesma e é como se a duquesa se duplicasse: de um lado, um corpo de mulher esguio, apressado, em sua camisola de algodão branco; do outro, Sua Excelência Ucrìa com as devidas preciosidades e harmonias, fechada nos rígidos brocados, que se curva, sorri, aprova, consente.

É difícil de descobrir o ponto de sutura entre esses dois corpos: onde um se reconhece no outro, onde se ampara, onde se mostra e onde se esconde para se perder definitivamente.

Enquanto isso, Fila se ajoelhou para ajudá-la a tirar os sapatos, mas Marianna tem pressa e, para fazê-la entender que o fará sozinha, afasta-a com um pequeno chute afetuoso. Fila levanta a cabeça ressentida: em seu olhar há uma ofensa sem remédio. Resolverá isso depois, pensa Marianna, agora tem muita pressa. Tira os sapatos, joga-os um aqui e outro lá, pega a manta amarelo-ovo e se enfia na cama recém refeita.

Bem na hora: a porta se abre ainda antes que tenha tido tempo de ajeitar os cabelos. O problema da surdez é que ninguém bate antes de entrar, sabendo que não será ouvido. E assim ela está sempre despreparada para a chegada do visitante da vez, que abre a porta e fica diante dela com um sorriso de triunfo, como que dizendo: "estou aqui, não me ouviste, agora me vê!".

Desta vez, trata-se de Felice, a senhorita filha freira, elegantíssima em seu hábito branco-leite, a touca creme de onde saem, impertinentes, alguns cachos castanhos.

Felice vai direto à escrivaninha da mãe. Usa a pena, o papel, a tinta do vidro de prata. Em poucos instantes entrega-lhe a folha escrita: "Hoje auto de fé. Grande festa em Palermo, o que a senhora faz? Sente-se mal?".

Marianna lê e relê a folha. Desde que está no convento, Felice melhorou sua caligrafia. Também assumiu um ar decidido e desenvolto que nenhum dos outros filhos têm. Olha-a enquanto fala com Fila e move os lábios com graça sensual.

Certamente sua voz deve ser muito doce, pensa Marianna, gostaria de poder escutá-la. Algumas vezes sente nas cavidades internas um ritmo que se forma como um grumo em movimento, que se estende, desmancha-se, escorre, e ela começa a bater com o pé no chão seguindo uma harmonia distante, subterrânea.

Leu sobre Corelli, Stradella e Haendel como maravilhas da arquitetura musical. Tentou imaginar um arco retesado feito de uma cúpula de luz de cores encantadoras, mas o que sai dos subterrâneos da sua memória infantil são apenas poucos esboços sonoros, tentativas de músicas sepultadas, desmembradas. Só os olhos têm a capacidade de abraçar o prazer, mas a música pode ser transformada em corpos para serem abraçados com o olhar?

"Sabes cantar?", escreve à filha entregando-lhe uma nova folha. Felice volta-se, surpresa; qual a importância do canto agora? Toda a casa está em preparativos para essa viagem a Palermo por ocasião do grande espetáculo do auto de fé e a senhora mãe se perde em perguntas bobas e fora de lugar: às veze pensa que ela seja mentecapta, falta-lhe a razão. Deve ser porque falta-lhe a palavra e todo pensamento se torna escrito e os escritos, sabe-se, têm o peso e a inaptidão das coisas embalsamadas.

Marianna adivinha o pensamento da filha, antecipa-o, segue-o com um gosto cruel de descoberta: "A vovó morreu com menos de cinquenta anos, pode ser que a senhora mãe Marianna também morra cedo... Sabe que só tem trinta e sete anos, mas poderia ter um ataque a qualquer momento... No fundo, é uma deficiente... No caso de morrer, poderia lhe deixar pelo menos um grande usufruto sobre a herança do pai... digamos três mil onças ou talvez cinco mil... As despesas do convento estão se tornando cada vez maiores... Há também a cadeirinha nova com os anjos dourados e as franjas adamascadas... Não pode esperar que o senhor pai sempre lhe mande a sua... E o açúcar aumentou cinco moedas por pacote, a banha, vinte, a cera, então, ficou impossível: sete moedas a vela, onde vai conseguir todo esse dinheiro? Não que deseje a morte à senhora mãe... Às vezes é tão engraçada, mais menina do que todos os seus filhos, acredita saber tudo porque lê muitos livros, mas não sabe absolutamente nada... Aliás, porque Manina teve um dote maior do que o seu? Só para se casar com aquele macaco do Francesco Chiarandà, dos barões de Magazzinasso... Deve ser mais importante ser casada com Cristo, não?... Que deva ir tudo, tudo mesmo, para Mariano é um insulto... Na Holanda dizem que não se faz assim. E se querem espoliar e deixar nus e crus os filhos, por que os fazem?... Não seria melhor deixá-los no paraíso entre as árvores de maná e as fontes de vinho doce? A boba da tia Fiammetta queria que ela capinasse a horta do convento, como as outras... 'Por que, não és igual a todas, *picciridda* minha?'. Mas uma Ucrìa de Campo Spagnolo, de Scannatura e de Bosco Grande pode se meter a capinar a horta como uma camponesa qualquer? Algumas abadessas têm nabos na cabeça, são cheias de ciúme e inveja. 'Se eu que sou nobre como tu também faço...', diz a tia Fiammetta e é preciso ver como arregaça as mangas, como se curva sobre a enxada, com o pezinho pressionando a borda de ferro... uma demente... Sabe-se lá de onde tirou aquela paixão por trabalhos humildes... O bonito é que não faz nem para se humilhar... Não, ela gosta da enxada, gosta da terra, gosta de se curvar debaixo de sol e de ficar com a pele escura como uma *viddana*[53]... Vá se entender aquela velha maluca."

"O que te agrada em ver queimar dois heréticos?" escreve Marianna à filha, na tentativa de se livrar daqueles pensamentos fúteis e

---

[53] T. S.: camponesa.

ressentidos. Apesar de saber que há mais ingenuidade do que maldade naquelas reflexões, sente-se atingida.

"Todo o convento de Santa Clara estará no auto de fé: a abadessa, a priora, as religiosas... Depois, haverá rezas e refrescos."

"Então é pelos doces, confessa."

"As outras irmãs me dão quantos doces eu quiser, basta que lhes peça", responde irritada Felice deitando as letras como se quisesse derrubá-las com um sopro. Marianna se aproxima para abraçá-la esforçando-se para esquecer aqueles pensamentos fanfarrões. Mas a filha está emburrada e pronta para afastá-la: não gostou de ter sido tratada como uma menina de treze anos agora que já fez vinte e dois e está ali, rígida, olhando-a com ar maldoso.

"Aquele camisão longo... Aqueles calções até os joelhos... coisa do século passado... velhos, fora de moda... Aos trinta e sete anos, com filhas grandes, o que pensa estar fazendo?... Naquela mente escura e surda é mais velha do que o senhor pai tio que tem setenta. Ele, com o corpo alto e magro, parece estar à beira da cova, mas manteve o frescor no olhar, enquanto ela, dentro daquelas vestes de Infanta da Espanha, com golas que parecem babadores, tem um quê de ultrapassado que a empurra irremediavelmente para o passado... Aquelas botinhas de cadarço ao estilo Casa Habsburgo, aquelas meias cor de leite... As mães de suas amigas usam meias coloridas bordadas com fios de ouro e laços reluzentes na cintura, saias soltas pespontadas de coroinhas, sapatinhos abertos com a ponta fina de desenhos orientais...".

Como acontece com frequência, uma vez encontrando o fio de um pensamento, Marianna não consegue mais abandoná-lo, revira-o entre os dedos puxando-o e amarrando-o às suas próprias intenções.

Uma vontade raivosa de ferir a filha por aquele falatório interno demasiado desenvolto e brutal faz suas mãos tremerem. Mas, ao mesmo tempo, o desejo de lhe perguntar de novo sobre cantar a leva até a escrivaninha. Está certa de que, de algum modo, conseguiria escutá-la e já sente o borboletear daquela voz nos ouvidos murados.

XVIII

"O intelecto, quando age sozinho e segundo os seus mais gerais princípios, destrói completamente a si mesmo... Nós nos salvamos desse ceticismo total somente por meio da singular e aparentemente vulgar propriedade da fantasia, pela qual entramos com dificuldade nos aspectos mais recônditos das coisas...".

Marianna lê com o queixo apoiado na mão. Um pé se aquece no outro abrigando-se sob uma coberta das geladas correntes de ar que passam através das janelas fechadas. Alguém deixou este caderno de capa marmorizada na biblioteca. Será que seu irmão Signoretto o trouxe de Londres? Voltou há alguns meses e veio duas vezes visitá-los em Bagheria com presentes ingleses. Mas este caderno nunca viu. Talvez o tenha esquecido o amigo de Mariano, aquele rapaz baixo e de cabelos pretos, que nasceu em Veneza de pais ingleses e andou meio mundo a pé.

Tinha ficado alguns dias em Bagheria dormindo no quarto de Manina. Um tipo insólito: levantava-se ao meio-dia porque passava a noite lendo. De manhã, os lençóis estavas respingados de cera. Pegava os livros na biblioteca e depois se esquecia de devolvê-los. Ao lado da cama formara-se uma pilha com um braço de altura. Comia muito, adorava as especialidades sicilianas: caponata, massa com sardinhas, *sfinciun* com cebola e orégano, sorvete de jasmim e de passas.

Apesar dos cabelos muito pretos, tinha a pele muito clara: bastava um pouco de sol para lhe descascar o nariz. Mas como se chamava? Dick, Gilbert ou Jerome? Não consegue se lembrar. Até Mariano o chamava pelo sobrenome: Grass e o pronunciava com três esses.

Certamente aquele caderninho pertencera ao jovem Grass que viera de Londres e ia para Messina em uma viagem de "estudos", como dizia. Innocenza não o suportava, por causa do hábito de ler na cama com a vela em cima do lençol. O senhor marido tio o tolerava, mas o olhava com desconfiança. Ele aprendera inglês desde criança, mas sempre se recusara a falá-lo, de modo que o tinha esquecido.

Com ela, Grass se comunicava raramente com bilhetes educados e bem escritos. Só nos últimos dias tinham descoberto que gostavam dos mesmos livros. E sua correspondência tornara-se repentinamente densa e congestionada.

Marianna folheia o caderninho e para espantada: na primeira página, embaixo, há uma dedicatória escrita a pena em letras minúsculas: "Para aquela que não fala, para que acolha em sua mente espaçosa estes pensamentos que me são caros".

Mas por que o escondera entre os livros da biblioteca? Grass sabia que só ela manuseava os livros. Mas também sabia que o senhor marido tio de vez em quando ia verificar. Então era um presente clandestino, escondido, de modo que só ela o encontrasse depois da partida do hóspede.

"Ter o senso da virtude não significa mais do que sentir uma satisfação particular em contemplar certas qualidades... E é justamente nesta satisfação pela qualidade que nós observamos que reside o nosso louvor ou a nossa admiração. Não vamos além, não vamos buscar a causa da satisfação. Não decidimos que uma qualidade seja virtuosa porque nos agrada, mas em sentir que nos agrada em um certo modo particular sentimos que realmente é virtuosa. Isso também acontece em nossos julgamentos sobre todo tipo de beleza, gostos e sensações. A nossa aprovação está implícita no prazer imediato que as coisas nos dão". Embaixo, em letras menores, com tinta verde um nome: David Hume.

O raciocínio avança entre as trilhas desorganizadas da mente da duquesa, desabituada a pensar segundo uma ordem precisa, radical. Deve reler duas vezes para entrar no ritmo dessa impetuosa inteligência, tão diferente das outras inteligências que a educaram.

"Não falamos com rigor nem com filosofia quando falamos de uma luta entre a paixão e a razão. A razão é e deve ser escrava das paixões e não pode reivindicar em nenhum caso uma função diversa daquela de servir e obedecer a elas".

Exatamente o contrário do que lhe ensinaram. A paixão não é aquela trouxa incômoda de cujas pontas saem farrapos de cobiças que devem estar escondidas? E a razão não é aquela espada que cada um carrega à cintura para cortar a cabeça dos fantasmas do desejo e impor a vontade da virtude? O senhor marido tio iria se horrorizar lendo uma só das frases desse livrinho. Já na época da Guerra de Secessão declarara que *lu munnu finìu a schifiu*[54] e tudo por culpa de gente como Galileu, Newton, Descartes, que "querem forçar a natureza em nome da ciência, mas na verdade querem colocá-la no bolso para usá-la a seu modo, loucos presunçosos, traidores!".

Marianna fecha o caderno de repente. Esconde-o instintivamente entre as pregas do vestido. Depois se lembra que o duque Pietro está em Palermo desde ontem e retira o livrinho. Leva-o ao nariz; tem um cheiro bom de papel novo e tinta de boa qualidade. Abre-o e entre as páginas encontra um desenho colorido: um homem de uns trinta anos com um turbante de veludo listrado que lhe cobre as têmporas. Um rosto largo, satisfeito, os olhos voltados para baixo como que dizendo que todo o saber vem da terra na qual colocamos os pés.

Os lábios estão levemente entreabertos, as sobrancelhas cheias e escuras sugerem uma capacidade de concentração quase dolorosa. O queixo duplo faz pensar em um senhor que come até se fartar. O pescoço delicado, envolto por um colarinho mole de tecido branco, sai de uma jaqueta florida, recoberta por um casacão semeado de grandes botões de osso.

Aqui também a diminuta caligrafia de Grass escreveu um nome: "Davide Hume, um amigo, um filósofo demasiadamente inquieto para ser amado só pelos amigos entre os quais me orgulho de incluir também a minha amiga da palavra cortada".

---

[54] Em siciliano: o mundo vai acabar mal.

Realmente bizarro este Grass. Por que não o entregou ao invés de fazer com que o encontrasse um mês depois de sua partida, escondido entre os livros de viagem?

"Qual o nosso desapontamento quando descobrimos que as conexões das nossas ideias, os laços, as energias estão simplesmente em nós mesmos e não passam de uma disposição mental."

Caramba, senhor Hume! É como dizer que Deus é uma "disposição mental...". Marianna se desconcerta e de novo esconde o caderno entre as pregas da saia. Por um pensamento como este, dito em voz alta, pode-se acabar queimado por vontade dos santíssimos Padres da Inquisição que ocupam o grande palácio de Steri na praça Marina.

"Uma disposição mental adquirida com o hábito..."; havia lido algo de semelhante em alguns bilhetes do punho do senhor pai que, de resto, era um homem fiel às tradições. Mas que às vezes se permitia brincar com essas tradições, por puro divertimento, enrugando o lábio em um sorriso caprichoso e incrédulo.

"Toda formiga gosta do seu buraco... e nele coloca sua propriedade e sua moral, que logo se tornam uma coisa só: moral e comida, pai e filho...".

A senhora mãe dava uma olhada nas palavras escritas pelo marido no caderno da filha, levava uma pitada de rapé ao nariz, escarrava, bebia meia garrafa de água de flor de laranjeira para tirar o viscoso do rapé. Sabe-se lá o que tinha naquela cabeça sempre languidamente reclinada sobre o ombro, a doce senhora mãe! Será que havia entrado por uma porta e saído pela outra sem parar tomada por "uma disposição mental adquirida com o hábito"? Ela, com aquela tendência de preguiçar na cama desfeita, em uma poltrona, até dentro de um vestido no qual se aprumava amparando as carnes flácidas com barbatanas de baleia, ganchos e até com presilhas. Uma preguiça mais funda do que um poço na turfa, um torpor que a envolvia como uma baga de alfarroba envolve a semente dura, lisa, cor da noite. Dentro de suas cascas escuras, a senhora mãe era doce, exatamente como uma semente de alfarroba, sempre submissa ao pequeno cosmo familiar, tão enamorada pelo marido a ponto de esquecer de si. Parara com um pé no vazio e, para não cair, sentara-se mirando fascinada o deserto à sua frente.

A voz da senhora mãe, como seria? Imaginando-a, vem-lhe à mente uma voz profunda, de vibrações baixas, distinta. É difícil amar alguém cuja voz não se conhece. Entretanto, amou seu pai sem nunca o ouvir falar. Um leve sabor amargo chega-lhe à língua, espalha-se pelo palato: será remorso?

"Se chamamos hábito o que vem de uma repetição antecedente, sem nenhum novo raciocínio e inferência, podemos estabelecer como verdade certa que toda crença que segue uma impressão presente tem nela a sua única razão".

Como se pode dizer que a certeza, toda certeza deve ser abandonada, e que o hábito nos subjuga, fingindo nos educar? A volúpia dos hábitos, a beatitude das repetições. Essas seriam as glórias que imaginamos?

Gostaria de conhecer esse senhor Hume com seu turbante esverdeado, as sobrancelhas cheias e pretas, o olhar sorridente, o duplo queixo e a jaqueta florida.

"A crença e o assentimento que sempre acompanham a memória e os sentidos consistem apenas na vivacidade de suas percepções, as quais só nisso se distinguem das ideias da imaginação. Crer é, neste caso, sentir uma impressão imediata dos sentidos ou a repetição desta impressão na memória."

Diabo de uma lógica petulante e obstinada! Não pode deixar de sorrir de admiração. Uma chicotada nas pernas de um pensamento como o seu, que vagou descuidadamente entre romances de aventura, livros de amor e de história, poesias, almanaques, fábulas. Um pensamento abandonado à incúria das antigas certezas, estas sim, de sabor de berinjela agridoce. Ou foi o seu contínuo interrogar-se sobre sua sorte de mutilada que a distraiu de outros juízos mais profundos e substanciosos?

"Assim como certamente há uma grande diferença entre o simples conceito de existência de um objeto e a crença nela, e já que esta diferença não reside nas partes ou no complexo da ideia que concebemos, vem que esta deva residir no modo em que a concebemos".

Pensar o pensamento é algo perigoso que a tenta como um exercício a que se abandonar secretamente. O senhor Grass, com a impertinência digna de um jovem estudioso, começou a pisotear os prados da sua cabeça. Não contente, trouxe consigo um amigo: o senhor David Hume com aquele ridículo turbante. E agora querem confundi-la. Mas não conseguirão.

Mas o que é aquele vai e vem de saias à porta? Alguém entrou na biblioteca sem que ela percebesse. Será melhor esconder o caderno da capa marmorizada, pensa Marianna, mas vê que é tarde demais, Fila avança com um copo e uma garrafa d'água equilibrados em uma bandeja. Esboça uma leve reverência, coloca a bandeja sobre a mesa coberta de papéis, levanta com um gesto malicioso as grandes pregas do vestido para mostrar que calçou os sapatos e depois se apoia no umbral, esperando uma ordem, um sinal.

Marianna contempla aquele rosto redondo e fresco, aquele corpo esguio. Fila tem quase trinta anos, no entanto, ainda parece uma menina. "Te dou, é tua", escrevera o senhor pai. Mas onde está escrito que pessoas podem ser dadas, tomadas, jogadas fora como cães ou passarinhos? "Que bobagem estás dizendo", escreveria o senhor marido tio. "Deus não fez os nobres e os camponeses, os cavalos e as ovelhas?". Não será isto interrogar-se sobre igualdade, uma daquelas sementes indigestas saídas das páginas do caderninho de Grass para confundir o seu opaco cérebro de muda?

Além disso, o que tem de seu que não tenha sido sugerido por outras mentes, outras constelações de pensamentos, outras vontades, outros interesses? Um repetir-se na memória de simulacros que parecem verdadeiros porque se movem como lagartixas vesgas sob o sol da experiência cotidiana.

Marianna volta ao seu caderno, aliás, à mão que segura o caderno, tão precocemente estragada: unhas quebradas, nós rugosos, veias saltadas. No entanto, é uma mão que não conhece água e sabão, uma mão habituada ao comando. Mas a obedecer também, dentro de uma cadeia de obrigações e deveres que sempre considerou fatais. O que diria o senhor Hume do seráfico turbante oriental, de uma mão tão disposta ao atrevimento e tão propensa à sujeição?

XIX

Remexendo em velhos baús e garrafões de óleo, encontrou uma velha tela escurecida e empoeirada. Marianna a pega, limpa com a manga do vestido e descobre que é o retrato dos irmãos pintado por ela quando tinha treze anos. É o quadro interrompido aquela manhã em que foi chamada para ver o teatrinho do Tutui, no pátio da *casena*, no mesmo dia em que a senhora mãe lhe avisou que se casaria com o tio Pietro.

A sombra negra que cobre a tela se abre, aparecem rostos claros, desbotados: Signoretto, Geraldo, Carlo, Fiammetta, Agata, a belíssima Agata que parecia estar fadada a um futuro de rainha.

Passaram-se mais de vinte e cinco anos. Geraldo morreu em um acidente: uma carruagem contra um muro, o corpo lançado ao ar e depois caído no chão, uma roda que lhe passa por cima do peito. E tudo por uma questão de precedência. "Abra caminho, tenho direito de prioridade." "Que direito, sou um Grande de Espanha, lembre-se!". Levaram-no para casa sem uma gota de sangue na roupa, mas com o osso do pescoço quebrado.

Signoretto se tornou senador, como havia se proposto. Casou-se, depois de anos de celibato, com uma marquesa viúva, dez anos mais velha do que ele, colocando a família de cabeça para baixo com o escândalo. Mas ele é o herdeiro dos Ucrìa de Fontanasalsa e pode se permitir isso.

Marianna simpatiza com essa cunhada sem preconceitos, porque não se importa com escândalos, cita Voltaire e Madame de Sevigné, manda vir vestidos de Paris e mantém em casa um professor de música que também é, como sussurram, o seu "cortejador". Um jovenzinho que conhece bem o grego, além do francês e do inglês, e fala bem. Viram-nos dançar algumas vezes em bailes em Palermo, nas raras ocasiões em que fora arrastada pelo marido. Ela, em um vestido de damasco coberto de babados; ele, enfiado em uma túnica azul com alamares de prata brilhando.

Signoretto não se preocupa com esses encontros. Aliás, gaba-se de que sua esposa tem um acompanhante privado e dá a entender que não é mais do que um guarda-costas contratado por ele, tanto que é como "cantor à moda seiscentista", isto é, um castrado. Mas muitos duvidam de que seja verdade.

Fiammetta tornou-se freira do convento das Carmelitas de Santa Teresa. Usa os bastos cabelos castanhos dentro de uma touca a qual, de vez em quando, arranca da cabeça, sobretudo quando cozinha. Suas mãos ficaram grandes e robustas, habituadas como estão em transformar o cru em cozido, o frio em quente, o líquido em sólido. Os dentes encavalados dão um ar de alegre desordem a uma boca sempre pronta para rir.

Agata continuou a definhar. Nem saberia dizer quantos filhos teve, entre vivos e mortos, começou aos doze anos e ainda não parou. Todo ano fica grávida e, se não fosse porque muitos morrem antes mesmo de vir à luz, teria um exército.

O sabor das cores na língua. Marianna leva o quadro até a janela e volta a esfregar a tela com a manga para tirar a pátina opaca que a torna indecifrável. Pecado ter perdido a prática das cores. Mas aconteceu sem razão, com o nascimento da primeira filha. Um olhar de reprovação do senhor marido tio, uma palavra irônica de sua mãe, o choro de uma das meninas: colocara os pincéis e os tubos de tinta na caixa laqueada, presente do senhor pai e só os tirara muitos anos depois, quando a mão já estava embrutecida.

O azul de genciana, que sabor tinha o azul de genciana? Sob o cheiro da terebentina, do óleo e do trapo oleoso emanava um aroma único, absoluto. Fechando os olhos podia senti-lo entrar na boca, pousar na língua e depositar um gosto curioso, de amêndoas esmagadas, de chuva primaveril, de vento marinho.

E o branco, mais ou menos brilhante, mais ou menos granuloso? O branco dos olhos em um quadro escuro, talvez os olhos impudicos e insolentes de Geraldo, o branco das mãos delicadas de Agata, os brancos esquecidos que acamparam nesta tela suja e agora, depois de uma esfregada da manga, espiam tímidos, com o atrevimento inconsciente de testemunhas do passado.

Quando pintou aquele quadro, a villa ainda não existia. Em seu lugar havia a *casena* de caça construída pelo bisavô quase um século antes. Para ir do jardim ao vale das oliveiras era preciso percorrer uma trilha de cabras e Bagheria ainda não existia como vilarejo, mas era composta pelas acomodações dos criados de Villa Butera, por estábulos, por *dammusi*, por capelas que o príncipe mandava construir, aos quais se juntavam a cada ano novos estábulos, novos *dammusi*, novas capelas e novas villas de amigos e parentes palermitanos.

"Bagheria nasceu de uma traição", escrevera vovó Giuseppa quando enfiara na cabeça ensinar a História da Sicília à pequena neta surda-muda. "No tempo de Filipe IV, antes da morte deste rei, na Espanha, surgiu uma disputa pela sucessão. Não se sabia quem devia tornar-se rei entre os vários sobrinhos, porque ele não tinha filhos".

Uma letra diminuta, contraída, forçada. A avó, como muitas mulheres nobres de seu tempo, era semianalfabeta. Pode-se dizer que aprendera a escrever para "entrar na cabeça da neta muda".

"O pão estava cada vez mais caro, minha filha, não sabes o que foi passar fome, as pessoas comiam terra para encher a barriga, comiam até lavagem como os porcos, bolotas de carvalho, comiam as unhas como tu, que és uma bobinha sem discernimento. Agora não temos carestia, deixa as unhas em paz!".

Algumas vezes, abria-lhe a boca com dois dedos, espiava entre os dentes e depois escrevia: "*picchì nun parri, picchi babbasuna? hai un bel palatuzzo rosato, hai dei beddi dentuzzi robusti, due labbruzze prelibate, ma perché non dici una parola?*"[55].

Mas ela queria ouvir as histórias da avó. E a velha Giuseppa, para não a deixar fugir, dispunha-se a escrever no caderno da neta lutando com a tinta e a pena.

"Nas calçadas da Palermo de então, caminhava-se e topava com alguém que não se sabia se dormia, se sonhava ou se estava morrendo. Houve penitências públicas por ordem do arcebispo, a gente se ajoelhava em vidros e se chicoteava no meio da praça. Houve também princesas que receberam em casa, por penitência, putas e as alimentaram com o pouco pão que tinham.

"Meu pai e minha mãe escaparam para o feudo de Fiumefreddo, onde pegaram febre de estômago. Para fazer com que eu não pegasse a doença, me mandaram de volta com a ama; pois diziam: 'afinal, o que podem fazer a uma menininha?'.

"De modo que eu estava em Palermo, no palácio vazio quando estourou a revolta do pão. Um certo La Pilosa andava gritando que era a guerra dos pobres contra os ricos. E começaram a queimar os palácios.

"Queima que queima, todos ficaram com o rosto preto de fumaça e La Pilosa tinha o rosto tão preto que parecia um touro de Espanha; andava de cabeça baixa contra os barões e os príncipes. A ama me contava que tinha muito medo de que viessem ao palácio Gerbi Mansueto. E vieram. Ciccio Rasone, o porteiro, disse-lhes que não tinha ninguém. "Melhor assim", disseram, "não será preciso tirar os chapéus diante de suas Excelências". E, com o chapéu na cabeça, entraram nos andares superiores, levaram os tapetes, a prataria, os relógios de prata dourada, os quadros, as roupas, os livros e fizeram uma fogueira, queimaram tudo."

Marianna via as chamas que saíam da casa e imaginava que a avó tivesse ficado transtornada, mas não ousava perguntar-lhe por escrito.

---

[55] Em siciliano: Por que não falas? Por quê, bobinha? Tens um belo palato rosado, tens belos dentes robustos, dois lábios excelentes, por que não dizes uma palavra?

E se estivesse morta e quem falava com ela era um espectro daqueles que povoavam as plácidas noites da senhora mãe?

Mas vovó Giuseppa, adivinhando os pensamentos da neta, caía em uma das suas gargalhadas largas, alegres e voltava a escrever com entusiasmo.

"A ama, a certa altura, fugiu de medo. Mas eu não sabia; dormia pacífica na minha cama quando arrombaram a porta e foram até mim: 'Esta quem é?', disseram. 'Sou a princesa Giuseppa Gerbi de Mansueto', disse eu, que era uma boboca pior do que tu. Assim tinham me ensinado e eu usava o orgulho como uma camisa de prata que todos deviam admirar. Eles me olharam e disseram: 'Ah, sim, e nós cortamos as cabeças das princesas e as levamos em triunfo'. E eu, cada vez mais boboca, disse: 'Se não forem embora, populacho, chamo a guarda do senhor pai'.

"A sorte foi que começaram a rir: *U soldu di caciu fa u paladinu*[56] disseram e, rindo muito, começaram a cuspir aqui e ali. Ainda hoje se pode ver na tapeçaria do palácio Gerbi em Cassaro os sinais das cuspidas".

Neste ponto, ela também ria, virando a cabeça para trás e depois voltava a se ocupar da surdez da neta, escrevendo: "O buraco está aqui nas tuas belas orelhinhas, agora tento soprar, não sentes nada?".

A netinha sacudia a cabeça, ria contagiada pela alegria da avó e ela escrevia: "Tu ris, mas sem som, deves assoprar; sopra, abra a boca e mande um som da garganta, assim, ah, ah, ah... Minha filhinha, és um desastre, nunca aprenderás".

A avó escrevia tudo com uma paciência de freira. E não era paciente por natureza. Gostava de correr, dançar. Dormia pouco, passava horas na cozinha olhando os cozinheiros trabalharem e algumas vezes também colocava a mão. Divertia-se conversando com as camareiras, fazia com que lhe contassem suas histórias de amor, sabia tocar violino e flauta também, era um prodígio, vovó Giuseppa.

---

[56] Em siciliano: Um soldo de queijo se faz de paladino.

Mas tinha o seu "porém". Como todos da família sabiam, eram os dias de escuridão em que se fechava no quarto e não queria ver ninguém. Ficava fechada com um lenço na cabeça e não queria comer nem beber. Quando saía, com o avô puxando-a pelo braço, parecia embriagada.

Marianna tinha dificuldade em juntar as duas pessoas, para ela eram duas mulheres diferentes, uma amiga e uma inimiga. Quando passava por seus períodos de "porém", vovó Giuseppa ficava antipática, quase brutal. Recusava-se a falar ou escrever, e, se sentia a menina puxar sua manga, pegava a pena com um gesto raivoso e escrevia misturando as palavras: "Muda e boba, melhor morta que Marianna". Ou então: "Devias terminar como La Pilosa, muda chata" E também: "De onde nasceste, muda tediosa? Dás pena, mas a mim, não". E lhe jogava o folheto no rosto com um gesto deselegante.

Agora gostaria de ter guardado aqueles folhetos maus. Só depois da morte dela entendera realmente que aquelas duas mulheres tão diferentes eram a mesma pessoa porque as duas lhe faltaram em uma única sensação de perda.

Sabia como acabara La Pilosa, porque lhe escrevera mais de uma vez com um gosto maroto: "Feito em pedaços com tenazes em brasa". E prosseguia: "Papai e mamãe voltaram bexiguentos e eu me tornei uma heroína...". E ria jogando a cabeça para trás como faria uma mulher do povo, descaradamente.

"E a traição da qual nasceu Bagheria, vovó Giuseppa?"

"Sem ouvidos e sem língua... Estás ficando curiosa... O que queres saber, bonequinha? A traição de Bagheria? É uma longa história, te conto amanhã".

Amanhã era de novo amanhã. E, nesse meio tempo, vinha o seu "porém" e a avó se fechava no quarto escuro por dias e dias sem nem mostrar a ponta do nariz. Finalmente, em uma manhã, assim que saiu o sol das nuvens de algodão, novo como uma gema de ovo, e alegrara o palácio da via Alloro, a avó se sentara à escrivaninha e lhe contara com sua letra miúda e rápida a história da famosa traição.

Respirava mal, como se lhe faltasse ar e o peito quisesse sair do corpete que o apertava debaixo das axilas. A pele se manchava de vermelho, mas o seu "porém" havia passado junto com o vento empoeirado que vinha da África e ela estava pronta de novo para rir e contar histórias.

"Sabes o que é um imposto? Não importa, e a alfândega? Também não? És uma bobona... Então o Vice-rei Los Veles morria de medo porque em maio se fora La Pilosa e em agosto, o relojoeiro, ele também, um falastrão; mandava que todos os mendigos que queriam pão se revoltassem. Mas o relojoeiro era mais devoto ao rei da Espanha e também à Inquisição. Alesi, assim se chamava o relojoeiro, soubera parar o populacho que roubava, comia, queimava; este fulano não tinha o rosto preto e as princesas desdobravam-se para lhe dar presentes: cofrinhos de prata, cobertas de seda, anéis de brilhantes. Até que isso lhe subiu à cabeça e se sentiu belo e forte como o rei de todas as Áustrias: fez que o elegessem prefeito vitalício, capitão general, ilustríssimo Pretor, e fazia com que o reverenciassem e o levassem por Palermo sobre um cavalo com um fuzil em cada mão e muitas coroas de rosas na cabeça.

"Voltou o Vice-rei da Espanha e disse: 'O que ele quer?'. 'Baixar o preço do trigo, Excelência'. 'E nós baixaremos', respondeu ele, 'mas este bufão tem que sumir'. Então o prenderam, degolaram e depois jogaram no mar, menos a cabeça, que foi levada em uma estaca por toda a cidade.

"Dois anos depois, outra revolta, em 2 de dezembro de 1649, e dessa vez se envolveram também os grandes barões que queriam a ilha independente e ser donos das terras do rei; havia também um advogado de nome Antonio Del Giudice, que também queria a independência. E havia padres, nobres digníssimos com muitas carruagens, que entraram nessa revolução. Até meu pai, teu bisavô estava lá, e se entusiasmou por uma nova Sicília livre. Iam escondidos à casa deste advogado Antonio, faziam grandes discursos sobre a liberdade. Mas pouco depois se dividiram em duas facções: os que queriam o príncipe dom Giuseppe

Branciforti no lugar do Vice-rei e os que queriam dom Luigi Moncada Aragona de Montalto.

"O príncipe Branciforti, que era desconfiado, sentiu-se traído por certos boatos que circulavam e, por sua vez, traiu, denunciando o complô ao padre jesuíta Giuseppe Des Puches. Este logo ventilou a coisa ao Santo Ofício, que denunciou ao Capitão de Justiça de Palermo e este, ao Vice-rei.

"Imediatamente prenderam todos, torturaram-nos com ferros em brasa. Cortaram a cabeça do advogado Lo Giudice e a penduraram nos quatro cantos da cidade. Cortaram também a cabeça do conde Recalmuto e a do abade Giovanni Caetani, que tinha só vinte e dois anos. Meu pai ficou só dois dias na prisão, mas perdeu muito dinheiro para ficar com a cabeça no pescoço.

"Dom Giuseppe Branciforti Mazzarino foi perdoado por ter denunciado Moncada. Mas ele era triste, a política o desiludira e veio a se retirar em Bagheria, onde tinha suas terras. Construiu uma villa suntuosa e no frontispício escreveu: '*Ya la speranza es perdida/ Y un sol bien me consuela/ Que el tiempo que pasa y buela/ Llevará presto la vida*'[57].

"Assim nasceu Bagheria, minha Mariannuzza, muda boboca, pela traição de uma ambição. Mas tratou-se de uma traição principesca e por isso o Senhor não a puniu como Sodoma e Gomorra com a destruição, mas a fez tão bela e desejada que todos querem esta terra incrustada entre os antigos montes de Catalfano, Giancaldo, e Consuono, a marina de Aspra e a maravilhosa ponta de Capo Zafferano."

XX

"Eu não quero o tio, senhora mãe, diga a ele". O bilhete é amassado na mão de Marianna.

---

[57] Em espanhol: "A esperança já está perdida/ E só um bem me consola/ Que o tempo que passa e voa/ Em breve levará a vida."

"Tua mãe também se casou com um tio", responde à filha o senhor marido tio.

"Mas ela era muda, quem a queria?". Enquanto escreve, Giuseppa olha a mãe, como que dizendo: "perdoe-me, mas estou usando as armas de que disponho para defender a minha vontade".

"Tua mãe é muda, mas mais inteligente do que tu, que parece uma erva cebolinha sem um fio de sabedoria. Também era mais atraente, bela e nobre." É a primeira vez que Marianna lê um elogio do senhor marido tio e fica tão espantada que não encontra palavras para defender a filha.

Inesperadamente, Signoretto vem em socorro das duas mulheres. Desde que se casou com a veneziana, tornou-se tolerante. Adotou modos irônicos que lembram os do senhor pai.

Marianna o vê discutir com o senhor marido tio, abrindo e fechando os braços. Este certamente o está fazendo notar que Giuseppa já tem vinte e três anos e é inconcebível que a essa idade ainda não tenha se casado. Parece-lhe ver a palavra "solteirona" voltar várias vezes aos lábios do duque. Signoretto usou o argumento da liberdade, que há algum tempo leva muito em consideração? Lembrou-lhe que o bisavô Edoardo Gerbi de Mansueto esteve na prisão para "defender a sua liberdade, aliás, a nossa"?

Signoretto gaba-se muito dessa glória familiar. Mas isso só irrita mais o cunhado. Para ser coerente com as ideias de "independência", o irmão tomou uma atitude encorajadora para com as mulheres da família. Permite que as filhas estudem junto com os irmãos, coisa que teria sido absolutamente inconcebível há vinte anos.

O senhor marido tio rebate, com desprezo, que Signoretto "com sua insensatez está consumindo tudo de seu e só deixará sabedoria e lágrimas aos filhos instruidíssimos".

Giuseppa, entre o tio e o pai que discutem, parece contentíssima. Talvez consiga não se casar com o tio Gerbi. Na hora certa, a mãe intercederá por ela e por Giulio Carbonelli, da mesma idade, amigo de infância e namorado secreto há anos.

Logo depois, todos os três vão para o salão amarelo. Com grande naturalidade esqueceram-se dela. Ou talvez a ideia de continuar a discutir diante de uma muda que espia seus lábios os desagrade. Fato é que fecham a porta, deixando-a sozinha como se o assunto não lhe dissesse respeito.

Mais tarde, Giuseppa vem abraçá-la. "Consegui mamãe, me caso com Giulio."

"E o senhor pai?"

"Signoretto o convenceu. Melhor do que me deixar solteirona, aceita Giulio."

"Apesar da fama dele de preguiçoso e da sua pouca riqueza?".

"Sim, disse que sim."

"Precisamos nos preparar."

"Nada de preparativos. Nos casaremos em Nápoles, sem festa... Não se usam mais essas antiguidades... Imagina uma festa com todos aqueles amigos antiquados do senhor pai tio... Nos casaremos em Nápoles e logo iremos para Londres."

Um instante depois, Giuseppa sai voando pela porta, deixando um suave cheiro de suor misturado com flor de alfazema.

Marianna se lembra de ter no bolso uma cartinha da filha Manina que ainda não leu. Diz apenas: "Espero-a para a Ave Maria". Mas a ideia de ir a Palermo não a atrai. Manina chamou o último filho de Signoretto, como o avô. É muito parecido com o pequeno Signoretto morto aos quatro anos de varíola. De vez em quando, Marianna vai à casa dos Chiarandà em Palermo, para segurar nos braços esse netinho de ar frágil e voraz. A impressão de abraçar o pequeno Signoretto é tão forte que às vezes o deita no berço e foge com o coração apertado.

Se Felice a acompanhasse... Mas Felice, depois de ter se tornado noviça por muitos anos, tomou definitivamente o hábito com uma cerimônia que durou dez dias. Dez dias de festa, de esmolas, de missas, de almoços e ceias suntuosas.

Para a entrada da filha no convento, o senhor marido tio gastou mais de dez mil escudos, entre dote, alimentos, bebidas e velas. Uma festa da qual todos na cidade se lembram por sua opulência. Tanto que o Vice-rei conde Giuseppe Griman, presidente do reino, ofendeu-se e emitiu um decreto para advertir os senhores barões que gastam demais e se cobrem de dívidas, vetando o uso de festas religiosas que durem mais de dois dias, o que naturalmente ninguém levou em consideração em Palermo.

Quem podia obedecê-lo? A grandeza dos nobres consiste exatamente em desprezar as contas, quaisquer que sejam. Um nobre nunca faz cálculos, nem conhece aritmética. Para isto há os administradores, os mordomos, os secretários, os criados. Um nobre não vende e não compra. Se tanto, oferece o que há de melhor no mercado a quem considera digno de sua generosidade. Pode se tratar de um filho, um neto, mas também de um mendigo, um embrulhão, um adversário, uma cantora, uma lavadeira, segundo o capricho do momento. Uma vez que tudo o que cresce e se multiplica na belíssima terra da Sicília lhe pertence por nascimento, por sangue, por graça divina, que sentido há em calcular ganhos e perdas? Coisa da comerciantes e pequeno-burgueses.

São esses mesmos comerciantes e pequeno-burgueses que, segundo o duque Pietro, "um dia consumirão tudo", como já está acontecendo, roem como ratos, pouco a pouco, as oliveiras, os sobreiros, as amoreiras, o trigo, a alfarroba, os limoeiros etecetera. "O mundo, no futuro, pertencerá aos especuladores, aos ladrões, aos atravessadores, aos embrulhões, aos assassinos", segundo o pensamento apocalíptico do marido tio e tudo irá se arruinar porque "com os nobres, algo de incalculável irá se perder: o sentido espontâneo do absoluto, a gloriosa impossibilidade de acumular ou guardar, a divina ousadia da exposição ao nada que devora tudo sem deixar traços. Será inventada a arte da poupança e o homem conhecerá a vulgaridade de espírito".

"O que restará depois de nós?", dizem os olhos intolerantes do duque Pietro. Algumas ruínas, alguns restos de villa habitados por quimeras de olhos grandes e sonhadores, alguns trechos de jardins em que músicos de pedra tocam músicas de pedra entre esqueletos de limoeiros e oliveiras.

A festa da vestidura de Felice não poderia ter sido mais gloriosa, em meio à multidão de nobres vestidos com grande elegância. As senhoras desfilavam suas saias, suas musselines leves como asas de borboletas, os cabelos presos em redes de ouro e de prata, as fitas de veludo, de renda e de seda que desciam da cintura.

Entre plumas, espadins, luvas, regalos, toucas, flores falsas, sapatinhos de fivelas cravejadas de pérolas, tricórnios felpados, tricórnios brilhantes, eram servidas ceias de trinta pratos. Entre um prato e outro, as taças de cristal se enchiam de *sorbet* de limão perfumado de bergamota.

A neve vinha dos montes Gibellini envolvida em palha na garupa de asnos, depois de ter sido enterrada por meses, e nunca faltavam em Palermo seus prodigiosos sorvetes.

Quando na capela, entre duas alas de convidados, irmã Maria Felice Immacolata se prostrara no chão com os braços abertos como uma morta, e as freiras a cobriram com uma capa preta, acendendo duas velas a seus pés e duas junto à cabeça, o senhor marido tio pusera-se a soluçar, apoiando-se no braço da esposa muda. Isso enchera-a de espanto. Nunca o vira chorar desde que se casaram, nem pela morte do pequeno Signoretto. E agora aquela filha que se casava com Cristo despedaçava seu coração.

Terminada a festa, o duque Pietro mandou uma camareira à filha freira, para ajudá-la a se vestir e manter suas coisas em ordem. Também lhe emprestou sua cadeirinha forrada de veludo, com anjinhos dourados no teto. E ainda hoje não lhe deixa faltar dinheiro para "agradar" ao confessor, o qual precisa presentear continuamente com frutas saborosas, sedas e rendas.

Todos os meses são cinquenta tarí para a cera das velas e outros cinquenta para as ofertas do altar, setenta para as toalhas novas e trinta para o açúcar e a pasta de amêndoas. Um milhar de escudos foram-se para reconstruir o jardim do convento que agora é uma maravilha, embelezado como está com lagos artificiais, fontes de pedra, alamedas, pórticos, bosques e grutas falsas, onde as irmãs descansam comendo confeitos e desfiando o rosário.

Na verdade, o duque Pietro não está nada resignado em ter a filha longe e quando pode lhe envia a carruagem para que venha ficar em casa por um dia ou dois. A tia Fiammetta vê o convento como uma horta, onde a capina deve acompanhar as rezas. A sobrinha Felice fez de sua cela um oásis suntuoso, no qual se retira das maldades do mundo, onde os olhos possam ver só coisas belas e agradáveis. O jardim, para Fiammetta, é um lugar de meditação e de recolhimento; para Felice, um centro de conversação, onde fica comodamente sentada à sombra de uma figueira trocando notícias e mexericos.

Fiammetta acusa Felice de "corrupção". A mais jovem acusa a tia de carolice. Uma só lê o Evangelho e o carrega tanto na horta como na cozinha, a ponto de ter feito dele um amontoado de páginas gordurosas; a outra lê vidas romanceadas dos santos em livrinhos brancos encadernados de couro. Entre as páginas saltam imagens de santas com o corpo coberto de chagas, deitadas em poses sensuais e envolvidas em trajes cheios de pregas e arabescos.

Quando estava viva a tia Teresa freira, eram duas a criticar Felice. Agora que a tia Teresa se foi, quase no mesmo dia em que morreu a tia Agata, ficou só Fiammetta para recriminar e algumas vezes se tem a impressão de que não está muito segura de estar do lado da razão. Por isso, fica mais áspera, mais dura. Mas Felice não lhe dá ouvidos. Sabe que tem o pai a seu lado e se sente forte, ao passo que a mãe muda nunca a considerou muito: lê livros demais e isto a torna distante, um pouco "amalucada", como diz às amigas para justificá-la.

Mariano, por sua vez, considera a irmã "pretenciosa", mas tem os mesmos gostos pela opulência e as novidades. Preparando-se para herdar todas as riquezas paternas, fica a cada dia mais arrogante e mais bonito. Com a mãe é paciente, mesmo se com uma paciência levemente artificial. Quando a vê, curva-se para beijar sua mão, depois pega a pena e o papel dela para escrever algumas belas frases em uma caligrafia gigantesca e cheia de volteios.

Ele também está apaixonado, e por uma bela moça que lhe dará em dote uma vintena de feudos: Caterina Molé de Flores e Pozzogrande. O casamento será em setembro e Marianna já imagina o trabalho dos preparativos para as festas, que durarão não menos de oito dias e terminarão com uma noite de fogos de artifício.

XXI

Lá fora está escuro. O silêncio estéril e absoluto envolve Marianna. Em suas mãos, um livro de amor. As palavras, diz o escritor, são colhidas pelos olhos como cachos de um vinhedo suspenso, são espremidos pelo pensamento, que gira como uma roda de moinho e depois, em forma líquida, derramam-se e correm felizes pelas veias. É esta a divina vindima da literatura?

Vibrar com os personagens que correm pelas páginas, beber o suco do pensamento alheio, sentir a embriaguez adiada de um prazer que pertence a outros. Exaltar os próprios sentidos por meio do espetáculo sempre repetido do amor em representação, também não é amor? Que importância tem que este amor nunca tenha sido vivido cara a cara diretamente? Assistir aos abraços de corpos estranhos, mas muito próximos e conhecidos pela leitura, não é como viver aquele abraço, com um privilégio a mais, de permanecer senhor de si?

Uma suspeita atravessa-lhe a mente: que sua sina seja espreitar os suspiros dos outros. Assim como tenta interpretar nos lábios de quem está a seu lado o ritmo das frases, busca nessas páginas o início e o fim dos amores alheios. Não é uma caricatura um pouco triste?

Quantas horas passou naquela biblioteca, aprendendo a tirar ouro das pedras, peneirando e limpando, por dias e dias, os olhos de molho nas águas turvas da literatura. O que conseguiu? Alguns grãos brutos de saber. De um livro a outro, de uma página a outra, centenas de histórias de amor, de alegria, de desespero, de morte, de prazer, de assassinatos, de encontros, de adeus. E ela sempre ali, sentada naquela poltrona de encosto rendado.

As prateleiras mais baixas da estante, que as crianças podem alcançar, contêm principalmente vidas de santos: *A sequência de santa Eulália, A vida de são Leodegario*; alguns livros em francês *Le jeu de saint Nicolas*, o *Cymbalum mundi*; alguns livros em espanhol, como *Rimado de palacio* ou *Lazarillo de Tormes*. Uma montanha de almanaques: da Lua Nova, dos Amores sob Marte, da Colheita, dos Ventos; além de histórias de paladinos da França e alguns romances para moças que falam de amor com uma liberalidade hipócrita.

Mais acima, nas prateleiras da altura de um homem, pode-se encontrar os clássicos: da *Vida Nova* a *Orlando furioso*, da *De rerum natura* a *Diálogos de Platão*, além de alguns romances de moda como *Coliandro fiel* e *A lenda das virgens*.

Estes eram os livros da biblioteca da Villa Ucrìa quando Marianna a herdou. Mas desde quando a frequenta assiduamente, os livros duplicaram. De início, a desculpa era o estudo do inglês e do francês. Daí, dicionários, gramáticas, compêndios. Depois, alguns livros de viagem com gravuras de mundos distantes e, por fim, com cada vez mais ousadia, romances modernos, livros de História e de filosofia.

Desde que os filhos foram embora, tem muito mais tempo à disposição. E os livros nunca lhe bastam. Encomenda-os às dúzias, mas com frequência demoram meses para chegar. Como o pacote que continha o *Paraíso perdido*, que ficou cinco meses no porto de Palermo sem que ninguém soubesse onde estava. Ou a *Histoire comique de Francion*, que foi perdido no trajeto entre Nápoles e a Sicília em um barco que afundou ao largo de Capri.

Emprestou alguns, mas não se lembra mais para quem, como os *Lais* de Maria de França, que nunca mais voltou. Ou o *Romance de*

Brut, que deve estar nas mãos do seu irmão Carlo, no convento de San Martino delle Scale.

Essas leituras que se prolongam até altas hora da noite são cansativas, mas também densas de prazer. Marianna nunca se resolve a ir para a cama. E se não fosse pela sede que quase sempre a arranca da leitura continuaria até de manhã.

Sair de um livro é como sair do melhor de si. É passar dos arcos suaves e aerados da mente às inaptidões de um corpo miserável sempre em busca de algo é uma rendição. Deixar pessoas conhecidas e queridas para si mesma que não ama, presa a uma contabilidade ridícula de dias que se somam a dias como se fossem indistinguíveis.

A sede colocou a sua patinha naquela calma sensual, tirando o perfume das flores, adensando as sombras. O silêncio desta noite é sufocante. Voltando à biblioteca, às velas gastas, Marianna se pergunta por que estas noites estão se tornando mais curtas. E por que tudo tende a cair dentro da sua cabeça como dentro de um poço de águas escuras em que, de vez em quando, ecoa um baque, uma queda, mas do quê?

Os pés deslizam delicados e silenciosos sobre os tapetes que cobrem o corredor; chegam à sala de jantar, atravessam o salão amarelo, o rosa; param à porta da cozinha. A cortina preta que esconde a grande jarra onde se guarda a água para beber está aberta. Alguém desceu para beber antes dela. Por um momento, é tomada pelo pânico de um encontro noturno com o senhor marido tio. Desde a noite da rejeição, não a procurou mais. Parece ter intuído que ele procure a esposa de Cuffa. Não a velha Severina, que já morreu há tempos, mas a nova esposa, uma certa Rosalia de densas tranças pretas que lhe balançam às costas.

Deve ter uns trinta anos, é de temperamento enérgico, mas sabe ser doce com o patrão e ele precisa de alguém que receba seus assaltos sem se enregelar.

Marianna relembra suas apressadas cópulas no escuro, ele armado e implacável e ela distante, petrificada. Devia ser engraçado vê-los, estúpidos como podem ser aqueles que repetem sem um mínimo de discernimento um dever que não entendem e para o qual não são talhados.

No entanto, tiveram cinco filhos vivos e três mortos antes de nascer, o que soma oito; oito vezes se encontraram debaixo dos lençóis sem se beijar nem se acariciar. Um assalto, uma imposição, uma pressão de joelhos frios contra as pernas, uma explosão rápida e raivosa.

Algumas vezes, fechando os olhos ao seu dever, distraiu-se pensando nas cópulas de Zeus e Io, de Zeus e Leda como são descritas por Pausânias ou Plutarco. O corpo divino escolhe um simulacro terreno: uma raposa, um cisne, uma águia, um touro. Então, depois de longas tocaias entre sobreiros e carvalhos, a repentina aparição. Não há tempo de dizer uma palavra. O animal curva suas garras, prende com o bico a nuca da mulher, e a rouba de si mesma e ao seu prazer. Um bater de asas, uma respiração ofegante no pescoço, um cortar dos dentes no ombro e acabou. O amante se vai deixando-te dolorida e humilhada.

Gostaria de perguntar a Rosalia se com ela o senhor marido tio também se transforma em lobo que morde e foge. Mas sabe que não perguntará. Por discrição, por timidez, mas talvez também por medo daquela trança preta que quando está de mau humor parece levantar-se e soprar como uma serpente bailarina.

Não há luzes nos aposentos de baixo e Marianna sabe com certeza que o senhor marido tio não andaria no escuro como ela, cuja surdez tornou a visão noturna particularmente aguda, como a dos gatos.

A jarra ressua umidade. Ao toque é fresca e porosa, emana um bom cheiro de terracota. Marianna mergulha a caneca de metal presa a uma vareta e bebe avidamente, derramando água sobre o corpete bordado.

Com o canto do olho vê uma luz fraca que vem de uma das portas da criadagem. É o quarto de Fila, cuja porta está entreaberta. Não saberia dizer que horas são, mas certamente passou da meia-noite e até da uma da manhã, talvez estejamos perto das três. Parece-lhe ter sentido aquela contração do ar, aquela leve agitação da noite provocada pelo sino da igreja da Villa Butera quando bate duas horas.

Sem quase nem perceber, seus pés a levam para aquela luz e o olhar se insinua naquela fresta, tentando distinguir alguma coisa entre a fumaça de um toco de vela aceso.

Há o braço nu que balança suspenso na borda da cama, um pé calçado que se levanta e se abaixa. Marianna recua indignada consigo mesma: espiar não é digno dela. Mas depois ri de si mesma: deixemos a indignação para as almas mais belas, a curiosidade está na raiz da inquietação, como diria o senhor David Hume de Londres, e é parente daquela outra curiosidade que a leva a mergulhar nos livros com tanta paixão. Então, por que bancar a hipócrita?

Com uma ousadia que a surpreende, volta a espiar pela fresta com a respiração suspensa, como se daquilo que verá dependesse o seu futuro, como se seu olhar já tivesse sido atingido antes de ter enxergado algo.

Fila não está sozinha. Com ela está um rapaz de traços harmoniosos que chora desolado. Os cabelos crespos e pretos estão presos na nuca em um rabicho fino. Marianna pensa ter visto aquele rapaz, mas onde? Seus membros são macios e curtos, a cor da sua pele é de pão de ló. Vê que Fila tira do bolso um lenço amarrotado e limpa com ele o nariz do rapaz choroso.

Agora Fila parece pressionar o rapaz com perguntas que ele não tem vontade de responder. Balançando-se indócil, rindo e chorando, senta-se à beira da cama olhando com espanto os sapatos de pele de cervo que estão no chão desamarrados.

Fila continua a lhe falar zangada, mas recolocou o lenço molhado no bolso e agora se curva sobre ele, insistente e materna. Ele não chora mais, pega um sapato e o leva ao nariz. Nesse momento, Fila se joga sobre ele e lhe bate com veemência, com a mão aberta na nuca, depois no rosto, enfim, com as mãos fechadas, golpeia sua cabeça com socos.

Ele se deixa bater sem reagir. Enquanto isso, com o movimento, a vela se apagou. O quarto fica no escuro. Marianna recua um pouco, mas Fila deve ter reacendido a vela, porque a luz volta a tremular pelo umbral da porta.

É hora de voltar para cima, pensa Marianna, mas uma curiosidade desconhecida, incontrolável, que julga obscena a atrai de novo para a visão proibida. Fila senta-se na cama e ele se acocora perto, apoiando a cabeça no colo dela. Um instante depois, ela beija-lhe suavemente as têmporas avermelhadas e passa a língua no arranhão que ela mesma fez debaixo do olho esquerdo.

Marianna desta vez se obriga a voltar ao jarro de água fresca. A ideia de assistir a um ato de amor entre Fila e aquele rapaz a assusta: já está abalada o suficiente com a surpresa. Mergulha de novo a vareta com a caneca de metal na água; leva-a aos lábios e bebe grandes goles fechando os olhos. Não percebe que, nesse meio tempo, a porta se abriu e Fila está na soleira olhando-a.

O corpete desamarrado, as tranças desfeitas, o estupor a deixa gelada, incapaz de fazer outra coisa a não ser olhá-la de boca aberta. O rapaz também se adiantou e parou às costas dela, com o rabicho pendendo atrás de uma orelha avermelhada.

Marianna os observa, mas sem cara feia e talvez seus olhos riam porque finalmente Fila se recupera da surpresa paralisante e começa a amarrar o corpete com dedos apressados. O rapaz não demonstra nenhum medo. Vem adiante, com o torso nu, fixando os olhos atrevidos na duquesa. O rapaz se comporta exatamente como alguém que a viu sempre de longe, por portas entreabertas, talvez espiando-a, como há pouco ela fez com ele, atrás de cortinas semifechadas, escondido e firme, à espreita, como quem ouviu muito falar dela e agora queira ver de que é feita esta grande senhora da garganta de pedra.

Mas Fila tem algo a dizer. Aproxima-se de Marianna, pega-a pelo pulso, fala em seu ouvido surdo, faz sinais com os dedos diante de seus olhos. Marianna vê seus esforços enquanto seus cabelos pretos escapam das tranças esvoaçando nas faces, riscando-as de preto.

Pelo menos desta vez a surdez a protege sem fazer com que se sinta deficiente. O gosto do castigo acende-lhe as faces. Sabe muito bem que uma punição não teria sentido — ela é a culpada que anda pela casa no escuro da noite — mas nesse momento precisa recuperar uma distância que foi perigosamente interrompida.

Aproxima-se de Fila com a mão erguida como uma patroa que descobriu a empregada com um desconhecido sob seu teto. O senhor marido tio aprovaria, aliás, colocaria o chicote na mão dela.

Mas Fila segura a mão no ar e a arrasta para dentro do quarto, para o espelho iluminado de viés pela vela ainda acesa. Com a outra mão puxou o rapazote e, uma vez diante do espelho, pega sua cabeça pelos cabelos e a encosta na sua, face com face.

Marianna olha aquelas duas cabeças dentro do vidro ofuscado pela fumaça e logo entende o que Fila quer lhe dizer: duas bocas talhadas pela mesma mão, dois narizes modelados pela mesma matriz, curvos no meio, estreitos em cima e embaixo, os olhos cinzentos apenas um pouco separados, as faces largas, rosadas: são irmãos.

Fila, que entendeu tê-la convencido com a força das imagens, concorda e lambe os lábios contente. Mas como conseguiu esconder o rapaz todo aquele tempo, sem nem o senhor pai saber de sua existência?

Fila, agora, com uma autoridade que só uma irmã mais velha pode pretender, impõe que o rapaz se ajoelhe diante da duquesa e beije a barra do seu precioso vestido cor de âmbar. E ele, dócil, olhando de baixo para cima com o rosto compungido e teatral, toca a beira da saia com os lábios. Um lampejo de astúcia infantil, uma distante sabedoria sedutora, daquelas que só quem se sente excluído do mundo das maravilhas pode manifestar.

Marianna observa com ternura as costelas marcadas no dorso curvado. Rápida, faz-lhe sinal para se levantar. Fila ri e bate palmas. O rapaz fica em pé diante dela e tem algo de despudorado que a incomoda, mas, ao mesmo tempo, deixa-a curiosa. Por um momento, seus olhares se cruzam emocionados.

XXII

Saro e Raffaele Cuffa estão remando. O barco desliza na água calma e negra com breves batidas cadenciadas. Sob um festão de lanternas de papel, vê-se cadeiras douradas. A duquesa Marianna: uma esfinge fechada em um manto verde garrafa, o rosto voltado para o porto.

Nos bancos, sentados de lado: Giuseppa com o marido Giulio Carbonelli e o filho de dois anos; Manina com a filha menor, Giacinta. À proa, sobre dois rolos de corda, Fila e Innocenza.

Um barco para a poucas braças de distância. Outro festão, outra cadeira dourada em que se senta o duque Pietro. Ao lado dele, a filha freira Felice; o filho mais velho, Mariano, acompanhado pela esposa senhora Caterina Molè de Flores; a jovem esposa de Cuffa, Rosalia, que prendeu as tranças pretas na cabeça como se fosse um turbante.

Espaçados nas águas da baía de Palermo centenas de barcos: canoas, caiaques, falucas, cada um com seus enfeites de festões luminosos, suas cadeiras patronais, seus remadores.

O mar está calmo, a lua, escondida atrás de farrapos de nuvens orladas de violeta. O limite entre céu e água desaparece na escuridão de uma calma e sólida noite de agosto.

Dali a pouco, da máquina dos fogos de artifício que se ergue imponente sobre a marina, partirão as girândolas, os foguetes, as fontes de luz que choverão sobre o mar. Ao fundo, Porta Felice parece um presépio salpicado de lampiões à óleo. À direita, o Cassaro Morto, o vulto escuro do Vicariato, as casas baixas da Kalsa, o revestimento do Steri, as pedras cinzentas de Santa Maria della Catena, os muros angulosos do Castello a Mare, a construção longa e clara de San Giovanni dei Leprosi e logo atrás um pulular de vielas tortas, escuras, de onde milhares de pessoas vêm em direção ao mar.

Marianna lê um folheto amassado que tem no colo, e no qual uma mão gentil escreveu "máquina construída graças aos mestres tecelões, aos mestres palafreneiros e aos mestres vendedores de queijo, amém".

Agora os homens pararam de remar. O barco oscila levemente sobre as ondas com sua carga de luzes, corpos enfeitados, fatias de melancia, garrafas de água e anis. Marianna observa as embarcações que, no silêncio da sua noite, balançam como plumas suspensas no vazio.

"Viva Ferdinando, o novo filho de Carlos III, rei da Sicília, amém", diz outro bilhete que lhe caiu sobre o sapato. Parte o primeiro foguete. Explode no alto, quase coberto pelas nuvens. Uma chuva de fios de prata cai sobre os telhados de Palermo, sobre as fachadas das casas principescas, sobre as ruas com suas *balati* cinzentas, sobre as muretas do porto, sobre as embarcações cheias de espectadores e se apaga, chiando na água negra.

"Anteontem, as festas pela coroação de Vitório Amadeu de Savoia; ontem, as luminárias pela ascensão ao trono de Carlos VI de Habsburgo; hoje se festeja o nascimento do filho de Carlos III de Bourbon... As mesmas festividades, a mesma miscelânea. Primeiro dia: missa solene na catedral; segundo dia: combate entre o leão e o cavalo; terceiro dia: os músicos no teatro de mármore; depois, baile no palácio do Senado, corrida de cavalos, procissão e fogos de artifício na Marina... Que tédio infinito...".

Bastou um olhar de Marianna para o senhor marido para saber o que ele está remoendo. Recentemente se tornou transparente para ela: os olhos desbotados, as entradas na testa não conseguem mais esconder os pensamentos, como faziam ciumentamente antes. Parece que perdeu a paciência de dissimular. Por anos fizera disso uma vantagem: ninguém devia penetrar além daquelas sobrancelhas, daquela fronte nua e austera. Agora, parece que essa arte tenha se tornado familiar demais e, em consequência, sem interesse.

"Somos umas bestas sempre nos curvando... Vamos deixar para lá esse Vitório Amadeu, que queria fazer de Palermo outra Torino, *miserere nobis*! Os horários, as taxas, os impostos, as guarnições... Quer taxar a doença, a fome, senhor? Nossas chagas cheiram a jasmim, meu imperador, e só nós as entendemos *deo gratias*... O tratado de Utrecht, outra estupidez, dividiram-se os bocados: um para mim, um para ti... e aquela porca da Elisabetta Farnese se escarrapichou pela ilha, quis um trono para o seu filho. O cardeal Alberoni foi seu cúmplice e Filipe V estendeu a mão... Em Capo Passero os ingleses fizeram comer vinagre aquele bobalhão do Filipe V, mas Elisabetta não largou o osso, é uma mãe paciente; os austríacos vencidos na Polônia deram as costas a Nápoles e à Sicília, assim seu filho dom Carlos se deu bem... Subiram nos nossos pescoços e sabe-se lá quando descerão".

Não consegue mais parar aquela voz sem voz. O Senhor lhe deu esse dom de entrar na cabeça dos outros. Mas, uma vez fechada a porta, vê-se respirando um ar pútrido em que as palavras têm um cheiro de mofo.

Duas mãos tocam os ombros da duquesa, ajeitando o xale no pescoço, arrumando os cabelos. Marianna se volta para agradecer Fila e se vê diante do rosto sorridente de Saro.

Pouco depois, enquanto admira as parábolas de luzes verdes e amarelas que florescem no céu, sente outra vez a presença do rapaz às suas costas. Dois dedos leves afastaram o xale e tocam a base dos cabelos.

Marianna está para afastá-lo, mas um cansaço mudo e suave a prende à cadeira. Agora o rapaz, com um movimento de gato, foi para a proa e indica o céu com o braço.

Foi até lá para ser admirado, é claro. Está em pé sobre o triângulo convexo, em equilíbrio precário mostrando o corpo esguio e alto, o rosto bonito iluminado pelas fagulhas voadoras.

Todas as cabeças estão voltadas para o alto, todos os olhares seguem a explosão dos fogos. Só ele olha para outro lugar, na direção da real cadeira no meio da embarcação. Nos lampejos de luz que colorem o ar, Marianna vê os olhos do rapaz fixos nela. São olhos amorosos, alegres, talvez até arrogantes, mas sem malícia. Marianna o observa por um instante e logo retira o olhar. Mas, depois de um momento, não pode deixar de voltar a olhá-lo: aquele pescoço, aquelas pernas, aquela boca parecem estar ali para perturbá-la e satisfazê-la.

XXIII

Seja no jardim lendo um livro, seja no salão amarelo fazendo contas com Raffaele Cuffa, seja na biblioteca estudando inglês, Saro sempre está diante dela, saído do nada, prestes a desaparecer no nada.

Sempre ali, olhando-a com olhos acesos e doces que suplicam uma resposta. E Marianna se espanta que aquela devoção dure, faça-se mais ousada e insistente a cada dia que passa.

O senhor marido tio passou a gostar dele e mandou fazer-lhe uma bela libré sob medida com as cores da Casa, azul e ouro. O rabicho não lhe balança mais atrás da orelha, fininho como uma cauda de rato. Uma mecha de cabelos pretos e brilhantes cai-lhe sobre a testa e ele a joga para trás com um gesto descuidado e sedutor.

Há só um lugar em que ele não pode entrar, o quarto dos patrões, e é ali que ela se refugia sempre mais, com seus livros, sob os olhos enigmáticos das quimeras, perguntando-se se ele terá o atrevimento de continuar a procurá-la.

Mas, de vez em quando, surpreende-se olhando para o pátio esperando sua chegada. Basta vê-lo passar com seu andar gingado e vago para ficar de bom humor.

Para não o encontrar, decidira até ficar em Palermo por algum tempo em sua casa de via Alloro. Mas, em uma manhã, vira-o chegar na carruagem do senhor marido tio, em pé no estribo traseiro, alegre e bem-vestido: o tricórnio enfiado nos cabelos pretos encaracolados, um par de sapatos brilhantes, enfeitados com uma fivela de latão.

Fila diz que começou a estudar. Contou para Innocenza, que soprou para a irmã Felice, que escreveu em um folheto para a mãe: "Ele aprende a escrever para falar com vossência". Não se sabe se disse com maldade ou admiração.

Hoje chove. Os campos estão encobertos: cada moita, cada árvore está ensopada e o silêncio do qual é prisioneira parece a Marianna mais injusto do que o normal. Uma nostalgia profunda dos sons que acompanham a visão daqueles ramos brilhantes, daqueles campos fervilhantes de vida dá-lhe um nó na garganta. Como será o canto de uma cotovia? Leu tantas vezes nos livros que é o canto mais suave que se possa imaginar, algo que faz tilintar o coração. Mas como será?

A porta se abre como em alguns pesadelos, empurrada por mão desconhecida. Marianna a olha mover-se lenta, sem saber o que virá: uma alegria ou uma dor, um rosto amigo ou inimigo?

É Fila que entra com o candelabro aceso. Mais uma vez está descalça, e é possível entender que se trata de uma insubordinação desejada, um sinal para os patrões muito exigentes. Mas, ao mesmo tempo, conta com a indulgência de Marianna, não devida à tolerância, mas a um segredo embaraçoso, parece pensar, que as liga com um belo laço, para além das diferenças de idade, de dinheiro, de classe social.

O que quer dela? Por que pisa com tanto gosto os pés nus e sujos nos tapetes preciosos? Por que caminha com tanta desenvoltura, sem se preocupar que a saia se levante e deixe descobertos os calcanhares calosos e manchados?

Marianna sabe que o único modo de restabelecer a distância seria levantar sua mão de patroa para uma bofetada, mesmo leve. É o que se usa. Mas basta que seu olhar caia naquele rosto terno, tão semelhante àquele rosto masculino de traços só um pouco mais marcados, que lhe passa qualquer vontade de bater nela.

Marianna leva a mão ao colarinho que lhe aperta a garganta. O corpete de lã de ovelha aperta áspero suas costas suadas; parece feito de espinhos. Com dois dedos faz sinal para Fila ir embora. A jovem sai, fazendo balançar a ampla saia de pano vermelho. Perto da porta faz uma reverência fria, acompanhada de uma meia careta.

Sozinha, Marianna ajoelha-se diante de um pequeno Cristo de marfim que lhe deu Felice e tenta rezar: "Meu Senhor, faça com que não me perca aos meus próprios olhos, faça com que saiba manter a integridade do coração".

O olhar fixa o crucifixo: parece que no rosto de Cristo haja uma careta zombeteira. Ele, como Fila, parece rir dela. Marianna se levanta, vai se deitar na cama cobrindo os olhos com os braços.

Vira-se de lado. Estende a mão para o livro que lhe deu o senhor irmão abade Carlo, quando Mariano nasceu. Abre e lê:

> O meu espírito se vai consumindo,
> os meus dias se vão apagando.
> Deveras estou cercado de zombadores
> e os meus olhos contemplam as suas provocações?
> Sejas tu a garantia de ti mesmo.

As palavras de Jó parecem estar ali para lembrá-la de um crime, mas qual? O de pensar o pensamento segundo as sugestões do senhor Hume ou o de se deixar tentar por um desejo desconhecido e temível? Seus dias certamente vão se consumindo, apagam-se aos poucos as luzes do seu corpo, mas quem a salvará dos zombeteiros?

A porta começa a se mover outra vez, abre-se fazendo uma sombra quadrada no chão. O que há atrás dela? Que corpo, que olhar? O de um rapaz que aparenta doze anos, mas tem dezenove?

Desta vez é Giuseppa com o filho menor que vem vê-la. Como engordou! As roupas mal contêm a carne, o rosto está pálido, apagado. Entra com passo resoluto, senta-se na beira da cama, tira os sapatos que apertam seus pés, estende as pernas, olha para a mãe e começa a chorar.

Marianna aproxima-se dela amorosamente, abraça-a; mas a filha, em vez de se acalmar, entrega-se aos soluços, enquanto o menino, engatinhando, entra debaixo da cama.

"Por caridade, o que tens?", escreve Marianna em um folheto e o coloca debaixo do nariz da filha.

Giuseppa enxuga as lágrimas com o dorso da mão, incapaz de refrear os soluços. Volta a abraçar a mãe, depois pega a ponta do avental dela e assoa o nariz ruidosamente. Só depois de muitos pedidos, colocando a pena em sua mão, Marianna consegue fazê-la escrever alguma coisa.

"Giulio me maltrata, quero deixá-lo."

"O que ele fez, querida?"

"Trouxe para casa uma 'chapeleira', colocou-a de cama com a desculpa de que estava doente e, como não tinha roupas, deu-lhe as minhas com todos os leques franceses que eu tinha guardado."

"Vou falar com o senhor pai tio."

"Não mamãe, por favor, deixe-o em paz."

"Então o que posso fazer?"

"Mande dar uma surra nele."

"Não estamos mais nos tempos do teu bisavô... E depois, de que serviria?"

"Para me vingar."

"O que vais fazer com a vingança?"

"Me agrada, estou furiosa e quero me acalmar."

"Mas por que a 'chapeleira' na cama, não entendo", escreve Marianna depressa; as respostas chegam cada vez mais lentas, truncadas e desordenadas.

"Para me magoar."

"Mas por que ele quer te magoar?"

"Sabe-se lá".

Uma história curiosa, inacreditável: se o senhor marido Giulio Carbonelli quer se divertir, não precisa colocar na cama da esposa a amante "chapeleira". O que pode estar por trás deste gesto insensato?

Então aos poucos, em palavras entrecortadas e frases dialetais, surgem algumas revelações: Giuseppa ficou amiga da tia Domitilla, a esposa de Signoretto, que a apresentou aos livros proibidos dos pensadores franceses, às reflexões laicas, aos apelos de liberdade.

Dom Giulio Carbonelli, que odeia as ideias novas que circulam entre os jovens, mais do que o senhor marido tio, havia tentado desviá-la deste caminho "completamente impróprio a uma Carbonelli dos barões de Scarapullé". Mas a esposa não lhe dera ouvidos e então ele achou um modo indireto e brutal para lhe mostrar sem muitas palavras que o dono da casa era ele.

Agora se trata de convencer a filha de que as vinganças levam a outras vinganças e que entre marido e mulher é impensável uma briga como essa. Nem se fala de se separar dele: tem um filho pequeno e não pode deixá-lo sem pai, e, por outro lado, uma mulher sem marido, para não ser taxada de prostituta, só poderia se refugiar em um convento. Por isso, deve encontrar uma maneira de se fazer respeitar por ele sem vinganças nem retaliações. Mas o que fazer?

Enquanto reflete, Marianna escreve: "O que são esses leques franceses?".

"Entre uma haste e outra, surgem cenas de cama, mamãe", escreve a filha com impaciência e Marianna concorda embaraçada.

"Deves conservar a estima dele", insiste a mãe e a mão tem dificuldade de se manter composta, autoritária.

"Somos cão e gato."

"Mas foi você que o quis. Se tivesse se casado com o tio Antonio como queria teu pai..."

"Melhor morta... O tio Antonio é um velho resmungão, com olhos de galinha. Prefiro Giulio com a sua 'chapeleira'. Só a senhora, pobre muda, podia pegar um grosseirão como o tio pai... Se eu pedir para Mariano, será que ele consegue me vingar?"

"Tira isso da cabeça, Giuseppa."

"Só quero que o esperem fora do portão e o surrem, mamãe."

Marianna dirige à filha um olhar nebuloso. A jovem faz uma careta irritada, morde o lábio. Mas a mãe ainda tem ascendência sobre ela e, diante daqueles olhos severos, Giuseppa recua renunciando à vingança.

XXIV

As cortinas fechadas. O veludo que cai em grandes pregas. O teto abaulado que recolhe as sombras. Algumas gotas de luz que se infiltram entre as pregas, desmancham-se no piso formando poças poeirentas.

Há um odor de cânfora no ar estagnado. A água ferve em uma panelinha apoiada na estufa. A cama é tão grande que ocupa toda uma parede do aposento: apoia-se em quatro coluninhas de madeira esculpida, entre cortinados bordados e cordões de seda.

Sob os lençóis amarrotados, o corpo suado de Manina, imóvel há vários dias, com os olhos fechados. Não se sabe se conseguirá sobreviver. Os mesmos cheiros da agonia de Signoretto, a mesma consistência gelatinosa, o mesmo calor doentio de sabor adocicado e nauseabundo. Marianna estende a mão para a mão da filha, que jaz com a palma virada para cima sobre a coberta. Com dois dedos, cautelosamente, acaricia a palma úmida.

Quantas vezes aquela mão da menina se agarrou às suas saias, como ela também se agarrara à túnica do senhor pai, pedindo atenção e fazendo uma série de perguntas que podiam ser resumidas em uma só: posso confiar em ti? Mas talvez a filha tenha descoberto que não é possível confiar em quem, mesmo te amando cegamente, no final, ficará incompreensível e distante.

Uma mão cuja brancura é frequentemente manchada por picadas avermelhadas de mosquitos, como a de Agata. Tia e sobrinha são semelhantes em muitas coisas: as duas muito bonitas, com vocação para a crueldade. Alheias a qualquer coquetismo, qualquer cuidado, qualquer autoconsciência, as duas sombriamente dedicadas ao amor materno, tomadas por uma adoração pelos filhos que beira a idolatria.

Uma só diferença: o humor de Manina, que busca apaziguar fazendo rir, mesmo ficando séria. Agata se imola à maternidade sem pedir nada em troca, mas julgando com desprezo as mulheres que não fazem a mesma escolha. Já teve oito filhos e continua a tê-los, apesar dos seus trinta e nove anos, nunca cansada, sempre às voltas com amas, babás, médicos e parteiras.

Manina ama demais a concórdia para desprezar quem quer que seja. Seu sonho é costurar com o mesmo fio o marido, os filhos, os pais, os parentes e mantê-los junto de si. Aos vinte e cinco anos, já teve seis filhos, e tendo se casado aos doze, à medida que os filhos crescem, vão ficando cada vez mais parecido com irmãos dela.

Lembra-se dela ainda insegura sobre as pernas gorduchas dentro de um vestido bufante coberto de laços vermelhos que ela mandara copiar de um quadro de Velázquez, do qual possuía uma reprodução em aquarela. Uma menina rosada, tranquila, com olhos cor de água-marinha.

Ainda nem saíra daquele quadro e já entrara em outro, no braço do marido, a barriga enorme desfilando como um troféu, despudoradamente oferecida à admiração dos passantes.

Dois abortos e um filho nascido morto. Passara por isso sem muitos danos. "Meu corpo é uma sala de espera: há sempre alguma criança que entra ou que sai", escrevia à mãe. E não se ressentia com aquelas entradas e saídas, aliás, regozijava-se: a confusão de crianças sempre prontas a correr, comer, cagar, dormir, chorar dava-lhe uma grande alegria.

O último parto, agora, ameaça matá-la. A criança estava na posição certa, pelo menos dizia a parteira, os seios já haviam começado a fabricar leite e Manina se divertia em fazer que o experimentassem os filhos menores, que vinham, trepavam em seus joelhos, atracavam-se ao mamilo, apertando e puxando a carne cansada.

O menino nasceu morto e ela continuou a perder sangue até ficar cor de cinza. A parteira, de tanto tamponar com algodão, conseguiu parar a hemorragia, mas de noite a jovem mãe começou a delirar. Agora está por um fio, o rosto pálido, os olhos opacos.

Marianna pega um chumaço de algodão, mergulha-o em água com limão, leva-o aos lábios da filha. Por um momento percebe que abre os olhos, mas estão cegos, não a veem.

Um sorriso de satisfação passa por aquele rosto exangue, um resto de sublime desprendimento, um fulgor de sacrifício. Quem pode ter-lhe inculcado essa ânsia de abnegação materna? Esse entusiasmo pela perda consciente de si? A tia Teresa freira ou a babá de cabelos brancos e cilício sob o corpete, que a obrigava a rezar por horas de joelhos ao lado da cama? Ou dom Ligustro, que também é o confessor da tia Fiammetta e que esteve por anos ao lado dela ensinando-lhe catecismo e doutrina? No entanto, dom Ligustro não é realmente um fanático, aliás, em certa época parecia atraído pelo grande Cornelius Jansen. Em algum lugar deve ter guardado um bilhete do padre, que começa com uma citação de Aristóteles: "Deus é perfeito demais para poder pensar em outra coisa que não a si mesmo".

Nem Agata, nem Manina esperam algo de seus maridos: nem amor, nem amizade. E talvez por isso sejam amadas. Dom Diego de Torre Mosca não se afasta um instante da esposa e tem um ciúme doentio dela.

O marido de Manina, dom Francesco Chiarandà de Magazzinasso, também é muito ligado à esposa, mas isso não o impede de atacar governantas e criadas que circulam pela casa, sobretudo quando vêm do "continente". Aconteceu com uma certa Rosina, vinda de Benevento, uma jovem bonita e soberba que era "camareira refinada". Ela engravidou do senhor barão e todos ficaram muito agitados. A baronesa senhora sogra Chiarandà de Magazzinasso tirou-a da casa do filho e mandou-a para Messina à casa de alguns amigos que precisavam de uma criada elegante. Fiammetta veio do convento para fazer um sermão à sobrinha. Tias, cunhadas, primas, correram ao grande salão do palácio Chiarandà de via Toledo para se compadecer da "coitadinha".

A única que não se preocupou com a coisa toda foi a própria Manina, que até se ofereceu para criar o bastardo, mantendo em casa, até a mãe. E fazia brincadeiras com a semelhança entre pai e filho que "têm o mesmo nariz em bico". Mas a senhora sogra foi irredutível e Manina cedeu, com a costumeira condescendência, curvando a bela cabeça, na qual adquiriu o hábito de usar uma tiara de pérolas rosadas.

Agora as pérolas estão ali, na mesa de cabeceira e emanam brilhos cor de malva na penumbra do Quarto. Ao lado, quatro anéis: o rubi da vovó Maria que ainda carrega as manchas e o cheiro do tabaco de Trieste, um camafeu com a cabeça de Vênus que pertenceu à bisavó Giuseppa, e, antes dela, à trisavó Agata Ucrìa, uma aliança de ouro maciço e o anel de prata com delfins que usava vovô Signoretto. Ao lado, um prendedor de cabelos de tartaruga cravejado de brilhantes que passou dos cabelos pretos da sogra para os cabelos loiros da nora.

Uma vez, o senhor pai perdera o anel dos delfins, alarmando toda a família. Depois foi encontrado, perto da fonte dos nenúfares, por Innocenza. Ela, depois daquilo, como diz o provérbio "faz a fama e deita na cama", tornou-se, para todos, "a honesta Innocenza". Mas o anel de delfins foi perdido de novo: o senhor pai, desta vez, deixara-o na casa de uma cantora de ópera pela qual se apaixonara.

"Por respeito, eu tirava o anel e o colocava na mesa de cabeceira", escrevera confidencialmente à filha.

"Respeito a quê, senhor pai?"

"À mamãe, à família". Mas escrevendo deixou escapar um sorriso. Crédulo e incrédulo ao mesmo tempo. Gostava de gestos repetidos, das noites em família, mas também das récitas, das ostentações, dos atrevimentos de uma só noite.

Não queria que a antiga geometria dos afetos e dos hábitos fosse perturbada, mas, ao mesmo tempo, tinha curiosidade por toda ideia nova, toda emoção inesperada, tolerava as próprias contradições, mesmo sendo impaciente com as contradições alheias.

"Mas depois encontrou o anel?"

"Eu era descuidado, pensava que Clementina o tivesse roubado, mas ela fez com que eu o encontrasse sobre o travesseiro dois dias depois... Era uma boa moça..."

Tem uma caixa cheia com estes bilhetes do senhor pai, guarda-a fechada à chave na cômoda do quarto de dormir. Os seus, joga fora, mas conserva os do pai, alguns da mãe, alguns dos filhos e os relê de vez em quando. A caligrafia desenvolta e desconexa do senhor pai, a caligrafia difícil e cansada da senhora mãe, os "os" estreitos e altos de seu filho Mariano, os "esses" e "eles" esvoaçantes de sua filha Felice, a assinatura torta e manchada de tinta da filha Giuseppa.

Não tem nenhum de Manina. Talvez porque lhe escreveu pouco ou porque suas palavras nas folhas maternas sempre foram muito insignificantes para deixar marcas. Aquela filha de beleza suntuosa e vaga nunca gostou de escrever para ela. Gostava de música, mais das notas do que das palavras. E as brincadeiras, que sempre tinham a finalidade de afastar os outros de pensamentos sombrios, de brigas ou de mau humor, só chegavam a Marianna quando alguém os transcrevia. Manina nunca o fazia.

Durante os primeiros anos de casamento, Manina e Francesco costumavam convidar todas as noites amigos e amigas na grande casa da via Toledo. Tinham um cozinheiro francês com o rosto esburacado que preparava deliciosos *fois gras* e ótimas *coquilles aux herbes*. Depois das usuais granitas de romã e de limão, passavam ao salão afrescado por Intermassimi. Ali também estavam as quimeras com corpo de leoa e rosto feminino que lembrava Marianna.

Manina sentava-se ao cravo e corria os dedos pelo teclado, primeiro timidamente, com precaução, depois sempre mais depressa e segura e a essa altura sua boca se franzia em um rito amargo, quase feroz.

Depois da morte do segundo filho e os dois abortos que se seguiram, os Chiarandà pararam de receber. Só aos domingos, de vez em quando, convidavam os parentes para almoçar e depois Manina era quase forçada ao cravo. Mas seu rosto não se deformava mais, ficava calmo e suave, como se pode vê-lo no retrato de Intermassimi, que está pendurado na sala de jantar entre um grupo de anjos, pássaros do paraíso e serpentes com cabeça de peixe.

A seguir renunciou a tudo. Agora, ao cravo, senta-se a filha Giacinta de sete anos, acompanhada pelo professor suíço que bate o tempo sobre a tampa com uma baqueta de madeira de oliveira.

Marianna adormeceu segurando a mão febricitante da filha. Em sua cabeça vazia, rebomba o patear dos cascos do baio Miguelito. Onde estará galopando agora o velho cavalo dado ao senhor pai por um primo distante, Pipino Ondes, que o havia comprado de um cigano?

Por anos Miguelito vivera no estábulo atrás da Villa Ucrìa, ao lado do *dammuso* dos Calò, junto com outros cavalos árabes. Depois o senhor pai passara a preferi-lo por seu caráter dócil e corajoso e o montava para ir visitar os Butera ou os Palagonia e algumas vezes ia com ele até Palermo. Quando velho, acabou na casa de Calò, primeiro incitado a corridas velozes entre as oliveiras pelas gêmeas Lina e Lena, e depois, cego de um olho, transportando o velho Calò atrás das vacas no vale de Bagheria. Com a morte das gêmeas, ainda era possível vê-lo andar pelo olival, magérrimo, mas pronto a se inflamar assim que entrava na descida poeirenta da villa.

Dentro em pouco, saltarei em sua garupa, pensa Marianna, e iremos encontrar o senhor pai, mas onde? O cavalo quase cego e despelado, os dentes amarelos e quebrados pela idade, não perdeu seu ar atrevido, a densa crina cor de café pela qual era famoso. Mas tem algo de estranho na cauda, que se alongou, retorcida e inchada. E agora se estende, desenrola, põe para fora uma ponta aguda; parece que quer pegá-la pela cintura e batê-la contra uma rocha. Está se transformando em um daqueles cães que povoavam os sonhos da senhora mãe?

Marianna abre os olhos justo a tempo para ver, por trás da porta entreaberta, uma mecha preta saltitante, um olhar líquido e negro que a espia.

XXV

De longe, parecem três grandes tartarugas que se movem lentamente ao longo da trilha entre o mato alto e as pedras. Três tartarugas: três liteiras, cada uma precedida e seguida por duas mulas. Em fila indiana, uma atrás da outra entre bosques e penhascos, ao longo da trilha inóspita que leva de Bagheria aos montes de Serre passando por Misilmeri, Villafrati, até alcançar o topo da Portella del Coniglio. Quatro homens armados seguem a caravana, outros quatro abrem caminho com mosquetes às costas.

Marianna está sentada suspensa, encaixada no assento estreito, as saias pesadas um pouco levantadas acima dos tornozelos suados, os cabelos presos e retorcidos na nuca para fazer menos calor. De vez em quando, levanta a mão para espantar uma mosca.

Diante dela, no assento forrado de brocado, em um vestido branco de musseline, um lenço de seda azul jogado sobre os joelhos, dorme Giuseppa sem se importar com as sacudidas e as oscilações da liteira.

Agora a trilha está mais íngreme e mais estreita, de um lado equilibrada sobre um precipício salpicado de rochas cinza rosadas, de outro, ladeada por uma parede escarpada de terra escura e moitas intrincadas. Os cascos das mulas escorregam de vez em quando nas rochas, fazendo balançar a liteira, mas depois se recuperam, continuam subindo evitando os buracos.

O tropeiro guia seus passos segurando à sua frente uma vara para sondar o terreno pantanoso. Às vezes as patas das mulas afundam na argila e só saem com dificuldade, a chicotadas, pesadas de lama; outras vezes o mato alto e cortante se enrola nos calcanhares dos animais, impedindo seu passo.

Marianna se apoia na maçaneta de madeira, o estômago embrulhado, perguntando-se se irá vomitar. Aproxima a cabeça da portinhola, vê a liteira suspensa sobre um penhasco: por que não param, por que não cessa aquele balanço exasperante que remexe as entranhas? Fato é que parar é mais perigoso ainda do que andar e as mulas, como se entendessem, vão adiante de cabeça baixa, assoprando, mantendo, com um sábio jogo dos músculos, o equilíbrio.

As moscas vão e vêm dos focinhos dos animais para dentro da liteira: o movimento as excita. Passeiam sobre os cabelos presos da duquesa, sobre os lábios abertos de Giuseppa. Melhor olhar para longe, pensa

Marianna, tentar esquecer aquela situação de cativeiro suspensa entre duas varas em equilíbrio sobre o vazio.

Erguendo o olhar, pode ver além do precipício pedregoso, além de um bosque de sobreiros, em meio a um declive de campos amarelo queimado, o vale de Sciara de vastas plantações de trigo: extensões de terras cobertas por uma lanugem amarela emplumada mal sacudida pelo vento. Entre os campos de trigo, vivo e desenrolando-se como uma serpente de escamas brilhantes, o San Leonardo que deságua no golfo de Termini Imerese.

Nos olhos dilatados de Marianna, o grande rio de cor metálica, os bosques de sobreiros com estrias rosadas, os extensos canaviais, estão encerrados em um bloco de calor vítreo levemente agitados por um movimento interno mal perceptível.

A paisagem grandiosa a fez esquecer as moscas e o enjoo. Vai estender a mão para a filha que dorme com a cabeça sobre o ombro, mas depois para no meio do caminho. Não sabe se a acorda para mostrar a paisagem ou a deixa descansar, lembrando que se levantaram às quatro da manhã e o balanço não a ajuda a ficar acordada.

Tentando não colocar em perigo o equilíbrio do frágil veículo, Marianna se debruça para ver se as outras liteiras estão vindo. Em uma delas está Manina, que voltou a ser magra e bonita depois que se curou, e Felice, que se abana com um grande leque de seda amarela. Na outra viajam Innocenza e Fila.

Entre os homens armados estão Raffaele Cuffa, Calogero Usura, seu primo, Peppino Geraci, o jardineiro da Villa Ucrìa, o velho Ciccio Calò, Totò Milza, seu neto e Saro, que, desde quando o senhor marido tio morreu deixando-lhe cem escudos de herança mais todas as suas roupas, adotou um ar de estudada lentidão que o torna um pouco ridículo, mas também lhe dá um novo esplendor.

Não se vê mais as suas costelas nas costas. A mecha preta não cai mais impertinentemente sobre a testa, mas está enfiada à força dentro de uma peruquinha de cachos brancos de quando o duque Pietro era jovem, que está um pouco grande e tende a escorregar sobre as orelhas.

Está cada vez mais bonito, mesmo se de uma beleza diferente, menos infantil, mais consciente e pesarosa. Mas sobretudo mudou seus modos, que agora são quase os de um senhor nascido entre os linhos de um grande palácio de Palermo. Aprendeu a se mover com garbo, mas sem afetação. Monta a cavalo como um príncipe, colocando a ponta da bota no estribo e erguendo-se com um salto leve e composto. Aprendeu a se curvar diante das senhoras com uma perna à frente e fazendo uma ampla curva com o braço, não sem virar, no último momento, o pulso que balança as plumas do tricórnio.

O resoluto órfão descoberto uma noite seminu no quarto de Fila com o rabicho de rato e o sorriso contrito subiu um a um os degraus da glória. Mas não se contenta, agora quer aprender a escrever e fazer contas. Tanta é a sua diligência, tanta a sua paciência, que até o senhor marido tio passou a gostar dele e o ajudou dando-lhe, ele mesmo, lições de heráldica, de boas maneiras e de cavalaria.

Agora faltam subir os últimos degraus e entre eles está a conquista da sua patroa, a bela muda que com tanta arrogância rejeita o seu amor. É isto que o torna tão atrevido? Ou há outra coisa? Difícil dizer. O rapaz também aprendeu a dissimular.

No funeral do senhor marido tio era o mais aflito, como se tivesse morrido seu pai. E quando lhe disseram que o duque lhe deixara uma pequena herança em moedas de ouro, roupas, sapatos e perucas ficou pálido de surpresa e repetia que "não era digno".

O funeral cansara Marianna até fazê-la perder o fôlego: nove dias de cerimônias, de missas, de ceias entre parentes, a preparação das roupas de luto para toda a família, os arranjos de flores, as centenas de velas para a igreja, as carpideiras que choraram por duas noites e dois dias junto ao cadáver.

Enfim, o corpo foi levado às catacumbas dos Capuchinhos para ser embalsamado. Ela teria preferido que repousasse sob a terra, mas

Mariano e o senhor irmão Signoretto foram irredutíveis: o duque Pietro Ucrìa de Campo Spagnolo, barão de Scannatura, conde da Sala di Paruta, marquês de Sollazzi, devia ser embalsamado e conservado na cripta dos Capuchinhos como seus avós.

Desceram nas catacumbas em muitos, tropeçando nas caudas das túnicas, arriscando-se a botar fogo no catafalco com as tochas, uma confusão de mãos, sapatos, almofadas, flores, espadas, librés, candelabros.

Quando todos foram embora ela ficou sozinha com o corpo nu do marido morto enquanto os frades preparavam o escorredor e os instrumentos no salitre.

De início recusara-se a olhá-lo: parecia-lhe indiscreto. Seus olhos se fixaram mais adiante sobre três velhos de pele alcatroada grudada nos ossos que a olhavam das paredes em que estavam pendurados pelo pescoço, as mãos esqueléticas atadas no peito com um laço.

Sobre as prateleiras de madeira laqueada havia outros mortos: mulheres elegantes em seus vestidos de festa, os braços cruzados no peito, as toucas com as bordas amareladas, os lábios esticados sobre os dentes. Algumas estavam ali há algumas semanas e emanavam um cheiro forte e ácido. Outras estavam ali há cinquenta anos, um século, e tinham perdido o cheiro.

Um costume bárbaro, pensava Marianna, tentando lembrar as palavras do senhor Hume sobre a morte, mas sua cabeça estava vazia. Melhor ser queimado e jogado no Ganges, como fazem os indianos, do que ficar nesses subterrâneos, junto com parentes e amigos de nomes importantes, a pele se esfarelando como papel.

Seu olhar pousara sobre um corpo numa caixa de vidro, perfeitamente conservado: uma menina de cílios longos, loira, as orelhas como duas minúsculas conchas, apoiada em uma almofada bordada, a fronte alta, descoberta, na qual brilhavam duas gotas de suor. E de repente a reconheceu: era a irmã de sua avó Giuseppa, morta aos seis anos de peste. Uma tia-avó que nunca cresceu, parecia querer anunciar o milagre da eternidade da carne.

De todos os corpos amontoados ali dentro, só o da menina se mantivera como todos esperam se manter depois de mortos: íntegros, tenros, absortos em um tranquilo tédio. Mas a embalsamação dos frades, tão famosa pelo uso de salitre natural, depois de algum tempo desmantela-se, endurece, expõe os esqueletos que ficam apenas cobertos por uma película de carne escura e seca.

Marianna voltara os olhos para o corpo nu do marido estendido diante dela. Mas por que quiseram deixá-la ali sozinha? Talvez para que lhe desse o último adeus ou para que refletisse sobre a fragilidade do corpo humano? Estranhamente, ver aqueles membros abandonados a acalmava: era tão diferente dos outros corpos que a cercavam, tão fresco e quieto, todo marcado por veias, cílios, cabelos, lábios em relevo como é próprio dos vivos. Aqueles cabelos grisalhos conservavam intacta a lembrança dos campos ensolarados, as faces ainda retinham alguns resquícios da luz rosada das velas.

Logo acima dele, uma pequena placa de latão dizia *memento mori*[58], mas o cadáver do senhor marido tio parecia dizer *memento vivere*[59]! Tanta era a força daquelas carnes doloridas em confronto com o luxuoso pergaminho do povo dos embalsamados. Nunca o tinha visto tão nu; tão nu e entregue, mas composto e digno em seus músculos adormecidos, nas rugas severas do rosto petrificado.

Um corpo que nunca lhe inspirou amor por seus modos austeros, violentes e frios. Ultimamente mudara algo na maneira de se aproximar dela: sempre furtivo como se devesse roubar-lhe alguma coisa, mas tomado por uma incerteza nova, uma dúvida que vinha da inexplicável recusa de muitos anos antes.

Aquela doçura rústica, um pouco ensaiada, que vinha de um perplexo e silencioso respeito tornara-o menos estranho. Aliás, descobrira que às vezes desejava pegar-lhe a mão, mas sabia que até a ideia de uma carícia era inadmissível para ele. Herdara dos pais uma ideia de amor

---

[58] Em latim: lembra-te que deves morrer.
[59] Em latim: lembra-te que deves viver.

de rapina: mira-se, ataca-se, lacera-se e devora-se. Depois disso, vai-se embora saciado, deixando uma carniça, um corpo esvaziado de vida.

Aquele corpo nu abandonado sobre a placa de pedra, pronto a ser cortado, esvaziado, preenchido de salitre, agora lhe inspirava uma repentina simpatia. Ou talvez algo mais, piedade. Estendera a mão e lhe fizera uma leve carícia com dois dedos em uma têmpora enquanto lágrimas não esperadas e não desejadas desciam-lhe pelas faces.

Examinando aquele rosto afilado e lívido, seguindo a curva fugidia dos lábios, o relevo das faces, as minúsculas pintas escuras do nariz, tentava entender o segredo daquele corpo.

Nunca imaginara o senhor marido tio menino. Era impossível. Desde que o conhecera, sempre fora velho, preso naquelas roupas vermelhas que mais lembravam os paramentos seiscentistas do que as elegâncias do novo século, a cabeça eternamente coberta por perucas complicadas, os gestos comedidos, rígidos.

No entanto, vira uma vez um retrato dele menino, que depois se perdera. Em frente a um festão de flores e frutas, destacavam-se as cabeças dos dois irmãos Ucrìa de Campo Spagnolo: Maria, loira, sonhadora e já gordinha; Pietro, de cabelos mais claros, de estopa, alto e rígido, com um olhar de tristeza orgulhosa. Atrás, como em uma vitrine, surgiam as cabeças dos pais: Carlo Ucrìa de Campo Spagnolo e Giulia Scebarràs de Avila. Ela, robusta e de cabelos escuros, um ar zeloso e autoritário; ele, delicado e fugidio, fechado em um casaco de cores apagadas. Era da parte dos Ucrìa que vinha aquela suavidade dos traços de Maria, enquanto Pietro puxara aos velhos Scebarràs, raça de invasores e ávidos déspotas.

Vovó Giulia contava que Pietro desde pequeno era meticuloso e suscetível: brigava por qualquer coisa e se divertia em socar qualquer um. Vencia sempre, parece, porque, apesar do ar doentio tinha músculos fortes, de ferro. Em família era tido como extravagante. Falava pouco, era doentiamente apegado às suas roupas, que queria de seda e de damasco, bordadas de ouro.

Mas também tinha impulsos de generosidade que deixavam os familiares espantados. Um dia, reunira os filhos dos vaqueiros de Bagheria e lhes dera todos os seus brinquedos. Em outro, pegara algumas joias de sua mãe e as entregara a uma pobrezinha que pedia esmolas.

Amava o jogo, mas sabia se moderar. Não passava as noites jogando cartas, como muitos dos seus amigos; não sustentava camiseiras ou passadeiras, só bebia um pouco de vinho das vinhas do pai. Só a luta o atraía, mesmo com gente abaixo de sua classe e por isso fora punido pela senhora avó Giulia com o chicote.

Nunca se revoltara contra os pais, aliás, os venerava e sempre aceitara as punições com fria modéstia. Por toda a adolescência e a juventude não tivera outro amor que não fosse a irmã Maria. Com ela jogava intermináveis partidas de *faraone*[60].

Quando a pequena Maria se casou, ele se fechou em casa e não quis mais sair por quase um ano. Como única companhia tinha uma cabrita que dormia em sua cama e, enquanto comia, deixava-a embaixo da mesa junto com os cães.

Havia sido tolerada em família enquanto era um animalzinho sem chifres e de patas leves. Mas quando, ao crescer, ganhara chifres retorcidos e se transformara em um grande animal que dava cabeçadas nos móveis, a senhora avó Giulia mandara levá-la para o campo e deixá-la lá.

Pietro obedecera, mas de noite saía escondido para ir dormir no estábulo com a cabra. Avó Giulia soube disso e mandou matá-la. Depois, diante de toda a família, chicoteara o filho nas nádegas nuas, assim como fazia com ela e os seus irmãos o velho bisavô Scebarràs quando eram crianças.

A partir daquele dia, o paciente Pietro se tornara *reticu* e *strammu*[61]. Sumia por semanas e ninguém sabia onde estava. Ou se fechava em seu quarto e não deixava entrar nem a camareira para lhe levar comida. Não falava com a mãe, apesar de se curvar quando a via, como era seu dever.

---

[60] Jogo de cartas bastante popular na Europa no século XVIII.
[61] T. S.: arredio e estranho.

Aos quarenta anos ainda não se casara e, salvo pelo bordel aonde ia de vez em quando, não parecia conhecer o amor. Só com a irmã Maria tinha alguma intimidade. Frequentemente ia encontrá-la na casa do marido e trocavam algumas palavras. O pai morrera pouco depois da morte da cabra, mas ninguém se lamentou, porque era um homem tão apagado que parecia um defunto ainda vivo.

Quando nasceu a sobrinha Marianna, tornou-se ainda mais assíduo na via Alloro, mesmo não tendo uma grande simpatia pelo primo cunhado Signoretto. Afeiçoara-se à menina, que pegava no colo e embalava como fizera com a cabrita anos antes.

Ninguém pensava em lhe dar uma esposa, até que morreu um tio solteiro do ramo Scebarràs, que acumulara terras e dinheiro, deixando tudo ao único sobrinho. A senhora avó Giulia, então, decidiu lhe dar como esposa uma grande dama palermitana, que enviuvara recentemente: a marquesa Milo delle Saline de Trapani, uma mulher de pulso que poderia temperar as estranhezas do filho. Mas Pietro se opôs e declarou que nunca dormiria na mesma cama com uma mulher que não fosse uma das filhas de sua irmã Maria. E já que as filhas eram três e uma era noviça, restavam duas: Agata e Marianna. Agata era jovem demais, Marianna era surda-muda, mas já fizera treze anos, a idade em que as moças se casam.

Além disso, concordaram a senhora mãe Maria e o senhor pai, que era um desperdício dar Agata ao tio, com sua beleza seria possível contratar um magnífico casamento. Por isso era justo que fosse Marianna a se casar com o excêntrico Pietro, que se mostrava ser-lhe muito afeiçoado. Também havia uma necessidade urgente de dinheiro vivo para pagar dívidas antigas e novas, era preciso reformar o palácio de via Alloro que caía aos pedaços, comprar carruagens e cavalos e renovar todas as librés da casa. Marianna não perderia nada: caso não se casasse, seria fechada em um convento. Em vez disso, começaria uma nova dinastia: os Ucrìa di Campo Spagnolo, barões de Scannatura, condes de Sala di Paruta, marqueses de Sollazzi e de Taya, e também barões de Scebarràs de Avila.

Antes de morrer, a avó Giulia chamara o filho e lhe pedira para perdoá-la por tê-lo açoitado diante da criadagem por aquela história da cabra. O filho Pietro a olhara sem dizer uma palavra e depois, no instante antes de ela expirar, dissera com voz forte: "Espero que a senhora tenha a sorte de encontrar os seus parentes Scebarràs no inferno". E isto enquanto o padre desfiava o glória ao pai e as carpideiras se preparavam para chorar a pagamento por três noites e três dias.

Assim, Pietro teve a sobrinha. Mas, desde que se casou, não mais conseguiu repetir os gestos de quando ela era menina. Como se o casamento, consagrando-a, tivesse gelado a sua ternura paterna.

XXVI

"E dom Mariano?"; "Vosso filho não veio com vossência?"; "Está preocupado?"; "Esperávamos os novos patrões."; "Com a morte de dom Pietro devíamos...". Marianna rasga com os dedos inquietos os bilhetes que tem no colo. Como justificar a ausência de Mariano, que se tornou repentinamente chefe de família, herdeiro e proprietário dos feudos de Campo Spagnolo, de Scannatura, de Taya, de Sala di Paruta, de Sollazzi e Fiumefreddo? Como dizer aos capatazes e arrendatários, que vieram reverenciá-lo, que o jovem Ucrìa ficou em Palermo com a esposa porque, simplesmente, não estava com vontade de vir?

"Vá a senhora, mamãe, estou ocupado", escrevera-lhe, surgindo repentinamente diante dela com uma nova capa de brocado inglês cravejada de ouro.

É verdade que doze horas de liteira por aquelas trilhas de montanha são uma punição e realmente poucos dos barões palermitanos se sujeitam a tamanho esforço para visitar seus feudos no interior. Mas esta de hoje é uma das raras ocasiões consideradas essenciais, tanto pelos parentes e amigos quanto pelos empregados. O novo patrão deve fazer um giro pelas suas propriedades, deve se apresentar, falar, consertar as velhas casas patronais, informar-se sobre o que aconteceu durante suas longas ausências, tentar angariar um pouco de admiração, de simpatia, ou pelo menos de curiosidade.

Talvez tenha feito mal em não insistir, pensa Marianna, mas ele não lhe dera tempo. Beijara sua mão e saíra depressa, assim como chegara, deixando no ar o seu forte perfume de rosas. Era o mesmo que usava o senhor pai, só que ele umedecia apenas as rendas da camisa, enquanto o filho o usa sem discrição, derramando sobre si vidros inteiros.

Por ela, muda, os capatazes e arrendatários têm um respeito que beira o medo. Consideram-na uma espécie de santa, alguém que não pertence à raça grandiosa dos patrões, mas à raça miserável, e, de algum modo sagrada, dos deficientes, dos doentes, dos mutilados. Têm piedade dela, mas também se irritam com seus olhos curiosos e penetrantes. E depois, não sabem escrever e ela, com seus bilhetes, suas penas, as mãos manchadas de tinta, coloca-os em um estado de agitação insuportável.

Em geral, encarregam o padre dom Pericle de escrever por eles, mas nem essa intercessão os satisfaz. Além disso, é mulher e, por mais que seja patroa, o que pode uma *fimmina*[62] entender de propriedades, de trigo, de campos, de semeadura, de dívidas, de taxas etecétera?

Por isto, agora a olham desiludidos, repetindo aquele refrão sobre dom Mariano, mesmo que nunca o tenham visto. O duque Pietro esteve com eles um ano antes de morrer. Chegara a cavalo como sempre, recusando o assento forrado de cetim da liteira, com seu fuzil, seus guardas, seus maços de papel, seus alforjes.

Agora estão diante da senhora duquesa Marianna e não sabem por onde começar. Dom Pericle está sentado, meio estendido no cadeirão de couro seboso, e desfia um rosário entre os dedos gorduchos. Espera que comecem a falar. De como os homens esticam o pescoço para a varanda, Marianna entende que as filhas estão passeando e rindo

---

[62] T. S.: fêmea; mulher.

debaixo dos pórticos, talvez escovando os cabelos à sombra dos arcos de pedra.

Tem vontade de se fechar no quarto e dormir. Suas costas estão doloridas, os olhos, queimando, as pernas, enrijecidas pelo cansaço de ficarem paradas e dobradas por horas. Mas sabe que deve enfrentar aquela gente de algum modo, deve fazer perdoarem a ausência do filho e tentar convencê-los de que realmente não podia vir. Por isso, esforça-se e, com um gesto, os convida a falar. Dom Pericle transcreve em sua linguagem concisa.

"Treze onças para refazer o poço. Mas está seco. É preciso outras dez onças".

"Em Sollazzi faltam serventes. Varíola levou dez homens".

"Um prisioneiro por insolvência. Camponês feudo Campo Spagnolo. Preso há vinte dias".

"Trigo vendido: 120 salmas[63]. Aumentar vendas. Sem liquidez. Dinheiro em caixa: 0,27 onças, 110 tarí".

"Queijo de vossas ovelhas que são 900 igual a 30 fardos e 10 de ricota".

"Lá: quatro fardos".

Marianna lê meticulosamente todos os folhetos que dom Pericle lhe passa, à medida que os homens falam. Concorda com a cabeça; observa os rostos dos seus arrendatários e dos seus capatazes: Carlo Santangelo chamado *U zoppu*[64], apesar de não mancar; conheceu-o quando veio com o senhor marido tio, logo depois de se casar. Um rosto de traços fortes, os cabelos ralos sobre o crânio bronzeado, a boca de lábios secos, rachados pelo sol. Segura um chapéu cinzento de abas moles e largas que bate contra uma coxa com impaciência.

Há Ciccio Panella, que pediu a dom Pericle que escrevesse para a duquesa seu nome em letras grandes em uma folha nova. É um novo capataz, deve ter vinte e dois anos. Magro, olhos vivos, uma grande boca em que faltam dois dentes do lado direito. Parece o mais intrigado

---

[63] Medida para grãos, cerca de 300 litros.
[64] T. S.: o manco.

com ela, o menos incomodado com a ideia de ter que tratar com uma patroa ao invés de um patrão. Observa-lhe o decote com olhos acesos, claramente fascinado pela brancura de sua pele.

Há também Nino Settanni, veterano do feudo: ancião, bem conservado, com olhos que parecem pintados de tão pretos, orlados de preto e fechados pelo arco de duas sobrancelhas cheias e escuras. Os cabelos, porém, são brancos e lhe caem em mechas desordenadas às costas.

Don Pericle continua a lhe entregar folhetos cobertos com sua letra longa e larga. Ela agora os reúne na palma da mão para lê-los mais tarde com calma. Na verdade, não sabe bem o que fazer com aqueles folhetos, nem o que responder a esses homens vindo para *darci cuntu*[65] das entradas e saídas, além de outras tantas questões da vida nos campos.

Será verdade sobre o prisioneiro preso em casa? Terá entendido bem? E onde o puseram?

"Onde está o prisioneiro?"

"Exatamente embaixo de nós, no porão, vossência".

"Diga aos arrendatários e aos capatazes para voltarem amanhã".

Dom Pericle não se abala com nada, faz um gesto com a cabeça e os arrendatários e capatazes vão para a saída, depois de se curvarem para beijar a mão da duquesa muda.

À porta encontram Fila, que entra segurando uma bandeja de copos de pés altos e finos. Marianna está para mandá-la voltar, mas é tarde demais. Com gestos de cortesia, convida os homens a voltarem para aceitar o refresco que veio no momento errado.

As mãos estendem-se incertas, preocupadas, para a bandeja de prata, pegam delicadamente as hastes como se apenas um toque dos dedos ásperos pudesse fazer explodir o cristal, levam cautelosamente os cálices à boca.

---

[65] T. S.: prestar contas.

Depois fazem fila para o beija-mão, mas a patroa os detém, poupando-os desta obrigação incômoda. Eles desfilam diante dela curvando-se respeitosos, com os chapéus nas mãos.

"Acompanhe-me até o *dammuso*, dom Pericle", escreve Marianna com mão impaciente. E dom Pericle, imperturbável, oferece-lhe o braço coberto de um perfumado pano preto.

Um longo corredor, um depósito escuro, a sala das conservas, a cozinha, a sala de secagem, outro corredor, o salão de caça com fuzis pendurados em suportes, cestos espalhados no chão, dois patos de madeira sobre uma cadeira. Um cheiro forte de pele mal curtida, de pólvora e de gordura de carneiro. Depois, a saleta das bandeiras: o estandarte dos Saboia enrolado desajeitadamente em um canto, a bandeira branca da Inquisição, a azul de Filipe V, a branca, vermelha e prata de Elisabetta Farnese, a outra com a águia dos Habsburgo e a azul com lírios de ouro dos Bourbon.

Marianna para por um momento no meio da sala indicando a dom Pericle as bandeiras enroladas. Gostaria de lhe dizer que todos aqueles estandartes juntos são inúteis, deviam ser jogados fora; só mostram a indiferença política do senhor marido tio que, duvidando da estabilidade das Casas reinantes, mantinha-as todas prontas. E, se em 1713 içou, como todos, a bandeira dos Saboia na torre de Scannatura e em 1720 fez tremular a bandeira austríaca de Carlos VII de Habsburgo, com a mesma tranquilidade, 1735, içou a de Carlos III, rei das Duas Sicílias, sem nunca jogar fora as anteriores. Pronto para recuperá-las como novas, no caso de um retorno, como aconteceu com os espanhóis, que, expulsos da ilha, voltaram trinta e cinco anos depois de uma guerra terrível, a qual fez mais mortos do que uma epidemia de varíola negra.

Mais do que oportunismo, o duque Pietro tinha desprezo por "aqueles bastardos que vêm comer de graça". Nunca lhe passara pela mente entrar em acordo com outros descontentes, impor condições, resistir à prepotência estrangeira. Seus passos de lobo o levavam onde havia alguma ovelha solitária para atacar. A política lhe era incompreensível; os problemas deviam ser resolvidos cara a cara com o próprio Deus, naquele lugar desolado e heroico que era para ele a consciência de um nobre siciliano.

Dom Pericle, depois de esperar um pouco para que ela se decidisse a continuar, puxou-a levemente pela manga, com um gesto relutante de rato. E ela percebe só agora a pressa secreta dele. É provável que tenha fome, percebe-o pela pressão um pouco forte demais da mão que a guia.

XXVII

Os degraus mergulham no escuro, a umidade cola sua blusa ao corpo, de onde vem este calor que cheira a ratos e palha? E aonde levam estes degraus escorregadios de pedra manchada?

Os pés de Marianna param, seu rosto se volta contraído para dom Pericle, que a olha espantado sem entender. Uma lembrança repentina nublou seus olhos: o senhor pai dentro da túnica com o capuz abaixado, o rapaz dos olhos que purgam, o carrasco que cospe sementes de abóbora: está tudo ali palpável e compacto, basta estender um dedo para colocar em movimento a roda que puxa a água suja do passado.

Dom Pericle se agita buscando um apoio para se segurar caso a duquesa desmaie: avalia-a com os olhos e já adianta as mãos, firmando-se solidamente sobre as pernas.

O rosto assustado do padre faz Marianna sorrir e as visões desaparecem; já está de novo firme sobre os joelhos. Agradece a dom Pericle com a cabeça e recomeça a descer as escadas. Alguém chega trazendo uma tocha. Segura-a alta para iluminar os degraus.

Pela sombra que se desenha na parede, Marianna percebe tratar-se de Saro. Sua respiração fica mais apressada. Agora, diante deles, há uma grande porta de carvalho claro toda cravada de pregos e tachas. Saro enfia a tocha em uma argola de ferro na parede, estende a mão para lhe darem a chave e se dirige com desenvoltura para o pesado cadeado. Abre a porta com alguns movimentos rápidos, pega de novo a tocha e abre caminho para a duquesa e o padre entrarem.

Sentado em um montinho de palha, há um homem de cabelos brancos, tão sujos que parecem amarelos. Veste um colete de lã desfiada sobre o peito nu, um par de calças remendadas; os pés estão descalços, inchados e machucados.

Saro levanta a tocha acima do prisioneiro que os fita espantado esfregando os olhos. Sorri e esboça uma pequena reverência ao ver as roupas suntuosas da duquesa.

"Pergunte-lhe por que está preso aqui", escreve Marianna, apoiando a folha sobre os joelhos. Na pressa esqueceu-se da prancheta.

"O capataz já disse, por insolvência".

"Quero saber dele".

Dom Pericle, paciente, aproxima-se do homem, fala com ele. O outro pensa um pouco e depois responde. Dom Pericle transcreve as palavras do homem, apoiando a folha contra a parede, mantendo o corpo distante para não se sujar de tinta e curvando-se a cada instante para molhar a pena no vidrinho que está no chão.

"Dívidas com o arrendatário não pagas há um ano. Tomaram as três mulas que tinha. Esperaram mais um ano a 25 por cento. No ano seguinte as dívidas eram de 30 onças e, por ele não ter, prenderam-no".

"E por que se endividou com o arrendatário?"

"A colheita foi pouca".

"Se sabia que não podia pagar, por que pediu prazo?"

"Não tinha o que comer".

"Cabeça de asno, como o arrendatário come e ele não?"

A resposta não vem. O homem alça os olhos pensativos para a grande senhora que traça, com mão rápida, misteriosos sinais pretos em pequenas folhas de papel brancas, empunhando uma pluma que parece ter sido arrancada do rabo de uma galinha.

Marianna insiste, bate os dedos na folha e a enfia sob o nariz do padre. Este recomeça a interrogar o camponês. Finalmente ele responde e dom Pericle escreve, desta vez apoiando a folha nas costas de Saro, que gentilmente se curva servindo de escrivaninha.

"O arrendatário aluga a terra de vossência, duquesa, e a divide com o camponês aqui presente, que a cultiva e fica com um quarto da colheita, sobre este quarto ele deve dar ao arrendatário uma quantidade de sementes superior àquela antecipada pelo arrendatário, deve pagar os direitos de proteção e, se a colheita não é boa e se é preciso consertar alguma ferramenta, deve voltar a pedir ao arrendatário. Então vem o capataz a cavalo com o fuzil e o leva preso por insolvência... entendeu, vossência?"

"E quanto tempo deve ficar aqui dentro?"

"Mais um ano".

"Solte-o", escreve Marianna e assina embaixo como se fosse uma sentença de Estado. Com efeito, naquela casa, naquele feudo, o patrão tem poderes de rei. Este homem, como Fila em seu tempo, foi "presenteado" a Mariano pelo senhor marido tio que, por sua vez, recebeu-o do tio Antonio Scebarràs, que por sua vez...

Não está escrito em nenhum lugar que este velho de cabelos amarelados pertença aos Ucrìa, mas podem fazer dele o que quiserem: mantê-lo nos subterrâneos até que apodreça, mandá-lo para casa ou até açoitá-lo, ninguém poderia censurá-los. É um devedor que não pode pagar e, portanto, virtualmente deve responder com seu corpo pela sua dívida.

"Desde o tempo de Filipe II, os barões sicilianos, em troca da sua aquiescência e da inércia do Senado, obtiveram os direitos de um monarca em suas terras, podem fazer justiça por sua conta". Onde leu isto? O senhor pai a chamava de "injustiça justificada", e a sua magnanimidade sempre o impedira de se aproveitar dela.

Os capatazes fazem simplesmente o que os Ucrìa com suas mãos brancas nunca ousariam fazer, mas de que precisam: pôr na linha aqueles cabeças de corno dos *viddani*, dando pancadas, ameaçando com a força, prendendo nos *dammusi* da torre os devedores.

Não é difícil de entender: está escrito naqueles folhetos rabiscados pela caligrafia desengonçada de dom Pericle que, em sua honestidade ou em sua preguiça, citou as palavras do velho como citaria as de um monsenhor ou as de um padre do Santo Ofício.

Agora está esperando, apoiando as mãos na grande barriga que lhe estica o hábito, tentando entender aonde quer chegar aquela *stramma*[66] da duquesa, que chega de repente e quer saber o que em geral os patrões fingem ignorar e certamente não é oportuno que seja conhecido por uma senhora de bom tom.

"Caprichos, desconfianças, oscilações de espírito...". Marianna sente o pensamento que o padre remói a seu lado. "Extravagâncias de uma grande dama, porque hoje está na moda a inteligência misericordiosa, mas amanhã, com a mesma inteligência, teorizaria o uso do chicote ou do bastão...".

Marianna volta-se para dom Pericle com os olhos acesos, mas ele está quieto e discreto esperando respeitoso. Do que pode censurá-lo?

"Esta pobre muda tem quarenta anos, com estas carnes brancas e lisas... Quem sabe quais confusões tem na cabeça...? Sempre lendo livros... sempre atrás de palavras escritas... Há algo de ridículo nessa mania de entender... sempre afetada, de nariz levantado, cheia de dedos... Esses aristocratas de hoje não sabem gozar a vida, metem-se em tudo, não conhecem a humildade, preferem ler do que rezar... Uma duquesa muda, imagina!... Mas tem algo que reluz em seu rosto... pobre alma... É preciso ter pena dela, não teve sorte, toda cabeça e nada corpo; se ao menos lesse livros edificantes, mas vi os que trouxe: livros em inglês, em francês, tudo porcarias, bobagens modernas... Se pelo menos se decidisse a subir, ali dentro faz um calor sufocante e a fome começa a dar suas mordidas... Hoje, ao menos, comeremos coisa

---

[66] T. S.: esquisita; estranha.

boa... Quando chegam os patrões, chegam os acepipes... Quanto ao velho, todo esse sentimentalismo fora de lugar... A lei é a lei e a cada um cabe o que é seu...".

"Modere seus pensamentos!", escreve Marianna para dom Pericle, que lê espantado, sem saber como interpretar a censura. Alça os olhos pacíficos para a duquesa, que esboça um pequeno sorriso malicioso e o precede pelas escadas. Saro corre para iluminar. E ela começa a correr sobre os tapetes poeirentos, chega à sala de jantar rindo do padre e de si mesma. As filhas já estão sentadas à mesa: Felice em seu elegante hábito em que brilha a cruz de safiras, Manina de preto e amarelo, Giuseppa de branco, o lenço de seda azul jogado às costas. Estão esperando por ela e por dom Pericle para começar a comer.

Marianna beija as filhas, mas não se senta à mesa. A ideia de sentir os pensamentos de dom Pericle a aborrece. Melhor comer sozinha no quarto. Pelo menos pode ler em paz. No entanto, escreve um bilhete para se assegurar de que o velho prisioneiro seja libertado logo, que sua dívida seja paga pelo seu caixa pessoal.

Saro a alcança na escadaria e lhe oferece cavalheirescamente o braço. Mas ela o recusa e corre, saltando os degraus dois a dois. Quando chega ao quarto, fecha-lhe a porta na cara. Assim que gira a chave na fechadura arrepende-se de não ter aceitado o braço, de nem mesmo ter esboçado um agradecimento. Vai até a janela para vê-lo atravessar o pátio com seu passo ligeiro. Lá está ele saindo pela porta das escadarias. À altura do estábulo, vê o rapaz parar, levantar a cabeça e procurar com os olhos a sua janela.

Marianna tenta se esconder atrás da cortina, mas, percebendo que ao fazer isso demonstraria aceitar o jogo, fica em pé atrás da vidraça, os olhos fixos nele, severa e pensativa. O rosto de Saro se abre em um sorriso tão sedutor e doce que por um momento ela é contagiada e se percebe sorrindo sem querer.

XXVIII

A escova umedecida com um pouco de água de flor de laranjeira mergulha nos cabelos soltos livrando-os da poeira, perfumando-os levemente de casca de laranja. Marianna inclina para trás o pescoço dolorido. A água de flor de laranjeira acabou, precisará mandar preparar outro frasco. O pote de pó de arroz está quase vazio, terá que encomendar outro ao costumeiro perfumista veneziano. Só em Veneza preparam pós impalpáveis, claros e perfumados como flores. A essência de bergamota, porém, vem de Mazara e a envia o perfumista Mestre Turrisi dentro de um pote de motivos chineses que depois ela usa para guardar os bilhetes que recebe dos familiares.

No espelho acontece alguma coisa de estranho: uma sombra invade o canto superior direito e depois some. Um tremeluzir de olhos, uma mão aberta contra o vidro fechado. Marianna para com os braços para cima, a escova na mão, a testa enrugada.

A mão pressiona a janela como se pudesse abrir por um milagre do desejo. Marianna está para se levantar: seu corpo já está na janela, suas mãos vão até a maçaneta. Mas uma vontade inerte a mantém presa à cadeira. Agora te levantarás, diz a voz silenciosa, irás até a janela e fecharás as cortinas. Depois apagarás as velas e irás dormir.

As pernas obedecem àquela voz sábia e tirana; os pés se movem pesados, arrastando as pantufas no piso. Chegando à cortina, seu braço se alça mecânico e, com um brusco movimento do pulso, puxa a cortina até cobrir completamente a janela que dá para o terraço da torre. Não ousou erguer os olhos, mas sentiu com a pele, as unhas, os cabelos, a raiva do rapaz rejeitado.

Agora, como uma sonâmbula, vai até a cama; apaga as velas uma a uma com um sopro fraco que a deixa vazia e se enfia sob os lençóis, fazendo o sinal da cruz com os dedos gelados.

"Que Cristo me ajude". Mas em vez do rosto riscado de sangue do Senhor na cruz, surge diante dela o rosto circunspecto e irônico do senhor David Hume com seu turbante de veludo claro e os olhos serenos, os lábios entreabertos e zombeteiros.

"A razão não pode por si só ser motivo de qualquer ação da vontade", repete-se pensativa e um sorriso pesaroso estica-lhe os lábios. O senhor David Hume é um belo espírito, mas o que sabe da Sicília? "A razão é e deve ser escrava das paixões e não pode reivindicar, em nenhum caso, uma função diversa daquela de servir e obedecer a elas". Só isto. Que embrulhão esse senhor Hume com seu turbante asiático, com aquele queixo duplo de tanto comer e dormir bem, aqueles olhos insolentes, distantes. O que sabe de uma mulher mutilada, torturada pelo orgulho e pela dúvida?

> *Si sulu l'armuzza mia ti rimirassi*
> *quant'é un parpitu d'occhi e poi murissi...*[67]

As palavras do poeta de Catânia, Paolo Maura, copiadas em seu livrinho adamascado, vêm doces à sua memória e a distraem por um momento da dor que se causa com as próprias mãos.

Não consegue deitar a cabeça no travesseiro sabendo que ele ainda está ali atrás do vidro e espera que ela mude de ideia. Mesmo se não o vê, sabe que está ali: bastaria um nada para tê-lo a seu lado. É tão pouco, que se pergunta quanto irá durar essa cruel indecisão.

Para prevenir qualquer tentação, decide se levantar e acender uma vela, enfiar as pantufas e sair do quarto. O corredor está escuro, cheira a tapetes velhos e móveis carunchados. Marianna se apoia na parede sentindo suas pernas dobrarem. Aquele cheiro lembra-lhe outra remota visita a Torre Scannatura. Devia ter oito anos e o corredor era coberto pelo mesmo tapete gasto. Com ela estava só a mãe. Devia ser agosto também. Na torre fazia calor e dos penhascos ao redor subia um cheiro de carcaças abandonadas ao sol.

---

[67] Em siciliano: Se só minha alma pequenina te visse/ em um piscar de olhos e depois morresse...

A senhora mãe não estava contente: o marido sumira por dias e dias com uma de suas namoradas e ela, depois de tê-lo esperado bebendo láudano e cheirando rapé, decidira partir repentinamente com a filha surda-muda para os campos dos tios Scebarràs. Passaram dias melancólicos, ela brincando sozinha sob os pórticos, e a senhora mãe dormindo, drogada, no pequeno quarto da torre que agora é seu.

O único consolo eram o cheiro excitante de vinho novo nos barris de madeira e o cheiro dos tomates apenas colhidos, que queimavam as narinas de tão forte.

Marianna leva a mão ao peito para acalmar aquele coração que continua a girar como um pião no vazio. Justo neste momento, vê Fila vir ao seu encontro, envolta em uma manta marrom que lhe cobre a longa camisola branca.

Está olhando como se quisesse dizer alguma coisa de importante. Os suaves olhos cinzentos estão endurecidos pelo rancor. Marianna levanta um braço e a mão parte sozinha para golpear aquele rosto perturbado. Não sabe por que o faz, mas sabe que a jovem espera isso e que é seu dever, naquele momento, ceder à fatalidade de uma estúpida relação criada-patroa.

Fila não reage: deixa-se cair lentamente no chão. Marianna ajuda-a a se levantar, enxuga-lhe com ternura as lágrimas das faces, abraça-a com tanto ímpeto que Fila se assusta. Agora está claro porque subiu e porque a bofetada já anulou o crime de uma irmã que, sorrateira, espia os movimentos do irmão. Agora Fila pode voltar para a cama.

Marianna desce um lance de escadas, para em frente ao quarto de Giuseppa, do qual sai uma nesga de luz. Bate. Entra. Giuseppa, ainda vestida, está sentada à escrivaninha com a pena na mão, o vidro de tinta aberto. Assim que vê a mãe, tenta esconder a folha, mas pensa melhor, olha-a com ar desafiador, pega outra folha e escreve:

"Não o quero mais como marido, vou me livrar dele, devia morrer".

A mãe reconhece nos olhos da filha os seus mesmos ousados ímpetos de orgulho.

"Papai morreu, o século XVII acabou há algum tempo, mamãe, hoje é diferente, em Paris, quem ainda se importa com casamento? Casados sim, mas sem deveres, cada um por si. Mas ele pretende que eu faça como ele quer".

Marianna senta-se ao lado da filha. Tira-lhe a pena das mãos.

"E a *cuffiara*[68], como acabou?"

"Acabou que foi embora por conta própria. É mais sábia que Giulio, tenho pena dela, de tanto dormimos juntas nasceu uma amizade, tenho pena dela, mamãe".

"Então não quer mais dar uma surra nele?", escreve Marianna e percebe que seus dedos apertam espasmodicamente a pena como se quisesse escrever coisas muito diferentes. A ponta de osso arranha fortemente o papel.

"Eu o considero um estranho. Morto".

"E agora, para quem escreves?"

"Um amigo mamãe, o primo Olivo que me entendeu e me falou afetuosamente enquanto Giulio me ignorava".

"Deves parar, Giuseppa, o primo Olivo é casado e não podes lhe escrever".

Marianna entrevê seu rosto refletido no espelho atrás da escrivaninha, ao lado do rosto da filha, e se acha semelhante a ela, como se fossem irmãs.

"Mas eu gosto dele".

Marianna está para escrever outra proibição, mas se detém. Como soa arrogante a sua proibição: parar, truncar, cortar... Com um arrepio, lembra-se das mãos do capuchinho que penetraram nas carnes do senhor marido tio para arrancar suas vísceras, limpar, descarnar, raspar, conservar. Quem quer conservar sempre usa facas afiadíssimas. Ela também, como mãe apreensiva, agora está ali pronta para amputar os sentimentos de sua filha.

---

[68] T. S.: cabeleireira.

Giuseppa ainda não tem vinte e sete anos. De seu jovem corpo saem odores ternos de cabelos molhados pelo suor, de pele avermelhada pelo sol. Por que não se abandonar aos seus desejos, mesmo que sejam proibidos?

"Escreve a tua carta, não vou olhar...", são as suas próprias mãos que escrevem na folha, e vê a filha sorrir contente.

Marianna puxa a cabeça da jovem mulher para seu peito, abraça-a mais uma vez precipitadamente, mais uma vez tomada por um ímpeto excessivo que a desequilibra, esvazia-a e a deixa extenuada.

XXIX

Uma manhã de agosto. Sob a sombra do pórtico, quatro mulheres estão sentadas em torno de uma mesa de vime trançado. As mãos passam ligeiras do açucareiro de cristal às xícaras de terracota cheias de leite, da geleia de pêssego aos pãezinhos de manteiga, do café espumante aos *moffoli*[69] recheados de ricota e doce de abóbora.

Marianna espanta uma vespa da borda de sua xícara e a vê pousar um instante depois, insistente, sobre a fatia de pão que Manina está levado à boca. Está para espantá-la de lá, mas a filha para sua mão, olha-a com um sorriso dócil e continua a comer o seu pão com a vespa pousada em cima.

É Giuseppa que, nesse ponto, com a boca cheia de *moffoli* levanta um dedo para espantar a vespa inoportuna e é parada no ar pela irmã que de repente começa a fazer o barulho do inseto suscitando riso nas irmãs.

Felice, vestindo seu hábito branco, com o crucifixo de safiras pendendo no peito, ri, bebe seu leite seguindo o voo de outra vespa audaciosa, que parece indecisa entre pousar nos cabelos de Manina ou no açucareiro aberto. Outras estão chegando atraídas por aquela abundância insólita de guloseimas.

---

[69] T. S.: pão doce.

Já estão em Torre Scannatura há vinte dias. Marianna aprendeu a distinguir os campos de trigo dos de aveia, os campos de forragem dos de pastagem. Sabe o custo de uma fôrma de queijo no mercado e quanto cabe ao pastor e quanto aos Ucrìa. Esclareceu-se sobre os mecanismos dos aluguéis e das meações. Entendeu quem são os capatazes e para que servem: para fazer o trâmite entre proprietários distraídos e camponeses teimosos, roubando às escondidas de uns e de outros, guardas armados de uma paz miraculosamente mantida. Os arrendatários, por sua vez, são inquilinos que tomam a terra emprestada, torcem o pescoço de quem trabalha nela há duas gerações, se são hábeis, poupam o suficiente para comprá-la.

Passou longas horas com o contador dom Nunzio, que pacientemente lhe explica o que fazer. Nos cadernos das contas, a mão de dom Nunzio traça sinais pontudos e difíceis de decifrar, mas cheios de atenção meticulosa para a mente, que julga pueril, da senhora duquesa muda.

Dom Pericle, que se atarefa com a paróquia, vem só à noite para a ceia e depois fica jogando *picchetto*[70] ou *faraone* com as meninas. Marianna não simpatiza com ele e, assim que pode, deixa-o com as filhas. No entanto, gosta de dom Nunzio: seus pensamentos são bem presos, não tem o perigo de que saiam daquela cabeça quieta, fechada com chave dupla. As mãos de dom Nunzio correm sobre os folhetos da duquesa, não só para explicar meticulosamente o funcionamento dos preços e dos impostos, mas também para citar Dante e Ariosto.

Mesmo se cansando de ler a letra do velho, Marianna a prefere àquela anelada e curvada para trás de dom Pericle, que parece tecer as palavras com saliva, como uma aranha gulosa.

As filhas voltaram a ser meninas. Quando as vê passear pelo jardim com suas sombrinhas brancas rendadas, quando as observa, como agora, sentadas em cadeirões de vime enchendo a boca de pão e manteiga, parece-lhe voltar atrás vinte anos quando, na Villa Ucrìa, da janela de

---

[70] Jogo de cartas para duas pessoas.

seu quarto, via-as brincar e quase lhe parecia ouvir suas risadas e seus gritos, antes de se casarem.

Longe dos maridos e dos filhos, passam os dias dormindo, passeando, jogando. Fartam-se de massa recheada, tortinhas de berinjela, apaixonadas por aquele doce feito de cidra triturada cozida com mel que se chama *petrafennula* e que Innocenza prepara maravilhosamente.

Não parece, vendo-a agora, que Manina estivesse para morrer de febre puerperal há poucos meses. E que Giuseppa chorava desesperada pelas traições do marido e que Felice se agarrava ao cadáver do pai como se quisesse ser trancada com ele na gruta do salitre.

Ontem à noite, dançaram. Felice tocava a espineta, dom Pericle virava a partitura na estante e tinha um ar beato. Foram convidados o primo Olivo, filho de Signoretto, e seu amigo Sebastiano, que em algumas semanas irá morar na villa de Dogana Vecchia, a poucas milhas de distância. E dançaram até tarde da noite.

Em certo momento, também convidaram Saro, que estava apoiado em uma perna só como uma cegonha. Fila, também convidada, não quis participar da dança. Talvez porque nunca tenha aprendido o minueto e seus pés nos sapatos se atrapalham. Para convencê-la improvisaram um *tarascone*[71] mas ela não se deixou tentar.

Saro, porém, teve aulas de dança com o professor de Manina e agora se move como um bailarino experiente. A cada dia mais, deixa seu dialeto para trás, os seus calos, seus cabelos desalinhados, sua voz aguda, seu caminhar desengonçado e cauteloso. E, com eles, também deixa para trás a sua Fila, que não tem vontade de aprender como ele, seja por desdém, seja por um mais profundo sentimento de própria integridade.

Numa manhã em que Marianna montou na mula para ir ver a pisadura da uva no feudo de Fiume Mendola, viu diante dela, com uma folha na mão, o belo Saro. Entregando-lhe furtivamente o bilhete, teve um gesto de orgulho que fez seus olhos brilharem.

---

[71] Dança típica siciliana.

"AMO A SENHORA", escrevera com letras pomposas e esforçadas, mas decididas. E ela enfiara depressa o folheto no decote. Não conseguiu jogar fora aquele bilhete, como se propusera enquanto ia sobre a mula para o lagar e o escondera no fundo do pote de desenhos chineses debaixo de um monte de bilhetes do senhor pai.

Enquanto dom Nunzio lhe mostrava as tinas cheias de mosto cor de sangue, parecera-lhe sentir sob os pés as vibrações dos cascos de um cavalo e esperara que fosse ele, apesar de dizer para si que não devia esperá-lo.

Dom Nunzio a puxava pela manga, timidamente. Um instante depois, estavam envolvidos por uma nuvem de vapores ácidos e embriagadores, diante de um tablado quase cinco palmos acima do chão. Nele, homens vestidos só com um par de calças curtas, com os pés nus afundando no mosto, pisavam e repisavam a uva, esguichando o líquido avermelhado ao seu redor.

De um buraco no piso inclinado, o vinho ainda não fermentado escorria para grandes tinas espumando, borbulhando, arrastando consigo bagaço e fios de capim. Marianna se debruçava sobre aquele líquido em ebulição e sentia vontade de se jogar dentro dele e se deixar engolir por aquela massa. Interrogava continuamente a sua vontade, achava-a forte, fechada em si mesma como um soldado em sua armadura.

Para compensar a severidade para com os próprios desejos, Marianna passou a ser indulgente com as filhas. Giuseppa namoricava o primo Olivo, que deixou em Palermo a jovem esposa para seguir a prima ao campo. Manina era cortejada abertamente por Sebastiano, o elegantíssimo e tímido napolitano.

Felice, que por sua condição de freira não pode dançar nem namorar, entregou-se à cozinha. Some por horas entre os fornos e volta com tortas de arroz e fígado de galinha, que são devoradas pelas irmãs e pelos amigos. À noite, habituou-se a dormir com Fila. Fez arrumar uma cama de madeira do outro lado do aposento; diz que na torre há fantasmas e não consegue dormir sozinha. Mas, pelos seus olhos risonhos, entende-se que é uma desculpa para conversar até tarde com Fila.

Algumas vezes de manhã, Marianna as encontra abraçadas na mesma cama, a cabeça de uma no ombro da outra, os cabelos loiros de Felice emaranhados nos cabelos pretos de Fila, as amplas camisolas fechadas por laços no pescoço suado. Um abraço tão casto e infantil que nunca ousou censurar.

XXX

Quando desce ao salão das armas, Marianna encontra as três filhas já prontas: vestidos leves e longos aventais, sapatos fechados nos calcanhares contra os espinhos, sombrinhas e embrulhos, cestas e toalhas. Hoje é dia de vindima no feudo de Bosco Grande e as moças decidiram ir até as vinhas levando o café da manhã.

As liteiras de sempre as levarão até depois das colinas de Scannatura, ao pé de Rocca Cavalèri. Cada uma com sua sombrinha de seda, seus lenços de cambraia: prepararam-se durante toda a madrugada, correndo da cozinha ao quarto. Quiseram levar bolo de berinjela, ovos com amêndoas e uma torta de nozes.

Marianna irá na frente, *vis-à-vis* com Felice na primeira liteira; atrás irão Manina e Giuseppa e, mais atrás, Fila e Saro com os mantimentos.

Nas vinhas encontrarão o primo Olivo e o amigo Sebastiano. O ar ainda está frio, a grama ainda não teve tempo de secar, os passarinhos voam baixo.

O silêncio em volta do seu corpo é espesso e vítreo, pensa Marianna, mas seus olhos veem as pegas pousadas nos figos-da-índia, veem os corvos que saltitam na terra nua e seca, veem a pele das mulas sacudida por um tremor e as grandes caudas que espantam redemoinhos de moscas.

O silêncio lhe é mãe e irmã: "Mãe santa de todos os silêncios, tende piedade de mim"... As palavras vêm-lhe à garganta sem som, gostariam de tomar corpo, fazer-se ouvir, mas a boca permanece muda, e a língua é um pequeno cadáver fechado na caixa dos dentes.

A viagem desta vez dura pouco; em uma hora já chegaram. As mulas param no meio da clareira ensolarada. *U zoppu* e dom Ciccio, que as acompanharam com as espingardas nos ombros, desmontam dos cavalos e se aproximam das liteiras para ajudar as damas a descerem.

Ciccio Panella tem um modo estranho de olhar, pensa Marianna, a cabeça baixa, como que se preparasse para lhe dar uma chifrada. E Saro se pôs alerta, odiando-o e desprezando-o do alto da sua novíssima cultura.

Mas, no outro nem o olha; não o considera um homem, mas um criado e os criados, se sabe, não contam nada. Ele é arrendatário, bem outra coisa. Não carrega relógios de ouro presos à cintura, não se enfeita com mechas empoadas, não pendura tricórnios na cabeça, seu casaco de pano marrom foi comprado de um vendedor ambulante e é guarnecido de dois visíveis remendos nas mangas. Mas seu prestígio junto aos camponeses é igual ao dos patrões; está juntando dinheiro, tanto que, senão ele, certamente seus filhos ou seus netos comprarão parte dos terrenos que agora alugam. Já está construindo uma casa que se parece mais com a torre dos Ucrìa, com seus anexos, do que com as casinhas de seus conterrâneos.

"Mulheres ele pega quando quer", tinha-lhe escrito dom Nunzio um dia no caderno das contas, "no ano passado, desgraçou uma menina de treze anos. O irmão dela queria lhe cortar a garganta, mas teve medo porque Panella mandou ameaçá-lo por dois capatazes armados". Lá está o belo Ciccio do sorriso radiante, os olhos pretos profundos, pronto para saquear o universo inteiro.

Saro não o suporta por aquele descaramento de *malafruscula*[72], que acha insuportável. Mas, ao mesmo tempo, tem medo dele. Pode-se dizer que não sabe se o afronta ou o bajula. Na incerteza, limita-se a proteger sua amada com gestos de grande senhor.

Enquanto isso, chegaram às vinhas ditas *niura*[73]. Os homens que estavam curvados colhendo os cachos se levantam olhando de boca aberta para aquele grupinho de senhores de roupas leves e coloridas.

---

[72] T. S.: malandro.
[73] T. S.: negras, relativo à cor preta da uva produzida.

Nunca na vida tinham visto um conjunto tão alegre de musselinas, chapéus, sombrinhas, toucas, sapatos, lenços e fitas.

Os senhores também, aliás as senhoritas, olham desconcertadas para aqueles seres que parecem saídos do fundo da montanha como muitos Vulcanos enegrecidos pela fumaça, curvados pelo cansaço, cegos pela escuridão, prontos a se lançar sobre aquelas filhas de Demetra, para levá-las ao ventre da terra.

Os lavradores sabem tudo sobre a família Ucrìa Scebarràs, patrões daquelas terras, daquelas vinhas, daqueles olivais, dos bosques e de todos os animais selvagens, além das ovelhas, dos bois e das mulas há sabe-se lá quantas gerações. Sabem que a duquesa é surda-muda e têm rezado por ela com dom Pericle domingo na igreja. Sabem que Pietro Ucrìa morreu há pouco, que foi aberto e esvaziado das vísceras para ser enchido de sais e ácidos, que o conservarão intacto e perfumado por séculos e séculos como um santo. Também sabem quem são as três belas jovens que se penteiam rindo na varanda: uma freira e duas casadas com filhos, e murmura-se que colocam chifres nos maridos porque isto se usa entre os grandes senhores e Deus fecha um olho.

Mas nunca os viram assim tão de perto. Sim, espiaram-nos há muitos anos, todos juntos, quando eram crianças, na capela da Igreja Matriz, contando os anéis em seus dedos, comentando as roupas de luxo. Mas nunca esperariam vê-los chegar em seu lugar de trabalho, onde não há balaústres nem capelas particulares ou assentos especiais para eles, mas só ar e sol e nuvens de moscas que pousam indiferentes, seja nas mãos sujas e pegajosas dos camponeses, seja nas mãos brancas e transparentes, parecendo frangos depenados, das senhoritas.

Além disso, na igreja, de algum modo, estavam protegidos pelas roupas de festa: camisas remendadas, mas limpas, herança dos pais, calças de algodão cobrindo as pernas peludas e os pés cheios de calos. Aqui, no entanto, estão expostos, quase nus, aos olhares impiedosos das senhoritas. O torso nu, com cicatrizes, os bócios, os dentes que faltam, as pernas sujas, os trapos imundos caindo dos quadris, as cabeças cobertas por chapelões endurecidos pela água e pelo sol.

Marianna volta-se perturbada e mergulha os olhos no vale de um amarelo irreal, quase branco. O sol está subindo com seus odores fortes de menta, funcho selvagem e uva esmagada.

Manina e Giuseppa estão ali como duas tontas, olhando aqueles corpos seminus sem saber o que fazer. Naquelas bandas não se usa que as mulheres trabalhem nos campos longe de casa e aquelas senhoritas caídas do céu têm coragem de transgredir um costume milenar com uma inconsciência apatetada. É como se tivessem entrado em um convento de frades e começassem a remexer nas celas entre os monges rezando. Não é coisa que se possa aceitar.

Manina interrompe o estado de desconforto recíproco com uma tirada espirituosa, que faz os homens gargalharem. Depois, pega um frasco e começa a servir vinho nos copos, que distribui aos trabalhadores, e eles estendem as mãos hesitantes, olhando para o arrendatário, para o capataz, para a duquesa e para o céu.

Bastou a risada provocada por Manina para romper o rígido silêncio que se criara nos dois grupos. Os *viddani* decidem aceitar as senhoras como uma novidade extravagante e agradável que vem romper o cansaço de uma jornada dura e quente. Decidem aprovar o capricho da duquesa como uma coisa típica dos patrões, que não entendem bulhufas, mas pelo menos alegram a vista com seus modos delicados, suas roupas esvoaçantes, suas mãos aneladas.

Ciccio Panella agora os manda trabalhar, brusco, mas condescendente, como se fosse um pai severo que se preocupa com a saúde dos filhos. Desempenha com cinismo e exagero o seu papel, aproxima-se da princesa Manina e a convida a jogar um cacho de uva no cesto como faria com uma menina meio ingênua, rindo do gesto dela como de um prodígio nunca visto.

Entre os homens curvados, correm dezenas de meninos descalços, que carregam os cestos, levam-nos para a sombra do olmo, cortando com uma torquês as longas ramificações dos espinheiros que atrapalham o trabalho dos adultos, levando água fresca da *quartaredda*[74] a quem a pede, espantando as moscas dos olhos de seus pais, tios, irmãos, com movimentos rápidos e distraídos.

O primo Olivo sentou-se com Giuseppa debaixo do olmo e fala ao seu ouvido. Marianna olha-os e estremece: aqueles dois parecem se conhecer intimamente. Mas o olhar alarmado logo se transforma em admiração, observando o quanto os dois jovens se parecem e como são bonitos: ele, loiro como todos os Ucrìa, alto e magro, a fronte ampla, os olhos redondos e azuis; não tem as formas perfeitas do pai, mas tem algo da graça do avô. Dá para entender por que Giuseppa está encantada.

Ela, depois do último filho, engordou, os braços e o peito pressionam o leve tecido da roupa. A boca, de lábios bem desenhados, ganhou um vinco duro que ela nunca vira. Mas os olhos estão em festa: erguem bandeiras. Os cabelos lhe caem sobre os ombros como uma onda de mel. Preciso separá-los, pensa, mas seus pés não obedecem. Por que perturbar aquele contentamento, por que interferir naquela conversa amorosa?

Manina, no entanto, embrenhou-se sob os baixos troncos das vinhas, seguida por Sebastiano. Aquele rapaz é curioso: gentil, tímido, mas nada discreto. Manina não tem muita simpatia por ele: acha-o inoportuno, de uma dedicação excessiva e artificial. Mas ele insiste em cortejá-la, oferecendo-lhe atrevidamente a própria timidez.

Manina escreve todos os dias longas cartas ao marido. Sua vocação ao sacrifício materno foi suspensa por um período, que ela faz coincidir com a convalescença. Nada mais. Assim que se sentir mais forte voltará à escura casa de via Toledo, decorada com cortinas violeta, e recomeçará a cuidar das crianças com a dedicação obsessiva de sempre, talvez fazendo logo outro filho.

Entretanto, algo nesta temporada, que não é uma temporada, mas uma tomada de posse dos feudos paternos por conta de Mariano, algo

---

[74] T. S.: cântaro.

a abala. O retorno aos hábitos da adolescência, as brincadeiras com as irmãs, que não vê mais em Palermo, a proximidade de Marianna, de quem se afastou há doze anos, lembraram-lhe que, além de ser uma mãe, é também uma filha, a mais maltratada de suas filhas.

Vendo-a, parece que está mordendo a polpa de um pêssego maduro. Mas é somente a alegria dos jogos. Não há sensualidade nela como há em Giuseppa, que já devorou o pêssego e se prepara para morder outro e mais outro.

Há até mais sensualidade em Felice, fechada em seus hábitos cândidos do que em Manina, que usa vestidos sem mangas e com decotes até os seios. Sua beleza absoluta que ressurgiu depois da doença, com a força dos seus vinte e cinco anos, está em contradição com a profunda castidade natural que a possui.

Felice serve à mesa complicados pratos recheados com especiarias. Passa horas no fogão preparando espumas de leite doce, *ravazzate di ricotta*, *nucatelli*, *muscardini*[75], cassatas, amarenas e limonadas com estragão.

Um pensamento sacrílego atravessa rápido a mente de Marianna: por que não endereçar o amor de Saro para a bela Manina? Têm quase a mesma idade e fariam um belo par.

Procura-o com os olhos, descobre-o adormecido com a cabeça apoiada no cotovelo, as pernas estendidas no chão, aproveitando a sombra do olmo junto aos cestos repletos de uva.

Mas gostaria mesmo? Uma pontada no fundo dos olhos lhe diz que não, não gostaria. Por mais que rejeite aquele amor, que considera impraticável, sabe alimentá-lo com uma doce determinação. De onde lhe vem esta solicitude alcoviteira para com a filha mais moça? O que lhe dá a certeza de que o amor de Saro a faria feliz? Não seria um princípio de incesto, com aquele corpo másculo enredando um coração de mãe e um coração de filha?

---

[75] T. S.: pratos típicos sicilianos.

Ao meio-dia, o capataz ordena interromper o trabalho. Desde o amanhecer curvados sob as videiras baixas, os homens colhem os cachos cheios de bagas e vespas e os jogam nas cestas, em meio a um emaranhado de gavinhas retorcidas. Agora terão uma hora para comer uma fatia de pão e algumas azeitonas, uma cebola e um copo de vinho.

Saro e Fila estão ocupados estendendo a toalha debaixo dos ramos frondosos do olmo. Os olhos dos *viddani* estão fixos nos cestos de vime com dobradiças de latão, de onde saem, como por milagre de Santa Ninfa, maravilhas nunca vistas: pratos de porcelana delicados como plumas, copos de cristal com reflexos de prata, pequenos talheres que cintilam ao sol.

As damas sentam-se em grandes pedras que Ciccio Panella arrumou para elas em forma de cadeira, debaixo do olmo. Mas as belas saias de cambraia e musseline já estão empoeiradas, cheias de bagaço de uva e com carrapicho nas barras.

Os homens, sentados de um lado, sob duas oliveiras que fazem bem pouca sombra, bebem, comem, em silêncio, não ousando afrouxar os cintos como costumam fazer. As moscas passeiam em suas faces como no focinho das mulas e o fato de ninguém se preocupar em espantá-las, como fazem os animais, prende a comida de Marianna na garganta. Comer aquelas delícias diante de seus olhares gulosos e discretamente baixos parece-lhe de uma arrogância intolerável.

Por isso, levanta-se e é seguida pelo olhar preocupado de Saro e dirige-se para *U zoppu*, o mais antigo de seus capatazes, para lhe pedir notícias da colheita. Deixa sua porção de bolo intacta no prato.

U zoppu engole depressa um enorme pedaço de pão com fritada que enfiara na boca, limpa os lábios com o dorso da mão estriada de preto e se curva pudicamente diante do folheto que lhe entrega a duquesa. Mas, não sabendo ler, seu olhar se faz ausente; depois, fingindo ter entendido, começa a falar alto como se ela pudesse ouvir as suas palavras. No embaraço, um esqueceu a deficiência do outro.

Saro, que seguiu os gestos dela, vem ajudar o capataz, tira-lhe a folha das mãos, lê as palavras em voz alta e depois transcreve o que disse *U zoppu* no complicado apetrecho que a patroa carrega: mesinha dobrável, tinteiro com tampa rosqueável, preso por uma correntinha de prata, pena de ganso e cinzas.

Mas Ciccio Panella não aprova aquela presunção: como se permite um criado igualar-se à sua patroa? Como se permite mostrar seu saber diante dele, que tem muito mais sabedoria, mas que certamente não a demonstra por aquela coisa ridícula e inconsistente que é a escrita?

De repente, Marianna vê que Saro muda de atitude; os músculos das pernas se retesam, os braços se lançam à frente com os punhos fechados, os olhos se estreitam até se tornarem duas fissuras. Panella deve ter lhe dito alguma coisa ofensiva. E ele logo pôs de lado as pretensões aristocráticas para se preparar para a briga.

Marianna dirige o olhar para Ciccio Panella justo a tempo de vê-lo pegar uma faca curta e afiada. Saro empalidece, mas não recua e, pegando um pedaço de pau no chão, prepara-se para enfrentar o inimigo.

Marianna está para acudir, mas os dois já se engalfinharam. Uma paulada fez voar a faca e agora os dois se batem a socos, pontapés, mordidas. *U zoppu* dá uma ordem: cinco camponeses correm para separá-los e o conseguem com alguma dificuldade. Saro está com a mão ferida jorrando sangue e Ciccio Panella tem um olho machucado.

Marianna faz sinal para as filhas subirem nas liteiras. Depois, derrama vinho na mão ferida de Saro, enquanto *U zoppu* improvisa uma bandagem com folhas de uva e fios de grama. Enquanto isso, Ciccio Panella, por ordem dos mais velhos, ajoelha-se e pede desculpas à duquesa, beijando-lhe a mão.

Na liteira, Marianna vê-se sentada em frente a Saro: o rapaz aproveitou a confusão para se enfiar no assento diante dela e agora está ali com os olhos fechados, o rosto sujo de terra, a camisa rasgada, fazendo-se admirar por ela.

Parece um *anciulu*[76], pensa sorrindo Marianna, que, para mostrar sua graça, perdeu o equilíbrio e caiu do céu, e agora jaz ofegante e machucado esperando ser curado. E tudo um pouco teatral demais... No entanto, há pouco o *anciulu* se bateu com um homem armado de faca com uma coragem e uma generosidade que ela não conhecia.

Marianna desvia os olhos daquele rosto angelical que se oferece a ela com tão dócil impertinência. Observa a paisagem ensolarada: a terra dos torrões revirados, um emaranhado de flores de um amarelo insolente, um veio d'água clara que reflete o violeta do céu, mas algo a remete para dentro da liteira. Saro a observa com olhos penetrantes e doces. Aqueles olhos revelam um desejo despudorado, extenuante, de se tornar filho, mesmo sem perder o orgulho e a independência, com todo o amor de um rapaz ambicioso e inteligente.

Qual é seu desejo? Pergunta-se Marianna. Um desejo também impaciente de se tornar mãe e abraçar aquele filho para protegê-lo?

O olhar, às vezes, pode se tornar carne, unir duas pessoas mais do que um abraço. Assim Marianna e Saro, dentro daquela liteira apertadíssima suspensa ente duas mulas e balançado sobre o vazio, deixam-se embalar pelo movimento, grudados em seus assentos, enquanto os olhares passam de um ao outro comovidos e ternos. Nem as moscas, nem o calor, nem os solavancos conseguem distraí-los daquela densa troca de ásperas delícias.

XXXI

Entrando na casa desconhecida, uma escuridão pegajosa e pesada de odores a prende à porta. O ar macio bate-lhe no rosto como um pano molhado: só se vê sombras negras imersas na obscuridade do aposento.

Habituando aos poucos os olhos à escuridão, vê surgir ao fundo uma cama elevada, circundada por um espesso mosquiteiro, uma bacia de

---

[76] T. S.: anjo.

ferro amassada, um armário de pernas tortas, um fogão queimando lenha, que solta uma fumaça acre.

Os saltos dos sapatos da duquesa afundam na terra batida do piso riscado por vassouras de piaçava. Junto à porta, um asno come em um monte de feno, as galinhas acocoradas dormem com as cabeças escondidas debaixo da asa

Uma minúscula mulher vestida de branco e vermelho sai do nada com um menino no colo e dirige à visitante um sorriso circunspecto, que lhe enruga o rosto esburacado. Marianna não consegue deixar de retorcer a boca diante do ataque daqueles odores impertinentes: de esterco, de urina seca, de leite talhado, de carvão, de figos secos, de sopa de grão-de-bico. A fumaça penetra em seus olhos, na boca, fazendo-a tossir.

A mulher com o menino a olha e o sorriso fica mais aberto, zombeteiro. É a primeira vez que Marianna entra na casa de uma *viddana* das suas terras, a esposa de um de seus colonos. Por mais que tenha lido sobre eles nos livros, nunca imaginara tanta pobreza. Dom Pericle, que a acompanha, abana-se com um calendário presenteado pelas freiras. Marianna olha-o para saber se ele conhece estas casas, se as frequenta. Mas dom Pericle, por sorte, hoje está impenetrável: tem os olhos fixos no vazio, apoiando as mãos na grande barriga distendida como fazem as mulheres grávidas, não se sabe se elas se amparam na barriga ou a barriga se ampara nelas.

Marianna faz um sinal para Fila, que ficou do lado de fora com um grande cesto cheio de mantimentos. A jovem entra, faz o sinal da cruz, enruga o nariz desgostosa. Provavelmente ela também nasceu em uma casa como esta, mas fez de tudo para esquecer. Agora está ali agitada, impaciente como alguém que está habituado ao ar perfumado de lavanda de grandes aposentos luminosos.

A mulher com o menino no colo chuta as galinhas, que começam a esvoaçar pelo aposento, cacarejando; afasta com a mão as poucas pobres louças que estão sobre a mesa e espera a sua parte de doações.

Marianna tira do cesto salames, saquinhos de arroz, de açúcar, e os coloca sobre a mesa com gestos bruscos. A cada presente que oferece, sente-se mais ridícula, mais obscena. A obscenidade de beneficiar que pretende do outro imediata gratidão. A obscenidade de uma consciência que se satisfaz com sua prodigalidade e pede ao Senhor um lugar no paraíso.

Enquanto isso, o menino começou a chorar. Marianna vê sua boca, que se abre cada vez mais, os olhos que se apertam, as mãos que se erguem com os punhos fechados. E aquele choro parece se comunicar, pouco a pouco, com as coisas ao redor, fazendo-as chorar também; das galinhas ao asno, da cama ao armário, das saias esfarrapadas da mulher às panelas irremediavelmente amassadas e queimadas.

Ao sair, Marianna leva as mãos ao pescoço suado, respira de boca aberta sorvendo o ar limpo em largas golfadas. Mas os odores estagnados naquela viela não são muito melhores dos que os de dentro da casa: excrementos, verduras podres, óleo queimado, poeira.

Agora, muitas mulheres vêm às portas esperando seu turno de esmola. Algumas estão sentadas diante da soleira de casa catando piolhos nos filhos e conversando alegremente.

O princípio da corrupção não está justamente neste dar que seduz quem recebe? O patrão cultiva a avidez de seu empregado adulando-a e saciando-a, não só para se fazer de bom com os guardiães do céu, mas também porque sabe muito bem que outro irá se rebaixar aos seus próprios olhos, aceitando aquele presente que pretende gratidão e fidelidade.

"Estou sufocando, volto para a torre", escreve Marianna e entrega a folha para dom Pericle. "Continuem vocês".

Fila dá uma olhada enviesada, de mau humor, ao cesto que carrega ao quadril ainda cheio de alimentos. Agora deverá continuar o trabalho sozinha, porque não pode contar com Felice, que parara na parte calçada para não sujar os sapatos. Não se sabe quando as outras virão.

Têm jogado cartas até tarde da noite e esta manhã não apareceram para o desjejum sob o pórtico.

Marianna se dirige a passos largos para Torre Scannatura, que lhe parece ver acima daquele amontoado de telhados nos quais cresce de tudo, de cebolinha a funcho, de alcaparras a urtigas.

Entrando numa viela, esbarra com um penico que uma mulher está despejando no meio da rua. Em Bagheria também acontece o mesmo e também em Palermo, nos bairros populares: de manhã, as donas de casa esvaziam suas necessidades da noite no meio da rua, depois saem com um balde d'água e empurram tudo mais para frente, depois disso se desinteressam pelo que acontece. Mas, como sempre, há alguém mais acima que faz a mesma operação, a viela é eternamente percorrida por um escoar malcheiroso e coberto de moscas.

São aquelas mesmas moscas que vão pousar em nuvens nos rostos dos *picciriddi*, que brincam na viela e se agarram às suas pálpebras como se fossem delícias para sugar. As crianças, com aqueles cachos de insetos grudados nos olhos, acabam parecendo máscaras estranhas e monstruosas.

Marianna caminha depressa, tentando desviar das imundícies, seguida por uma frota de criaturas saltitantes, da qual adivinha o número pelo bater de asas ao seu redor. Seu passo se faz mais rápido, engole goladas de ar fétido e avança de cabeça baixa para a saída do vilarejo. Mas, toda vez que pensa ter achado o caminho certo para a torre, vê-se diante de uma mureta coberta de cacos, de um desvio, de um galinheiro. A torre parece estar ali perto, mas o pequeno vilarejo tem uma estrutura labiríntica difícil de decifrar.

Indo e voltando para trás, girando e regirando, de repente, Marianna vê-se no meio de uma pracinha quadrada dominada por uma alta estátua da Virgem. Ali, sob a estátua, para por um momento para retomar o fôlego apoiando-se na base de pedra cinzenta.

Para onde dirija o olhar é a mesma coisa: casas baixas encostadas umas nas outras, muitas vezes com só uma entrada, que serve de janela e porta. Dentro entrevê-se aposentos escuros habitados por pessoas e animais em tranquila promiscuidade. Fora, riachos de água suja, algumas vendas de grãos expostos em grandes cestos, um ferreiro que trabalha na soleira espalhando faíscas, um alfaiate que, à luz da porta, corta, costura e passa; uma frutaria, que expõe as mercadorias em caixas de madeira, e sobre cada mercadoria um cartaz com o preço: FIGOS: 2 MOEDAS O PACOTE; CEBOLA: 4 MOEDAS O PACOTE; ÓLEO PARA CANDEEIRO: 5 MOEDAS O PACOTE; OVOS: MEIA MOEDA CADA. Os olhos se agarram aos cartazes com preços como a boias em alto mar: os números são tranquilizadores, dão um sentido aos mistérios geométricos daquela paisagem hostil e poeirenta.

Eis que sob os pés sente um patear familiar, uma batida ritmada que a faz erguer os olhos. De fato, saído não se sabe de onde, vê Saro vir ao seu encontro na garupa do cavalinho árabe que o senhor marido tio lhe dera antes de morrer e que ele chamou pomposamente de Malagigi[77].

Finalmente poderá sair do labirinto, pensa Marianna, e está para ir ao seu encontro, mas cavaleiro e cavalo já desapareceram, engolidos por uma mureta forrada de alcaparras. Marianna dirige-se à mureta, mas do outro lado se encontra diante de uma multidão de crianças e mulheres, que a olham surpresa como se fosse um ser sobrenatural. Dois aleijados se arrastam apoiando-se em muletas, começam a claudicar atrás dela, pensando em lhe tirar dinheiro: uma dama tão elegante deve levar consigo saquinhos cheios de moedas de ouro. Por isso, aproximam-se dela, tocam seus cabelos, puxam-na pela manga, arrancam-lhe as fitas que prendem à cintura a prancheta para escrever, o vidrinho de tinta e as penas.

De novo Marianna parece ver Malagigi, que empina no final de uma viela e Saro, que a cumprimenta de longe levantando alto o chapéu. Marianna gesticula para lhe pedir que a venha buscar. Nesse meio tempo, alguém pôs a mão no saquinho das penas pensando que ali

---

[77] Um dos heróis dos romances de cavalaria medievais.

estavam as moedas e puxa para todos os lados sem conseguir tirá-lo do cinto.

Para se livrar, Marianna arranca a fivela com um puxão e deixa tudo para as crianças e para os aleijados, voltando a correr.

Os pés ficam ágeis, pulando os esgotos, precipitam-se pelas escadas íngremes, atravessam correndo valas cheias de lama, afundam nos montes de imundície e de esterco que forram a rua.

De repente, quando menos espera, sai finalmente, sozinha, em uma estradinha com moitas altas. À sua frente, contra um céu de louça esmaltada, a silhueta de Saro, que está brincado de cavaleiro de circo: Malagigi equilibra-se nas pernas traseiras, rompe o ar com as dianteiras, por fim as apoia no chão para se erguer de novo, escoiceando e corcoveando como se tivesse sido mordido por uma tarântula.

Marianna observa-o divertida e alarmada: aquele rapaz vai cair e quebrar o pescoço. Faz-lhe sinais de longe, mas ele não se aproxima, não vem ao seu encontro, aliás, a atrai como um encantador de serpentes para as colinas.

Ela o segue levantando as saias enxarcadas de lama, seus cabelos suados escapam dos laços, o fôlego curto, mas está alegre como há muito não se lembra de estar. Aquele rapaz vai perder o equilíbrio, vai se machucar, deve encontrar um modo de pará-lo, pensa. Mas o pensamento está em festa, porque sabe que é um jogo e nos jogos o risco faz parte do prazer.

Cavalo e cavaleiro agora alcançaram, sempre empinando, um bosque de aveleiras, mas não dão sinais de parar. Pulam e correm mantendo-se sempre a uma certa distância dela. Parece que o belo Saro não tenha feito mais nada na vida a não ser montar cavalos, como um cigano.

As aveleiras ficaram para trás e à frente estão os campos de forragem, altas moitas de mamona e extensões de pedra. De repente, Marianna vê o rapaz voar para o alto como um fantoche e logo depois cair de cabeça para baixo nas moitas altas. Recomeça a correr, pulando, tropeçando nos espinheiros, a saia levantada com as duas mãos. Desde quando não corria assim? Seu coração sobe à garganta e parece querer saltar fora junto com a língua.

Finalmente o alcança. Encontra-o estendido com os braços abertos, meio sepultado pelas moitas, os olhos fechados, o rosto exangue. Curva-se sobre ele com delicadeza e tenta levantar seu pescoço, mover um braço, uma perna. Mas o corpo não reage: está ali abandonado, sem sentidos.

Com as mãos tremendo, Marianna abre-lhe a camisa no pescoço. Só desmaiou, pensa, vai se recuperar. Mas não pode deixar de olhá-lo: parece ter nascido para ela naquele momento, em toda a beleza de seu corpo jovem. Se lhe desse um beijo ele nunca saberia. Por que não deixar livre uma vez, só uma vez, o desejo atado pelos laços de uma vontade inimiga?

Com um movimento suave curva-se sobre o rapaz deitado e toca sua face com a boca. Por um instante parece-lhe ver vibrar os longos cílios dele. Levanta-se, ainda o olha. É realmente um corpo abandonado e perdido na inconsciência. Curva-se de novo atenta, com movimentos de borboleta encosta seus lábios nos lábios dele. Parece senti-lo estremecer. E se for um delírio mortal? Põe-se de joelhos e começa a bater em seu rosto com dois dedos até que o vê abrir os olhos cinzentos, belíssimos. Aqueles olhos que riem dela e dizem que foi tudo fingimento, uma armadilha para lhe roubar um beijo. Que funcionou perfeitamente. Só não havia previsto os dedos batendo em seu rosto o que talvez tenha feito ele abrir o jogo antes do tempo.

"Que boba sou, que boba!", pensa Marianna enquanto tenta colocar os cabelos no lugar. Sabe que ele não moverá um dedo sem o seu consentimento; sabe que está esperando e, por um momento, pensa em tornar explícito o que antes era um pensamento clandestino: apertá-lo contra si em um abraço que compense anos de espera e de renúncia.

"Que boba, que boba"... A armadilha será a alegria de suas alegrias. Por que não se deixar prender por aquele laço? Mas há um leve cheiro estranho que não lhe agrada neste jogo, um minúsculo sinal de complacência e de previsibilidade. Seus joelhos se firmam na grama, seu busto se ergue e seus pés já estão em movimento. Antes que Saro entenda suas intenções, já está longe, correndo para a torre.

XXXII

Os dois candelabros acesos enviam pequenas chamas verdes. Marianna observa as linguetas cor de esmeralda com apreensão: desde quando uma vela de cera virgem de abelha emite uma luz verde que se ergue em finas coluninhas para o teto e cai em forma de líquido espumante? Os corpos ao lado dela também estão diferentes do normal e se dilatam ameaçadoramente: a barriga de dom Pericle, por exemplo, agita-se e de repente surgem caroços como se dentro dela tivesse uma criança que chuta e dá cotoveladas. Sobre a mesa, os dedos de Manina, gorduchos e cobertos de covinhas se abrem e se fecham rápidos, dando as cartas: parece que agem por conta própria, separado dos braços; pegam e viram as cartas, enquanto os pulsos permanecem firmes dentro das mangas.

Os cabelos de dom Nunzio caem em mechas sobre a mesa. Neve em pleno agosto? Logo depois, vê-o tirar do bolso do casaco um lenço enorme embolado e enfiá-lo no nariz. É evidente que junto com o ar está expelindo seu mau humor. Marianna pega-lhe o pulso e o aperta; continuando assim dom Nunzio soprará no lenço a sua própria vida e cairá morto na mesa de jogo.

Ao gesto assustado da mãe, as filhas começam a rir. Dom Pericle também ri, ri Felice com a cruz de safiras dançando em seu peito, ri Sarino com a mão na frente da boca, ri até Fila, que está em pé ao lado de Giuseppa segurando uma travessa cheia de macarrão ao sugo.

A mão de Felice se estende para tocar a testa da mãe. Os rostos ficam sérios. Marianna lê nos lábios da filha a palavra "febre". E vê outas mãos se estenderem para sua testa.

Não sabe como subiu as escadas, talvez a tenham levado; não sabe como se despiu, como se enfiou debaixo dos lençóis. A dor da cabeça febril a mantém acordada, mas finalmente está sozinha e lembra com desgosto de sua ingenuidade daquela manhã: primeiro o papel de "boa samaritana", e depois a corrida de colegial por pedreiras e aveleiras: a rendição de um corpo habitado por fantasmas, a ingenuidade de um beijo que acreditava roubar e era roubado. E agora essa febre maligna que traz os ecos de um murmúrio interno que não consegue entender.

Pode uma mulher de quarenta anos, mãe e avó, acordar como uma abelha retardatária de uma letargia que durou décadas para pretender a sua parte de mel? O que o proíbe? Apenas a sua vontade? Ou talvez a experiência de uma violação repetida tantas vezes que tornou surdo e mudo todo o seu corpo?

Em algum momento da noite deve ter estado alguém a seu lado: Felice? Fila? Alguém que lhe levantou a cabeça e a obrigou a engolir uma bebida açucarada. Deixem-me em paz, pensara em gritar, mas sua boca permaneceu fechada em uma careta assustada e amarga.

>   Levou-me à cela do vinho...
>   Seu fruto é doce ao meu palato
>   Sustente-me com maçãs porque estou doente de amor...[78]

Que blasfêmia: misturar na desordem da memória as palavras sublimes do Cântico dos Cânticos com fiapos de uma lembrança de alegria; o que fez para esquecer a sua mutilação?

>   O meu amado é como um cervo novo...[79]

---

[78] *Bíblia*. Cântico dos cânticos 2:4-7.
[79] Idem. 2:9.

São palavras que não deveria pronunciar, que soam ridículas em seus lábios, não podem lhe pertencer. No entanto, aquelas palavras de amor estão ali e se mesclam às angústias da febre.

> Peguem as raposas
> as raposinhas
> que estragam as vinhas...[80]

O quarto agora está inundado pela luz do dia. Alguém deve ter aberto as venezianas enquanto ela dormia. Seus olhos queimam com se tivesse grãos de sal sob as pálpebras. Leva a mão à testa. Vê uma coruja no encosto da cadeira. Parece olhá-la com ternura. Está para colocar a mão sobre o lençol, mas descobre na borda bordada uma grossa serpente enrolada que dorme tranquila. Talvez a coruja coma a serpente. Talvez não. Se pelo menos Fila chegasse com água... Pelo modo como suas mãos estão cruzadas sobre o peito Marianna entende que já está morta. Mas seus olhos estão abertos e veem a porta se abrir sozinha, lentamente, como na vida. Quem será?

O senhor marido tio, completamente nu, com uma grande cicatriz que lhe atravessa de comprido o peito e a barriga. Os cabelos são ralos como os dos sarnentos e emana um estranho cheiro de canela e manteiga rançosa. Vê que se curva sobre ela armado, como que para crucificá-la. Um tipo de berinjela morta, mas pulsante, sai-lhe do ventre, obscenamente rígida e ávida. Farei amor por piedade, pensa, porque o amor é antes de tudo misericórdia.

"Estou em agonia", diz-lhe de lábios fechados. E ele sorri misteriosamente cúmplice. "Estou para morrer", insiste ela. Ele concorda. Boceja e concorda. Estranho, porque os mortos não podem ter sono.

Uma sensação de gelo a faz alçar os olhos para a janela aberta. Um quarto de lua pende acima da moldura do vidro. Cada lufada de vento

---

[80] Idem. 2:15.

a faz balançar suavemente; parece um pedaço de abóbora cristalizada com grãos de açúcar cristal colados na polpa.

"Farei amor por piedade", repete sua boca muda, mas o senhor marido tio não quer o seu consentimento, a piedade não lhe agrada. O corpo branco dele está agora sobre ela e faz pressão, gelando seu ventre. A carne morta emana cheiro de flores secas e de salitre. A berinjela de carne pede, exige entrar em seu âmago.

Ao amanhecer, a casa é acordada por um grito atroz e prolongado. Felice senta-se na cama. Não é possível que seja a senhora mãe muda, mas o grito veio de seu quarto. Vai acordar a irmã Giuseppa, que por sua vez tira Manina da cama. As três jovens mulheres de camisola correm para a cama da mãe, que parece estar sorvendo os últimos, desesperados goles de ar.

Imediatamente chamam o *varveri*[81], porque em Torre Scannatura não há médicos. O *varveri* se chama Mino Pappalardo e chega todo vestido de amarelo ovo, apalpa o pulso da doente, examina sua língua, revira as pálpebras, enfia o nariz no penico.

"Congestão de febres pleurais", é o seu veredito. É preciso tirar imediatamente sangue das veias inflamadas. Para isso necessita de um banco alto, uma bacia de água morna, uma tigela grande, um pano limpo e um ajudante.

Felice se presta a se fazer de assistente, enquanto Giuseppa e Manina encolhem-se em um canto do aposento. O *varveri* extrai de uma maleta de madeira clara um estojo de pano em forma de rolo. Dentro do rolo surgem, amarrados, faquinhas afiadas, serrinhas, pinças e tesouras minúsculas.

Com gestos seguros, Pappalardo desnuda o braço da doente, apalpa a dobra do cotovelo para achar a veia, aperta com um laço a parte superior, e depois, com um golpe preciso, faz uma incisão na carne,

---

[81] T. S.: barbeiro.

encontra a veia com a lâmina e a faz sangrar. Felice, ajoelhada ao lado da cama, recolhe na tigela o sangue que goteja, mal torcendo a boca.

Marianna abre os olhos. Vê um rosto de homem de barba malfeita, dois sulcos escuros acima das faces. O homem lhe sorri triste e desanimado. Mas a serpente, que estava enrolada sobre o lençol, deve ter acordado, porque está enfiando os dentinhos agudos em seu braço. Gostaria de avisar Felice, mas nem consegue mover os olhos.

Mas quem é este homem que está em cima dela e tem um cheiro desagradável, estranho? Alguém que se disfarçou de outro alguém. O senhor marido? O senhor pai? Ele sim seria capaz de se disfarçar por brincadeira.

Naquele momento, uma ideia a atravessa da cabeça aos pés como uma flecha: pela primeira vez em sua vida entende com limpidez adamantina que é ele, seu pai, o responsável pela sua mutilação. Por amor ou por distração, não saberia dizer, mas foi ele quem lhe cortou a língua e foi ele que encheu seus ouvidos de chumbo derretido para que não ouvisse nenhum som e girasse perpetuamente sobre si mesma nos reinos do silêncio e da apreensão.

XXXIII

Uma caleça com o toldo levantado, o cavalo coberto de arreios dourados. Deve ser aquele extravagante Agonia, o príncipe de Palagonia. Mas não: quem desce é uma senhora coberta por um véu jogado à espanhola sobre a alta torre dos cabelos. Certamente é a princesa de Santa Riverdita: teve dois maridos e os dois morreram envenenados. Atrás dela, uma caleça menor, elegantíssima puxada por um cavalo jovem e saltitante. Este deve ser o barão Pallavicino: há pouco venceu contra o irmão uma causa que durava quinze anos por uma herança pouco clara. O irmão ficou de calças na mão e só lhe resta se fazer frade ou se casar com uma mulher rica. Mas as mulheres ricas em Palermo não se casam com um deserdado, mesmo que tenha um bom nome, a menos que precisem comprar este nome e, nesse caso, a despesa é muito salgada. Além disso, a "solteira", deve ser muito bonita e no mínimo deve saber tocar com graça a espineta.

Não se via um desfile de carruagens assim há anos. O pátio da Villa Ucrìa está abarrotado: caleças, cadeirinhas, fiacres, liteiras, berlindas passam sob as luzes do grande arco de flores que liga a estrada à entrada do pátio.

Desde que morreu o senhor marido tio, é a primeira vez que se dá uma grande festa na villa. Marianna a quis para festejar a cura da pleurite. Os cabelos recomeçaram a crescer e suas cores estão readquirindo o rosado natural.

Agora está em pé atrás da cortina aberta no salão azul do primeiro andar e observa o vai e vem dos valetes, dos cavalariços, dos lacaios, dos carregadores, dos camareiros.

Durante a noitada, será inaugurado o teatro, mandado construir por ela para o prazer de uma música que não poderá escutar, para a alegria dos espetáculos que não poderá apreciar. Em homenagem à sua surdez, quis que o palco fosse amplo, alto e esplendidamente decorado por Intermassimi.

Ordenou que os camarotes fossem forrados de damasco amarelo com bordas de veludo azul, quis um teto amplo, em cúpula, pintado com motivos de quimeras de rosto enigmático, pássaros do paraíso e unicórnios.

Intermassimi veio de Nápoles todo enfeitado, acompanhado por uma jovem esposa, uma certa Elena de orelhas minúsculas e dedos cheios de anéis. Ficara na casa por três meses, comendo do melhor e namoricando por tudo: no jardim, nos corredores, nos andaimes, entre as latas de tinta. Ele tem quarenta e cinco anos; ela, quinze.

Quando Marianna por acaso dava com eles, que com as roupas abertas e o fôlego curto se abraçavam em algum lugar da villa, ele sorria malicioso, como que dizendo: "Vê o que a senhora perdeu?".

Marianna dava-lhes as costas, aborrecida. Por fim, evitava andar pela villa quando sabia que podia encontrá-los. Mas, apesar de suas precauções, encontrava-os com frequência em seu caminho, como se o fizessem de propósito.

Por isso, fora para Palermo em seu palácio de via Alloro, andando de mau humor pelos aposentos escuros e entulhado de quadros, tapeçarias e tapetes. Levara Fila consigo, deixando Innocenza em Bagheria. Também deixara Saro na villa. Ele, há algum tempo, tornou-se chefe de cantina, e é preciso ver como saboreia o vinho, passando-o de uma bochecha à outra, de olhos fechados e como o cospe longe estalando a língua. Já reconhece até as safras.

Voltara com o trabalho acabado, em maio, e achara os afrescos tão bonitos que perdoara o pintor por suas exibições e ostentações. Ele e a jovem esposa partiram exatamente no dia da morte de Cicciuzzo Calò, que ultimamente ficara louco e andava pelo pátio procurando as filhas, seminu, com os olhos esbugalhados.

Hoje é dia de festa. No salão iluminado por lustres de cristal de Murano em que queimam as velas, circulam todas as grandes damas de Palermo. Os vestidos enormes, em balão, sustentados por anquinhas de madeira e barbatanas de baleia, os corpetes justos e decotados, de sedas de cores delicadas. Ao lado delas, os senhores cavalheiros vestem para a ocasião longas casacas vermelhas, violeta, verdes, bordadas a ouro e prata, camisas bufantes de renda, perucas empoadas e perfumadas.

Marianna olha ao redor satisfeita: há dias e dias prepara esta festa e sabe ter arranjado tudo de modo que a noitada funcione como uma máquina bem azeitada: os antepastos no terraço do primeiro andar, entre os gerânios e as suculentas africanas; precisou pedir emprestada uma parte dos copos à casa de Torre Mosca, porque, depois da morte do marido tio, nunca mais havia reposto os que se quebravam. Nesses copos, emprestados por Agata, são servidos licores leves e aromáticos, limonadas e vinhos frisantes.

A ceia será servida no jardim, entre as palmeiras anãs e as amoreiras, em mesas cobertas por toalhas de linho, em louças "da rainha", como se diz, em branco e azul com a águia negra. O cardápio será rigattoni, trilhas rosa, lebre à caçadora, javali ao chocolate, peru recheado com ricota, sargo ao vinho, leitão assado, arroz doce, compotas, cassatas, triunfos da gula, cabeças de turco e vinhos da casa Ucrìa de sabor áspero e forte das vinhas de Torre Scannatura.

Depois da ceia, será a representação teatral: Olivo, Sebastiano, Manina e Mariano cantarão o Artaxerxes de Metastasio[82] com música de Vincenzo Ciampi tocada por uma orquestra de nobres: o duque de Carrera Lo Bianco, o príncipe Crescimanno senhor das Gabelle del Biscotto, a baronesa Spitaleri, o conde da Cattolica, o príncipe Des Puches de Caccamo e a princesa Mirabella.

O céu, por sorte, está limpo, pontilhado por pequenos botões brilhantes. A lua ainda não se vê. Em compensação, a fonte do tritão iluminada pelos nichos escavados na rocha, cheios de velas, cria um efeito surpreendente.

Seguindo uma coreografia preparada antecipadamente, tudo se move segundo um ritmo só conhecido por quem o predispôs, os convidados também participam inconscientemente, com suas roupas preciosas, seus sapatos cravejados de pedras, de um jogo de encaixes.

Marianna não quis usar o vestido de cerimônia, para poder se mover mais facilmente entre os convidados, passar rapidamente pela cozinha, correr ao teatro, voltar para a orquestra que está afinando os instrumentos na casa amarela, verificar as tochas, ficar de olho nas filhas, nos netos, fazer sinais com a cabeça ao cozinheiro e a Saro, para que traga mais vinhos da cantina.

Algumas damas não podem nem se sentar, tão elaboradas e infladas que são suas saias, sustentadas por estruturas rígidas que as fazem parecer cúpulas com a torre do relógio em cima. Este ano está na moda "a voadora", um vestido que vem da corte de Paris, com uma roda tão ampla que poderia abrigar dois clandestinos acocorados, feito de um trançado de vime recoberto por uma ampla saia longa encimada por

---

[82] Melodrama em três atos do poeta e escritor Pietro Metastasio (1698-1782).

uma túnica deslizante, com pregas, laços e badulaques, munido de dois fitilhos às costas, que do pescoço descem até a cintura.

Às onze será o baile e à meia-noite, os fogos de artifício. Foi construída uma máquina apropriada e colocada entre os limoeiros ao lado do teatro, de modo que as explosões aconteçam sobre as cabeças dos convidados e as fagulhas caiam dentro do lago das carpas ou nos canteiros de rosas e violetas.

Uma noite agradável, morna, inundada de perfumes. Uma leve brisa salina que vem do mar, refresca o ar. Marianna, na confusão, não conseguiu comer nem um *vol-au-vent*. Os cozinheiros foram contratados para a noitada: o chef é francês, ou pelo menos se diz francês, e se faz chamar de *monsieur* Trebbianó, mas ela desconfia que só tenha passado algum tempo na França. Cozinha bem, *à la française*, mas seus melhores pratos são os da ilha. Sob os nomes mais complicados, pode-se perceber os costumeiros sabores que agradam a todos.

As grandes famílias de Palermo disputam-no há anos para ceias e almoços concorridos. E *monsieur* Trebbianó gosta de andar de casa em casa a pagamento, levando consigo uma esquadra de ajudantes, assistentes, *petites-maines*[83] de confiança, além de uma avalanche de panelas, facas e fôrmas de sua propriedade.

Marianna senta-se por um momento, tirando, sob as longas saias, os sapatinhos pontudos. Há anos não vê toda a família reunida na villa: Signoretto, cujos negócios não vão bem, precisou hipotecar o feudo de Fontanasalsa para pagar dívidas. Mas não parece se preocupar. Ele considera parte do destino comum a lenta queda da família para a ruína, um destino ao qual é inútil se opor, mas deve ter razão.

Carlo ficou famoso por suas teorias e agora o chamam de todas as partes da Europa para decifrar antigos manuscritos. Assim que voltou de Salamanca, onde foi convidado pela Real Universidade, que ao fim

---

[83] Em francês: mãozinhas.

da estadia ofereceu-lhe um lugar de professor, mas ele preferiu voltar aos seus jardins de San Martino delle Seale, a seus livros, seus alunos, seus bosques, suas comidas. "Sonhos e fábulas eu crio", escreveu-lhe em um folheto que lhe enfiou quase às escondidas no bolso, "Tudo é mentira, delirando eu vivo", à maneira de Metastasio.

Marianna relê o folheto amassado que ficou no fundo do bolso. Busca com os olhos o irmão afundado em uma poltrona, os cabelos ralos na cabeça, os olhos porcinos. É preciso observá-lo bem para descobrir uma migalha de espiritualidade naquele corpo que já fugiu a qualquer controle, que transborda por todos os lados

Deveria vê-lo mais, pensa Marianna, notando a palidez doentia do rosto do irmão, que parece querer seguir o exemplo da mãe. Parece-lhe sentir o odor, mesmo à distância, de láudano e de rapé.

Agata também mudou muito. Como testemunhas de sua beleza ficaram os grandes olhos bovinos, em que o branco e o azul se dividem com limpidez. Todo o resto é como se tivesse ficado de molho em água de lavar roupa por muitas horas, depois esfregado com cinzas e batido na pedra, como se faz com os panos no rio.

Ao lado dela, a filha Maria, que parece o seu retrato quando moça: os ombros ainda rígidos de adolescente, que saltam como amêndoas frescas do vestido de renda coberto de laços lilás. Por sorte, Agata conseguiu impedir que se casasse aos doze anos, como gostaria o marido. Fica junto a ela e a veste como menina para que pareça mais nova, o que irrita a filha, que gostaria de parecer mais velha. Giuseppa e Giulio sentam-se próximos, olham-se continuamente, riem por qualquer coisa. O primo Olivo os olha de outra mesa, aborrecido. A esposa ao lado dele é menos desagradável do que como a haviam pintado para Marianna: pequena, empertigada, mas capaz de se soltar em risadas líquidas e sensuais. Não parece fazer caso dos amuos do jovem marido; talvez nem desconfie desse amor entre primos. Ou talvez sim, e é por isso que quando está séria parece ter engolido uma vassoura. Certamente suas risadas são um modo de criar coragem.

Mariano, ao contrário, está cada vez mais bonito e majestoso. Em certos momentos lembra o pai nas expressões severas e orgulhosas, mas as cores são do avô Signoretto: cores de pão recém-saído do forno e seus olhos são profundos e turquesa.

A esposa, Caterina Molé de Flores, teve diversos abortos e nenhum filho: isso acabou por criar uma indiferença entre os dois que se vê a olho nu. Ele sempre fala com ela com um tom um pouco irritado e desaprovador; ela responde do mesmo modo, mas sem espontaneidade, como se pensasse dever expiar a culpa de sua esterilidade.

Ela lhe fala de novas liberdades, encantada pelas palavras da tia Domitilla, mas sempre com menos convicção. Ele nem finge mais escutá-la. Seus olhos vigiam constantemente para que ninguém invada o círculo encantado em que se fecha para sonhar. De apaixonado que era por diversão, sempre em bailes e jogos de uma villa a outra, tornou-se, nos últimos anos, preguiçoso e contemplativo. A esposa o arrasta pelos salões e ele se deixa levar, mas não participa das conversas, recusa-se a jogar cartas, come pouco, bebe pouco. Gosta de olhar os outros sem ser olhado, mergulhado em seus sonhos.

O que sonha Mariano? É difícil dizer. Algumas vezes Marianna adivinhou estando a seu lado e são sonhos de grandes aventuras militares entre gente estrangeira, de espadas levantadas, cavalos suados, cheiros de batalhas e de pólvora.

Possui uma coleção de armas como o pai e toda vez que a convida para um almoço de família as mostra meticulosamente: a espada de Filipe II, um arcabuz do duque de Anju, um mosquete da guarda de Luís XIV, a caixa marchetada que o Infante de Espanha usava para a pólvora e outras maravilhas do gênero. Algumas são herdadas do senhor marido tio, outras, compradas por ele.

No entanto, não sairia do seu palácio de via Alloro nem se tivesse a certeza de uma vitória estrondosa no campo. Os sonhos são de algum modo mais consistentes do que a realidade quando se tornam uma segunda vida à qual nos abandonamos com estratégica inteligência.

Marianna observa o filho, que se levanta da mesa onde jantou com Francesco Gravina, filho daquele outro Gravina de Palagonia chamado Agonia. O jovem está reformando a villa construída pelo avô, enchendo-a de estátuas extravagantes: homens com cabeça de cabra, mulheres metade macaco, elefantes que tocam violino, serpentes que empunham flautas, dragões vestidos de gnomos e gnomos com caudas de dragões, além de uma coleção de corcundas, polichinelos, mouros, mendigos, soldados espanhóis e músicos ambulantes.

A gente de Bagheria o considera maluco. Os familiares tentaram interditá-lo. Os amigos, porém, o amam pelo seu modo cândido e pudico de rir de si mesmo. Parece que até por dentro esteja transformando a Villa Palagonia em um lugar de encantos: salas forradas de espelhos que rompem e multiplicam a imagem refletida até torná-la irreconhecível; meios bustos de mármore que saem das paredes com os braços estendidos para bailarinos, olhos de vidro que giram nas órbitas. Os quartos, então, são povoados por animais embalsamados: asnos, falcões, raposas, e também serpentes, escorpiões, lagartixas, minhocas, animais que ninguém nunca pensou em empalhar.

As más-línguas dizem que o avô Ignazio Sebastiano cobrava até sua morte, isto é, até o ano passado, uma taxa "sobre o coito", em troca da renúncia ao *jus primae noctis*[84] feudal. O jovem Palagonia é feio como a fome: queixo afilado, olhos muito juntos, nariz em bico, mas quem o conhece diz que é gentil e alegre, incapaz de fazer mal a uma mosca, cortês com os inferiores, tolerante, pensativo e dedicado à leitura de romances de aventura e de viagem.

Estranho que ele e Mariano sejam amigos, são tão diferentes, mas talvez seja justamente isso que os aproxima. Mariano não leria um livro nem obrigado. Suas fantasias se alimentam de fatos contados a viva voz e certamente prefere um menestrel qualquer, mesmo ambulante, a um livro da biblioteca materna. Agora parece tê-lo perdido na multidão,

---

[84] Em latim: direito sobre a primeira noite, suposta prática medieval que permitia aos senhores feudais desvirginar a noiva de um vassalo.

aonde terá ido o belo Mariano sonhador? E o vê pouco mais adiante, caminhando solitário para a *coffee house* iluminada.

Vê que toma café, queima a língua e faz um gesto irritado, pula sobre um pé só, exatamente como fazia quando pequeno. Com uma xícara na mão, vê-o sentar-se em uma cadeira, enquanto seu olhar pousa voluptuoso sobre corpos descobertos das convidadas. As pupilas foscas, os lábios cerrados: um olhar incisivo e penetrante. Aquele brilho a faz lembrar do senhor marido tio. Reconhece nele o oculto repentino desejo de estupro.

Marianna fecha os olhos. Reabre-os. Mariano não está mais na *coffee house* e Caterina o procura. Agora o gazebo encheu-se de damas e cavalheiros, cada um com sua xícara de café na mão. Conhece todos desde que nasceu, apesar de os frequentar pouco. Principalmente os vê em casamentos, cerimônias de consagração, visitas que se fazem por um nascimento, por uma crisma.

São sempre as mesmas mulheres cuja inteligência preguiça nos pátios das delicadas cabeças penteadas com arte parisiense. De mãe para filha, de filha para neta, sempre ocupadas com os problemas que dão os filhos, os maridos, os amantes, os criados, os amigos, e inventando novas artimanhas para não se deixar esmagar. Seus homens estão ocupados com outros problemas, outros prazeres, diferentes e paralelos: a administração de propriedades distantes, desconhecidas, o futuro da família, a caça, o jogo, as carruagens, as questões de prestígio e de precedência.

São pouquíssimos os que algumas vezes sobem em um telhado mais alto e dão uma olhada ao redor para ver onde está queimando a cidade, ou onde as águas estão alagando os campos, onde a terra está amadurecendo o trigo e as uvas, e como a sua ilha está se arruinando na incúria e na rapina.

As fraquezas dessas famílias são também as suas, conhece as infâmias secretas de que falam as mulheres por detrás dos leques, as iniciações dos rapazes feitas com criadas jovens, as quais, quando ficam grávidas, são "cedidas" a amigos licenciosos ou mandadas para as casas religiosas para "moças em perigo" ou a asilos para "meninas perdidas"; as dívidas astronômicas, a agiotagem, as doenças ocultas, os nascimentos suspeitos, as noites passadas apostando castelos e terrenos, as intemperanças no bordel, as cantoras disputadas a dinheiro vivo, as brigas furiosas entre irmãos, os amores secretos, as terríveis vinganças.

Mas também conhece seus sonhos; o ritmo encantado das batalhas de Orlando, Artù, Ricciardetto, Malagigi, Ruggero, Angelica, Gano de Maganza e Rodomonte[85] marcam a cadência de suas *reveries*. A capacidade de se alimentar de pão e nabos para manter uma carruagem de arabescos de madeira dourada. Conhece o seu monstruoso orgulho, a inteligência caprichosa que se obstina em permanecer ociosa por dever de nobreza. O humor secreto, amargo, que muitas vezes se une a um desejo sensual de corrupção e anulamento.

Ela também não é assim? Carne daquela carne, ociosa, vigilante, secreta e sufocada por sonhos de grandeza insensata? De diferente, talvez, só a deficiência, que a faz mais atenta a si e aos outros, a ponto de às vezes conseguir captar os pensamentos de quem está por perto.

Mas não soube transformar esse talento em uma arte, como teria sugerido o senhor David Hume; deixou-o florescer ao acaso, suportando-o mais do que guiando-o, sem tirar partido.

Em seu silêncio habitado por palavras escritas, elaborou teorias deixadas pela metade, perseguiu restos de pensamentos, mas sem cultivá-los com método, entregando-se à preguiça típica de sua gente, certa da imunidade, até diante de Deus, já que "tudo será dado a quem tem e nada a quem não tem"[86].

E por "ter" não se entende propriedades, villas, jardins, mas delicadezas, reflexões, complexidades intelectuais, tudo o que o tempo de que os senhores dispõem em abundância os favorece, que depois se divertem jogando migalhas aos pobres de espírito e de dinheiro.

---

[85] Personagens e heróis da literatura de cavalaria, muito em moda na época.
[86] *Bíblia*. Mateus 25:29.

A granita acabou de derreter na taça de cristal de pé alto. A colher caiu no chão. Um sopro de ar morno, um hálito de figos secos afaga-lhe o ouvido. Saro está curvado sobre ela e toca sua nuca com os lábios. Marianna tem um sobressalto, levanta-se, luta comicamente com os sapatos debaixo da saia, fixa os olhos raivosos no rapaz. Por que vir tentá-la sorrateiramente enquanto está perdida em seus pensamentos?

Pega decidida o bloco e a pena e escreve sem olhar: "Decidi, vais casar". Então estende a folha ao rapaz, que a leva sob a tocha para ler melhor.

Marianna o observa encantada: nenhum dos jovens senhores convidados tem a graça daquele corpo em que passam as sombras saltitantes da festa. Nele há trepidações, incertezas que suavizam os movimentos, tornando-o frágil, como que suspenso no ar; tem-se vontade de pegá-lo pela cintura e jogá-lo no chão.

Mas assim que vê o olhar perdido dele sobre ela, Marianna se levanta e vai se misturar apressada aos convidados. Já é hora da representação e deverá conduzir os convidados pelas trilhas do jardim, por entre sebes de sabugueiro e de jasmim, até às portas recém envernizadas do teatro.

XXXIV

O senhor irmão abade colocou-lhe na mão uma xícara de chocolate e agora lhe sorri com ar interrogativo. Marianna está olhando absorta, para além dos lírios altos e dos troncos das romãzeiras, a cidade de Palermo que se estende como um tapete chinês rosa e verde, em uma miríade de casas cinza-pombo.

O chocolate tem um sabor amargo e perfumado. Agora o irmão bate o pé no piso de madeira da varanda. Está impaciente para mandá-la embora? Mas ela chegou há pouco, depois de duas horas de liteira pelas trilhas rochosas que levam a San Martino delle Scale.

"Quero dar uma esposa a um empregado. Peço seu conselho para uma boa moça", escreve Marianna, usando seus complicados instrumentos: a prancheta dobrável pendurada a um cinto, a pena de ganso de ponta desmontável recém-chegada de Londres, o tinteiro preso por uma correntinha, um caderninho de folhas destacáveis.

A irmã espia o rosto largo do irmão enquanto ele lê suas palavras. Não é pressa aquela ruga na testa, agora se dá conta, mas embaraço. Esta irmã, presa em seus silêncios forçados, sempre lhe pareceu distante, alienada. Salvo talvez no tempo em que ainda estava viva vovó Giuseppa, quando os dois se enfiavam na cama dela. Ele tinha o costume de abraçá-la e beijá-la tão forte que a deixava sem fôlego. Depois, não se sabe como, não se encontravam mais. Agora ele parece se perguntar o que está por trás daquele pedido de conselho da irmã surda-muda: uma solicitação de aliança contra o irmão mais velho, que está afogado em dívidas? Bisbilhotar sua vida de abade solitário? Ou um pedido de dinheiro?

Pencas de pensamentos desordenados saltam-lhe dos olhos, das narinas, sem harmonia, sem intenções. Marianna o vê retorcer com os dedos gorduchos uma pétala de lírio e sabe que não poderá fugir à onda das reflexões dele, que estão chegando a ela do fundo de um cérebro aborrecido e mordaz.

"A senhora irmã está inquieta... Será que tem medo de envelhecer? Estranho como está bem para a idade... nenhuma gota de gordura, nenhuma deformidade, esbelta como quando tinha vinte anos, a pele clara, fresca, os cabelos ainda encaracolados e loiros, só uma mecha branca na têmpora esquerda... Está tingindo com essência de camomila? Mas o senhor pai também, lembra-se bem, conservou os seráficos cabelos loiros até uma idade avançada. Só a ele coube estes quatro fios esparsos... Inútil olhar-se no espelho, a pelugem cresce com aquela erva misturada com urtiga que lhe recomendou a sobrinha Felice, mas fica pelugem, como de bebê, não consegue ficar cabelo... Esta irmã muda conserva o rosto de menina... enquanto o seu inchou e tem caroços por todos os lados... Será que a mudez a preservou da ruína dos anos?... Há algo de virginal naqueles olhos desvairados... Quando o olha assim, dá-lhe medo... O marido tio era um grosseirão... via-se, por como o senhor Pietro caminhava, que era incapaz, aos trancos, retorcido, duro... e ela conservou uma candura de jovem esposa... Atrás daquelas rendas, daquelas mantilhas, daqueles laços escuros há um corpo que não conhece o prazer... Deve ser isso, o prazer consome, dilata, mina... prazer sim, com o qual enxovalhou mãos e pés, primeiro com mulheres de dorsos esguios e sem seios com quem se envolvia em um corpo a corpo extenuante... Depois, entrado nos anos, com um gosto paterno e sensual pelos corpinhos disformes e macilentos de rapazotes enfezados, os quais agora ama apenas com o olhar e o pensamento... Nunca renunciaria à alegria de ter ao seu redor aqueles pequenos seres de pernas tortas pela desnutrição, aqueles olhinhos pretos reluzentes, aqueles dedos que não sabem pegar, mas pretendem agarrar o mundo... não renunciaria a um só daqueles seus protegidos nem para recuperar imediatamente o seu próprio corpo de jovem de cabelos fartos e pescoço esguio... E ela que perdeu tudo perdendo a voz... Tem medo, lê-se em seus olhos que tem medo... É por medo que se impede de viver e se joga na tumba ainda intacta e virgem, mas já sufocada, já em pedaços, já morta, como um rascunho malfeito... Quem lhe deu essa sina? Certamente não o senhor pai, que sempre foi gentil e distraído. Muito menos a senhora mãe, que se confundira com as cobertas da cama a ponto de não reconhecer as próprias pernas... O rapé e o láudano a mantinham naquele limbo de que ficava cada vez mais nauseante se afastar".

Marianna não consegue tirar os olhos de cima dele. Os pensamentos do irmão passam facilmente da cabeça dele à dela, como se a mão experiente de um jardineiro estivesse tentando um enxerto arriscado.

Gostaria de pará-lo, arrancar aquele raminho estranho do qual escoa uma linfa gelada e amarga, mas como acontece quando se faz recipiente dos pensamentos alheios, não se consegue mais rejeitá-los. É tomada por uma necessidade acre de tocar o fundo do horror dando corpo às palavras mais secretas e vazias, mais abjetas e inúteis.

O irmão parece intuir o desconforto dela, mas supera-o com um brilho nos olhos e um sorriso gentil. Depois, pega a pena e escreve, enchendo uma folha com letras minúsculas, ágeis, belíssimas de se ver.

"Quantos anos tem o noivo?"

"Vinte e quatro".

"E o que faz?"

"Cantineiro".

"De quanto dispõe?"

"De seu, nada. Vou lhe dar mil escudos. Me serviu lealmente. A irmã também é criada na minha casa. Me foi dada pelo senhor pai há muitos anos".

"E quanto lhes paga ao mês?"

"Vinte e cinco tarí".

O abade Carlo Ucrìa faz uma careta como se dissesse que não é mau, é um bom salário, qualquer moça do povo poderia desejá-lo como marido.

"Eu poderia arranjar a irmã de Totuccio, o pedreiro... Aquela família é tão pobre que, se pudessem vendê-la no mercado, logo se livrariam dessa filha e até das outras... Cinco irmãs e um irmão, uma verdadeira desgraça para um pescador sem barco nem rede que pesca nas barcaças de outros e se alimenta dos restos que os patrões lhe dão em troca de seu trabalho, anda de pés descalços até aos domingos e como casa tem uma espelunca preta de fumaça... A primeira vez que fui lá para agradar Totuccio, aquele *babbaluceddu*[87], a mãe catava piolhos na filha menor, enquanto as outras ao redor dela riam, aquelas *vastase*[88] com bocas famintas, aqueles olhos saltados, aqueles pescoços de galinha... Pequenas, tortas, ninguém nunca vai querê-las como *mugghieri*, não são boas nem para trabalhar, sofreram muita fome, quem vai querer ficar com elas? A mais velha é corcunda; a segunda tem bócio; a terceira é um ratinho; a quarta, uma aranha, a quinta, um monstrengo...

---

[87] T. S.: lesma d'água.
[88] T. S.: mal-educadas.

"No entanto, o pai não vê essa feiura, o *citrulune*[89], precisa ver como as mima. E a mãe, com as mãos todas cortadas e imundas, afaga-as, limpa-as, faz trancinhas untadas com óleo de peixe, como riem!... Totuccio começou como servente aos nove anos para trazer dinheiro para casa... Mas o que podia trazer? Um tarí a cada quinze dias? Nem dá pra comprar um pouco de pão...

"Precisava vê-lo no dia em que chegou no convento meio nu, carregando um cesto de pedras na cabeça, sujo de cal e de lama. E com que seriedade começou a assentar aquelas pedras tão pesadas que mal conseguia levantá-las, perto do canteiro dos lírios... Deveria agradecer ao padre Domenico, que tem a mania das muretas... Sem ele o rapaz jamais teria aparecido por lá... Agora sustenta oito com seu dinheiro, não é muito, bastam algumas moedas, fazem sopa com espinha de peixe, pão com farelo... mas estão contentes, engordaram e estão limpos, parece outra família... Não que tenha feito pelo bem deles, não tem alma de samaritano, mas o bem veio mesmo assim... Está errado? São ridículos os padres que torcem o nariz, o eterno murmúrio dos moralistas... até esta irmã de cara amarrada... quem ela acha que é, santa Genoveva? Por que não abre os braços, não dá um passo em falso, não tira a venda dos olhos...? Tudo o que fazemos é para o nosso prazer, tanto um prazer refinado quanto o prazer de servir aos pobres ou um prazer grosseiro como o de se deliciar com a vista de *piccioteddu* de cintura fina e bunda arrebitada, dá no mesmo... Não se vira santo por vontade, mas por prazer... Há quem faça amor com o diabo, quem faça amor com o corpo machucado de Jesus Nosso Senhor, consigo mesmo, com garotinhos como ele, mas sem abusar da sua vontade, sem extorquir ou arrancar ou violar nada... O prazer é uma arte que conhece suas medidas, seus limites e o maior prazer está em respeitar estes limites e deles fazer uma moldura para a própria harmonia... Os excessos não são parte dele... Os excessos o jogariam diretamente no

---

[89] T. S.: idiota.

caldeirão das intrigas, dos fingimentos, dos constrangimentos, dos escândalos e ele ama demais os livros para acreditar nas paixões da carne... O olho sabe acariciar mais do que a mão, e os olhos dele se saciam, com muita doçura, com olhares e ternuras não expressas..."

Agora chega, pensa Marianna, agora lhe escrevo que pare de me enviar seus pensamentos. Mas sua mão permanece no colo, os olhos, entrecerrados na penumbra daquelas folhas de romã que emanam um perfume sutil e acre.

"Tenho uma moça para a senhora, chama-se Peppinedda. É boa moça. Tem dezesseis anos, é muito pobre, mas se a senhora a ajudar..."

Marianna concorda. Parece-lhe inútil encher outra folha. Sua mente está exausta das hordas de pensamentos que percorreram sua cabeça de cima a baixo como um bando de ratos em festa. Agora só quer descansar. Já sabe tudo sobre Peppina. E não lhe desgosta que tenha sido o irmão a escolhê-la por razões estranhas, uma razão vale tanto quanto a outra. Se tivesse perguntado às suas filhas, teriam ficado agitadas e não tirariam uma aranha do buraco. Carlo, com a sua filosofia do prazer, com os olhos de porco inteligente, é capaz de resolver as dificuldades dos outros combinando delicadamente os seus interesses com os de quem ele gosta. Não se propõe a fazer o bem e por isso pode fazê-lo. O seu faro para trufas sabe encontrar o tesouro e o escava para ela, como está fazendo agora, com generosidade. Só resta lhe agradecer e ir embora. Mas algo a detém, uma pergunta que lhe coça a mão. Pega a pena, mordisca sua ponta, depois escreve rápido como de costume.

"Carlo, diga-me, o senhor se lembra de eu já ter falado?"

"Não, Marianna".

Nenhuma hesitação. Um "não" que encerra a conversa. Um ponto de exclamação, um risco.

"Mas lembro de ter escutado com estes ouvidos sons que depois perdi".

"Não sei de nada, irmã".

E com isto a conversa acaba. Ele vai se levantar para se despedir, mas ela não dá sinal de se mover. Os dedos ainda seguram a pena, mancham-se de tinta.

"Algo mais?", escreve ele, curvando-se sobre o bloco da irmã.

"A senhora mãe uma vez me disse que nem sempre fui muda e sem audição".

"Agora isso? Não lhe bastou vir incomodá-lo por um empregado, pelo qual talvez esteja apaixonada... Sim, como não pensei antes?... Não são feitos da mesma carne? Lascivos e indulgentes para com as próprias vontades, prontos a extorquir, reter, pagar, porque tudo lhes é permitido por direito de nascimento?... Santo Senhor, perdão!... Talvez seja só um mau pensamento... Os Ucrìa foram bons caçadores, intermediários insaciáveis... mesmo que depois parassem no meio, porque não tinham a ousadia dos excessos dos Scebarràs... Vejam a senhora irmã Marianna com aquela palidez de recém-nascido, aquela boca macia... Algo lhe diz que tudo está para ser inventado nela... Uma bela jogada, irmã, na sua idade... uma loucura ... e ninguém que lhe ensine os rudimentos do amor... nos deixará as penas, como é fácil prever... Ele poderia lhe ensinar alguma coisa, mas não são experiências que se possam trocar entre irmãos... Que lebrezinha quando era pequena, toda medo e alegria... Mas é verdade, falava quando tinha quatro, talvez cinco anos... Lembra-se muito bem e lembra-se aquele sussurrar em família, aquele cerrar de bocas apavoradas... Mas por quê? O que estava acontecendo nos labirintos de via Alloro? Uma noite ouviram-se gritos de arrepiar e Marianna, com as pernas sujas de sangue, fora levada embora, arrastada pelo pai e por Raffaele Cuffa, estranha a ausência de mulheres... O fato é que, sim, agora se lembra, o tio Pietro, aquele maldito pastor de cabras, atacara-a e deixara-a meio morta... Sim, o tio Pietro, agora está claríssimo, como pudera esquecer? Por amor, dizia ele, por amor sacrossanto ele adorava aquela menina e ficara louco... Como esquecera aquela tragédia?

"E depois, sim depois, quando Marianna se curou, viu-se que não falava mais, como se, záz, tivessem lhe cortado a língua... O senhor pai com suas ideias, o seu amor exasperado por aquela filha... tentando fazer o melhor, fez o pior... Uma menina no patíbulo, como podia ter pensado em tal estupidez!... Para depois entregá-la, aos treze anos, ao mesmo tio que a violara quando tinha cinco... Um *scimunitazzu*[90] o senhor pai Signoretto... pensando que o mal fora feito por ele, podia muito bem dá-la como esposa... A pequena cabeça apagou tudo... Não sabe... talvez seja melhor assim, deixá-la na ignorância, pobre muda... Faria melhor tomando um copo de láudano e indo dormir... Não tem paciência com pessoas surdas, nem com as que se amarram com as próprias mãos, nem com as que se entregam a Deus com tanta ingenuidade... E não será ele a reativar a sua memória mutilada... Além disso, trata-se de um segredo de família, um segredo que nem a senhora mãe conhecia... Um assunto de homens, talvez um crime, mas já expiado, sepultado... para que se enfurecer?".

O abade Carlo, seguindo seus pensamentos mais recônditos, esqueceu-se da irmã, que já se afastara, quase chegara ao portão do jardim e pelas costas parece estar chorando, mas por que deveria chorar? Será que lhe escreveu alguma coisa? Como se tivesse ouvido seus pensamentos, a *babbasuna*, talvez por trás daquela surdez haja um ouvido mais fino, um ouvido diabólico capaz desvelar os segredos da mente... "Vou até ela", pensa, "vou pegá-la pelos ombros e abraçá-la, vou lhe dar um beijo no rosto, vou fazer, nem que o céu desabe..."

"Marianna!", grita indo atrás da irmã. Mas ela não pode ouvi-lo. E enquanto ele se levanta da poltrona em que estava sentado, ela já passou o portão, subiu na liteira alugada e está descendo pela estrada que leva a Palermo.

---

[90] T. S.: idiota, completo idiota.

XXXV

"Gostaria de querer, senhor, o que não quero"... Os livros emanam um cheiro bom de couro curtido, de papel impresso, de tinta seca. Este livrinho de poesias pesa em suas mãos como uma pedrinha de cristal. As palavras de Buonarroti se ajustam ao pensamento com precisão, com a pureza de um desenho a nanquim. Uma pequena e perfeita geometria linguística:

> Caro me é o sono e mais por ser pesado
> enquanto o dano e a vergonha dura
> não ver, não sentir me é grande ventura
> então não me acorde, fique calado![91]

Marianna alça os olhos para a janela. Já escureceu e são apenas quatro e meia. Faz frio na biblioteca, apesar das brasas que ardem no aquecedor. Levanta a mão para puxar o cordão da sineta, mas, justamente neste momento, vê a porta que se abre, precedendo um halo de luz. À soleira aparece um candelabro e atrás do candelabro, segurando-o com o braço estendido, Fila. Seu rosto está quase todo coberto por uma touca de pano grosseiro, que lhe desce estranhamente pelas faces, cobre suas orelhas, fechada debaixo do queixo com um cordãozinho que lhe corta a respiração. Está branca como um trapo e os olhos vermelhos com se tivesse chorado.

Marianna faz-lhe sinal para se aproximar, mas Fila finge não ter entendido, faz uma rápida reverência e vai para a porta, depois de deixar o candelabro na mesa.

Marianna levanta-se da poltrona em que está sentada, vai até ela, pega-lhe um braço, que sente tremer. A pele está gelada, coberta por um véu de suor. "O que tens?", pergunta-lhe com os olhos. Apalpa-lhe

---

[91] BUONARROTI, Michelangelo. **Rime**, 247. "Caro m'é il sonno e più l'esser di sasso/mentre che 'l danno e la vergogna dura/non veder, non sentir m'é gran ventura/però non mi destar, deh parla basso!".

a testa, cheira-a. Daquela touca sai um cheiro ácido e gorduroso, nauseabundo. Depois, percebe um líquido negro que lhe escorre pelas orelhas, no pescoço. O que é? Marianna a sacode, interroga com gestos, mas a jovem baixa a cabeça calada e não reage.

Marianna puxa o cordão para chamar Innocenza e continua cheirando a jovem. Innocenza não sabe escrever, mas quando quer, sabe se fazer entender melhor do que Fila.

Assim que a cozinheira entra na biblioteca, Marianna lhe mostra a cabeça de Fila, a touca de pano com manchas escuras, aquele negro que escorre lustroso e fedorento pelo pescoço. Innocenza começa a rir. Pronuncia lentamente a palavra "sarna" para que a duquesa possa lê-la em seus lábios.

Marianna lembra-se de ter lido, em um opúsculo sobre cosméticos da escola de Salerno, que a sarna às vezes é tratada pelo povo com piche fervente. Mas é um sistema drástico e perigoso: trata-se de queimar o couro cabeludo, deixar o crânio pelado. Se o infeliz resiste, fica curado, senão, morre pelas queimaduras.

Com um puxão, Marianna tira a touca da cabeça de Fila, mas vê que o dano já está feito. A pobre cabeça, completamente sem cabelos, está lacerada por largas manchas de pele queimada e sangrenta.

Foi isso que ela trouxe da sua última visita aos parentes de Ficarazzi. Dez dias em uma daquelas grutas escuras, entre asnos, galinhas, baratas e agora, sem lhe dizer nada, está tentando se livrar dos parasitas, queimando a cabeça até a morte.

As estranhezas de Fila começaram depois do casamento de Saro com Peppinedda. Passou a andar à noite de camisola, adormecida. Numa manhã, encontraram-na desmaiada e meio afogada dentro do tanque dos nenúfares. Agora essa história da sarna.

Há um mês pedira-lhe permissão para ir visitar primos distantes de Ficarazzi. Um homem enorme com botas de pele de cabra viera buscá-la em uma carrocinha pintada de fresco: linda de se ver com seus paladinos, seus bosques, seus cavalos.

Fila subira entre um cão e um saco de trigo. Partiu balançando as pernas e parecia contente. Lembra-se de ter se despedido dela pela janela e de ter acompanhado com o olhar a figurinha miúda sobre a carroça de cores vistosas que se afastava em direção a Bagheria.

Saro tinha se casado há uma semana. Marianna o presenteara com uma grande festa, com vinhos de suas adegas e muitos tipos de peixes: de cavalas e de palombetas assadas na brasa a polvos cozidos, de rolinhos de sardinhas a linguado ao forno.

Peppina comera tanto que depois se sentira mal. Sarino parecia satisfeito: a esposa escolhida pela senhora duquesa era de seu gosto: pequena como uma menina, de pele escura, os braços cobertos de pelos, a boca fresca de dentes fortes e brancos, os olhos grandes e líquidos como duas granitas de café.

Logo se revelou uma jovem inteligente e determinada, mesmo que selvagem como uma cabra. Habituada a sentir fome e a trabalhar em casa, a remendar as redes dos outros sob o sol saciando-se com um pedaço de pão esfregado com alho, demonstra sua felicidade comendo de tudo, correndo aqui e ali e cantando aos berros.

Ri muito, é teimosa como uma mula, mas obedece ao marido, pois sabe que é seu dever. Tem um modo de obedecer que não tem nada de servil, como se sempre fosse ela que tivesse decidido, por capricho, como uma grande rainha.

Saro a trata como um animal de sua propriedade. Às vezes, brincando com ela no tapete da sala amarela, jogando-se no chão com ela, fazendo cosquinhas, rindo até as lágrimas. Às vezes, se esquece dela por dias inteiros.

Se estivesse vivo, o senhor marido tio expulsaria os dois, pensa Marianna, mas ela os tolera, aliás, gosta de vê-los brincar daquele modo. Desde que Saro se casou, sente-se muito mais calma. Não caminha mais na ponta dos pés para evitar as armadilhas disseminadas ao longo do seu dia, não tem mais medo de ficar sozinha com ele, não espera vê-lo passar de manhã sob a janela, a camisa limpa aberta no pescoço macio, aquela mecha de cabelos jogada dissimuladamente sobre a têmpora.

Encarregou Peppinedda de ajudar Innocenza na cozinha e ela se mostrou muito boa em limpar peixes, tirar as escamas sem espalhá-las ao redor, em preparar os molhos de alho e óleo, orégano e alecrim para os grelhados.

Peppinedda, assim como Fila, de início não conseguia usar sapatos. Por mais que tivesse lhe dado dois pares, um de couro e um de seta bordada, andava sempre descalça, deixando as pequenas pegadas úmidas no piso lustroso dos salões.

Há cinco meses está grávida. Parou de brincar com Sarino, carrega a barriga como um troféu. Mantém os cabelos muito pretos presos na nuca com uma fitinha vermelha brilhante.

Caminha de pernas abertas como se devesse parir o filho ali no meio da cozinha ou na sala amarela, mas não perdeu nenhuma de suas habilidades. Manobra a faca como um soldado, fala pouco ou nada e, depois das primeiras comilanças, agora come como um passarinho.

Em compensação, rouba. Não dinheiro nem objetos preciosos, mas açúcar ou biscoitos, ou café e banha. Esconde a comida no seu quarto, no forro, e depois, assim que pode, pede que a levem a Palermo e presenteia tudo às irmãs.

Outra mania dela são os botões. De início roubava só os que caíam. Depois, começou a arrancá-los, girando-os entre os dedos com ar sonhador. Por fim, habituou-se a tirá-los das camisas com os dentes e, se alguém a surpreende, fica com eles na boca até estar segura em seu quarto, onde os guarda em uma velha caixa de biscoitos.

Saro, que aprendeu a escrever bastante bem, conta para Marianna tudo sobre a jovem esposa. Parece sentir um gosto especial em lhe contar as pequenas trapaças de sua *mugghieri* Peppinedda; como que lhe dizendo que isso tudo é culpa dela, que o obrigou a se casar com a moça.

Mas Marianna se diverte com as extravagâncias de Peppinedda. Aquela menina um pouco corcunda e alegre, forte como um touro, selvagem como um búfalo, silenciosa como um peixe.

Saro se envergonha um pouco dela, mas aprendeu a não o dizer. Guardou bem a lição dos patrões: nunca mostrar seus sentimentos, brincar com tudo, usar bem os olhos e a língua, mas sem se fazer notar.

"Peppinedda roubou de novo. O que devo fazer?"

"Bata nela!", escreve Marianna e lhe entrega a folha com um gesto divertido.

"Espera um *picciriddu*. E além disso, me morde".

"Então deixe-a em paz".

"E se roubar de novo?"

"Bata nela duas vezes".

"Por que a senhora não bate nela?"

"É tua esposa, cabe a ti".

Sabe que Saro não baterá nela. Porque, no fundo, tem medo dela, teme-a como se teme um cão vira-lata mal domesticado que pode, se molestado, morder uma perna sem pensar muito.

Mas agora Fila desmaiou na biblioteca. Innocenza, em vez de se ocupar dela, está limpando com o avental o piche grudado no tapete.

Marianna curva-se sobre a jovem. Apoia a mão aberta em seu peito, sente o coração, que bate lento, fraco. Coloca um dedo sobre a veia que passa pelo pescoço: pulsa regularmente. Mas está gelada, como se estivesse morta. É preciso levantá-la. Faz sinal a Innocenza para pegá-la pelos pés. Ela a pega pelos ombros e juntas colocam-na no divã.

Innocenza tira o avental e o estende sobre as almofadas para que não se sujem. Pela cara que faz, entende-se que não aprova que a pequena criada Fila se deite, mesmo desmaiada, mesmo com a permissão da duquesa, no divã forrado de branco e ouro da casa Ucrìa.

"Muito extravagante esta duquesa, não tem senso de proporções... Cada um no seu lugar, senão o mundo se transforma em um albergue... Hoje Fila, amanhã Saro, e até aquela pequena delinquente da

Peppinedda, que entre ela e um cão há só a diferença de duas patas... Não consigo suportá-la. Quem a encontrou foi aquele gorducho do abade Carlo e ela a pegou... Basta dar as costas e o óleo já desapareceu. Uma vez por semana pendura-se no tílburi da duquesa ou na caleça puxada pelo baio da filha freira Felice, com o corpete estufado de coisa surrupiada... O tonto do seu marido sabe, mas o que faz? Nada... está sempre com a cabeça não se sabe onde... Parece apaixonado... e a duquesa o protege... perdeu toda a severidade, toda a compostura... Se o duque Pietro estivesse aqui, daria uma bela bronca em todo mundo... O pobre duque que está pendurado em um prego na gruta dos Capuchinhos e sua pele já ficou como o couro das poltronas, agarrou-se aos ossos como uma luva usada, esticada sobre os dentes, parece que ri, mas não é uma risada, é uma careta... Ele devia saber de sua paixão por ouro, porque lhe deixou, ao morrer, quatrocentas moedas romanas com a águia do pontífice e atrás escrito "*ut commonius*", mais três moedas de ouro com a efígie de Carlos II, rei da Espanha".

Marianna inclina-se sobre Fila, afunda o rosto nas mangas bufantes de algodão cheirando a manjericão, tentando esquecer Innocenza, mas ela está ali e continua a inundá-la com palavras. Há pessoas que lhe entregam seus pensamentos com uma maldade acre e arrogante, mesmo que estejam absolutamente inconscientes de fazê-lo. Uma delas é Innocenza que, junto com seu afeto, descarrega-lhe em cima um rio de reflexões despudoradas.

É preciso encontrar um marido para Fila, pensa. E que lhe dê um belo dote. Ainda não a viu se enamorar, nem por um cocheiro, nem por um taberneiro, nem por um sapateiro, nem por um vaqueiro, como acontece sempre com outras criadas que trabalham por dia. Está sempre atrás do irmão e, quando não pode estar com ele, fica sozinha com a cabeça um pouco deitada no ombro, os olhos perdidos no vazio, a boca fechada em uma careta dolorosa.

É bom que se case depressa e tenha logo um filho, repete-se Marianna, e sorri ao se ver tomando decisões como fariam sua mãe ou sua avó ou até sua bisavó, que vivera a peste de Palermo de 1624. "Não conseguiu Santa Ninfa, não conseguiu Santa Agata, que protegia a cidade, mas outra santa, belíssima, nobre de nascimento, da antiga casa dos Sinibaldi della Quisquina, santinha Rosalia, só ela soube dizer à peste: chega", escreveu em um de seus cadernos vovó Giuseppa e aquela folha ainda está entre os bilhetes do senhor pai.

Casar-se, ter filhos, casar as filhas, fazê-las ter filhos e fazer com que as filhas casadas façam suas filhas terem filhos, que, por sua vez, casem-se e tenham filhos... Ecos da sensatez familiar, ecos açucarados e persuasivos que rolaram ao longo dos séculos, conservando em um ninho de plumas o ovo precioso que é a descendência Ucrìa, aparentando-se, por via feminina, com as maiores famílias palermitanas.

São os audazes ecos que sustentam com suas linfas sanguíneas a árvore genealógica carregada de ramos e de folhas. Cada folha, um nome e uma data: Signoretto, príncipe de Fontanasalsa, 1179, e junto às minúsculas folhas mortas: Agata, Marianna, Giuseppa, Maria, Teresa.

Carlo Ucrìa, outra folha, 1315, e ao lado: Fiammetta, Manina, Marianna. Algumas freiras, outras casadas, todas sacrificaram suas posses, juntamente com os irmãos menores, para manter a unidade da Casa.

O nome de família é um ogro, um pato real, um Hércules ciumento que come com a voracidade de um porco: campos de trigo, vinhedos, galinhas, ovelhas, fôrmas de queijo, casas, móveis, anéis, quadros, estátuas, carruagens, candelabros de prata, tudo engole este nome que se repete como um feitiço sobre a língua.

A folha de Marianna não está morta só porque o tio Pietro herdou terrenos imprevistos e alguém devia se casar com aquele extravagante. "Marianna" está escrito em letrinhas de ouro no centro de um pequeno enxerto vegetal que liga os dois ramos da família Ucrìa, o que esteve para se extinguir pelas estranhezas do filho único Pietro e o outro mais prolífico, mas também mais perigosamente à beira do precipício da bancarrota.

Marianna é cúmplice de uma antiga estratégia familiar, metida até o pescoço no projeto da unificação. Mas também, forasteira, por causa daquela deficiência que carrega: uma observadora desencantada de sua gente. "Corrompida pelos livros", como dizia a tia Teresa freira; sabe-se que os livros estragam e o Senhor quer um coração virgem que perpetue no tempo os costumes dos mortos com cega paixão de amor, sem desconfianças, sem curiosidades, sem dúvidas.

Por isso, está espantada sobre esse tapete ao lado da criada com a cabeça ferida e se retorce como uma larva, transtornada pelas vozes dos ancestrais que lhe pedem respeito e fidelidade. Enquanto outras vozes petulantes como a do senhor Hume, com seu turbante verde, pedem-lhe para ousar, mandando ao diabo aquela montanha de superstições hereditárias.

XXXVI

A respiração ofegante, o cheiro de cânfora e de emplastro de couve, toda vez que entra no quarto, parece que volta ao tempo da doença de seu filho Signoretto: uma miséria de fôlegos entrecortados, um ranço de suores colados à pele, de sonos inquietos, sabores amargos e bocas secas pela febre.

Tudo aconteceu tão depressa que não houve tempo para pensar. Peppinedda pariu um menino rechonchudo e coberto de pelos pretos. Fila ajudou a parteira a cortar o cordão, a limpar o recém-nascido com água e sabão, a enxugá-lo com panos mornos. Parecia contente com aquele sobrinho que a sorte lhe trazia.

Depois, numa noite, enquanto o menino e a mãe dormiam abraçados, Fila se vestiu como se fosse à missa, desceu à cozinha, armou-se de uma faca para estripar peixes e, na penumbra que envolvia o leito, passou a golpear os dois corpos deitados, o da mãe e o do menino.

Não percebera que Saro também estava com eles, aninhado às costas de Peppinedda. Ele levou os golpes mais ferozes: um na coxa, um no peito e um na orelha.

O menino morreu esmagado, não se sabe se pelo corpo do pai ou da mãe, fato é que morreu sufocado, sem marcas de faca. Peppinedda saiu com uma só facada no braço e alguns cortes superficiais no pescoço.

Quando Marianna desceu ao andar de baixo puxada pelo braço por Innocenza já era de manhã e quatro homens do Vicariato estavam levando Fila amarrada como uma *sasizza*[92].

Em três dias de julgamento, decidiram enforcá-la. E Marianna, sem saber a quem recorrer, fora a Giacomo Camalèo, o Pretor da cidade, primeiro entre os senadores, tentando interceder por ela. O menino morrera, mas não pelas facadas da tia. E Saro ficaria curado, Peppinedda também.

"A pena não cumprida leva a outros crimes", escrevera ele no folheto que ela lhe dera.

"Será igualmente cumprida se a mandar para a prisão", respondera ela, tentando deter as mãos trêmulas. Queria correr para casa para ver Saro, que deixara nas mãos do *varveri* Pozzolungo, em quem confiava pouco. Ao mesmo tempo, queria salvar Fila da forca. Mas dom Camalèo não tinha pressa: olhava-a com olhos lodosos que, em certos momentos, cintilavam com uma ponta de curiosidade.

Ela continuou escrevendo, com o pulso rígido, recordando Hipócrates, citando santo Agostinho.

Ao cabo de meia hora ele se abrandou, ofereceu-lhe um copo de vinho de Chipre que tinha sobre a cômoda. E ela, escondendo a ansiedade, aceitara beber, sorrindo graciosamente, humildemente.

Por sua vez, Camalèo se prolongara em citações de Saint-Simon, de Pascal, enchendo as folhas com uma caligrafia enviesada cheia de pontas e arabescos parando a cada três palavras para soprar a pena de ganso gotejante de tinta.

"Toda vida é um microcosmo, minha cara duquesa, um pensamento vivo que aspira a emergir de sua zona de sombra...".

---

[92] T. S.: linguiça.

Ela lhe respondera pesarosa, perfeitamente controlada, dentro das regras do jogo. O Pretor assumira um ar pomposo, distraído e agora se divertia visivelmente com essa troca de erudições. Uma mulher que conhece santo Agostinho e Sócrates, Saint-Simon e Pascal não se vê todos os dias, diziam seus olhos, é preciso aproveitar. Com ela podia unir a galanteria à doutrina, podia mostrar toda sua erudição sem suscitar tédio e timidez, como em geral acontecia com as mulheres que cortejava.

Marianna precisara engolir a pressa, esquecê-la. Ficara ali discutindo filosofia, bebendo vinho de Chipre, com a esperança de que no final lhe arrancaria uma promessa.

A deficiência da interlocutora não parecia preocupar o senhor Pretor. Aliás, estava quase contente de que ela não pudesse falar, porque isso lhe permitia ostentar seus conhecimentos por escrito, deixando de lado os interlúdios de conversa de que evidentemente estava cansado.

Ao final, prometera-lhe interceder junto à Corte de Justiça para livrar Fila da forca, sugerindo interná-la como louca em San Giovanni de'Leprosi.

"Pelo que a senhora me diz, a jovem agiu por amor e a loucura de amor é pão de muita literatura. Orlando não era louco? E Dom Quixote, não se curvava diante de uma lavadeira chamando-a de princesa? O que é a loucura senão um excesso de temperança? Uma temperança sem aquelas contradições que a fazem imperfeita e portanto humana. A razão tomada em sua integridade cristalina, em seu dogma de prudência, está muito próxima da perdição... basta aplicar ao pé da letra as regras da prudência, sem brincar nem nunca duvidar que descemos ao inferno da loucura...".

Na manhã seguinte, chegara em via Alloro um tílburi carregado de flores: dois maços gigantescos de gladíolos rosa e um de lírios amarelos, além de uma caixa cheia de doces. Um rapazote moreno entregara tudo na cozinha e fora embora sem nem esperar um obrigado.

Quando Marianna voltou a ele para saber a decisão da Corte de Justiça, Camalèo pareceu tão contente em vê-la que ela se assustou.

E se pretendesse algo em troca? O entusiasmo que demonstrava era excessivo e vagamente ameaçador.

Fizera com que se sentasse na melhor poltrona da sala, oferecera-lhe o costumeiro vinho de Chipre e quase arrancara de sua mão o papel que ela lhe entregava para transcrever algumas linhas de Boiardo:

> Quem quer que a saúde ou lhe fale
> E quem a toca e quem senta a seu lado
> Esquece completamente o tempo passado...[93]

Por fim, depois de duas horas de ostentação literária, escrevera-lhe que Fila já estava nos Leprosi por sua intercessão e que podia ficar em paz, não a enforcariam.

Marianna fixara seus olhos azuis no Pretor, perplexa, mas logo se acalmara. O rosto dele exprimia um prazer que ia além de uma normal troca de favores. Com seus estudos na universidade de Salerno, seu aprendizado no Fórum de Reggio Calabria, sua longa estadia para estudos em Tubinga, o senador considerava a chantagem uma arma grosseira demais para um verdadeiro homem de poder.

Permitira-lhe mandar todos os dias ao Leprosi um valete com pão fresco, queijo e frutas, não sem antes adverti-la de que aquelas comidas dificilmente chegariam às mãos de sua protegida.

De quando em quando, de manhã, Marianna via chegar o senhor Pretor, em um tílburi puxado por um cavalo malhado. E ela corria a pentear os cabelos que estavam soltos nos ombros e o recebia vestida severamente, com todas as suas ferramentas para escrever.

Ele esperava no salão amarelo, em pé diante de uma das quimeras de Intermassimi, que parece sempre estar morrendo de amor por quem a olha, mas basta que o observador lhe dê as costas para que o mesmo olhar se transforme em careta de escárnio.

---

[93] BOIARDO, Matteo Maia. **Orlando enamorado**. Livro 1, Canto 12:31. "Chiunque la saluta o li favella/E chi la tocca e chi li sede a lato /Al tutto scorda del tempo passato...".

Quando ela entrava, o Pretor se curvava até o chão emanando um suave perfume de gardênias. Dirigia-lhe os olhos metálicos adocicados por um mel cujo sabor agradava sobretudo a ele. Vinha falar da "pobre demente", como a chamava, internada no Leprosi, sob sua "graciosa" proteção.

Sempre cortês e gentil, precedido por braçadas de flores e de doces, vinha prazerosamente a Bagheria para vê-la, sentava-se na ponta da cadeira e escrevia empunhando com elegância a pena.

Marianna lhe servia chocolate perfumado com canela ou vinho de Málaga com um doce cheiro de figos secos. Os primeiros bilhetes eram de cortesia. "Como está a senhora duquesa esta manhã?"; "O sono lhe foi propício?"

Depois de tomar duas xícaras de chocolate quente bem açucarado, depois de ter enchido a boca com cassatas de ricota fresca, a pena de Camalèo começava a deslizar como uma lagartixa doida sobre a folha de papel branco.

Os olhos se acendiam, a boca se contorcia de satisfação e podia falar por horas, aliás, escrever, sobre Tucídides, Sêneca, mas também Voltaire, Maquiavel, Locke e Boileau. Marianna começava a pensar que no fundo ela era um inocente pretexto para uma exibição de erudição pirotécnica. E o ajudava, dando-lhe penas sempre novas, vidros de nanquim recém vindos de Veneza, folhas de bordas azuis, cinzas para enxugar as palavras escritas.

Já não sentia mais medo, só curiosidade por aquela inteligência caleidoscópica e também, por que não, uma certa simpatia; especialmente quando escrevia de cabeça baixa, segurando a folha com a mão aberta. As mãos são a coisa mais bonita daquele corpo desarmônico, que tem um busto muito longo e delicado contrastando com duas pernas curtas e grossas.

É curioso que o corpo desajeitado do Pretor se insinue entre suas preocupações pelas feridas de Saro. Agora estou aqui ao lado dele, pensa Marianna, e não quero, não devo pensar em nada além de sua saúde em perigo.

Parece que Saro está dormindo, mas há algo de mais profundo e de mais perigoso do que o sono que o aquieta e o tem prisioneiro. As feridas não conseguem se fechar. Fila golpeou com tanta veemência que, por mais que o cirurgião Ciullo, vindo de Palermo, as tenha costurado com arte, o sangue demora a voltar a circular com a alegria de antes e as cicatrizes tendem a supurar.

Peppinedda, depois das facadas, voltou para seu pai. Por isso, toca a Marianna cuidar do ferido, alternando-se com Innocenza, que o faz de má vontade, sobretudo à noite.

Durante os primeiros dias, o pobre ferido se agitava como se se batesse contra inimigos que queriam amarrá-lo, amordaçá-lo, fechá-lo dentro de um saco. Agora, extenuado, parece ter renunciado a sair daquele saco e passa o tempo todo dormindo, mesmo que, de vez em quando, seja agitado por soluços sem lágrimas que o sacodem penosamente. Marianna lhe faz companhia sentada em uma poltrona ao lado da cama. Limpa suas feridas, troca os curativos, leva-lhe aos lábios um pouco de água com limão.

Vários médicos vieram visitá-lo. Não Cannamela, que já é velho e cego de um olho, mas outros, mais jovens. Entre eles, um de nome Pace, que tem a fama de ser muito bom. Chegou numa manhã a cavalo, envolto em uma daquelas mantas largas, munidas de capuz que em Palermo se chamam *giucche*. Pegou o pulso do enfermo, cheirou a urina; fez caretas que não se entendia se eram de desânimo ou simplesmente quisessem mostrar o raciocínio indagativo de um cientista diante dos males de um corpo em decomposição.

Por fim, decretou que era preciso lhe aplicar sanguessugas.

"Já perdeu muito sangue, doutor Pace", escrevera Marianna depressa apoiando a folha sobre a *rinalera*. Mas o doutor Pace não quisera discutir, considerara o bilhete como uma ordem fora do lugar e se ofendera. Fechara a cara e fora embora, não sem antes pedir seus honorários, mais as despesas de viagem: aveia para o cavalo e uma ferradura nova.

Marianna havia pedido ajuda à sua filha Felice, que veio com suas ervas, suas infusões, seus emplastros de urtiga e de malva. Curara-lhe as feridas com folhas de couve e vinagre dos sete ladrões[94].

Em uma semana, Saro estava melhor, mas não muito. Envolvido pelo odor adocicado das infusões, ainda está imóvel sob os lençóis, branco sobre branco, o tórax enfaixado, a orelha cheia de algodão, as pernas também enfaixadas: quase uma múmia que, de vez em quando, abre os olhos cinzentos e ainda não decidiu se deve se retirar para as tranquilas sombras do além ou voltar à esta vida feita de facas e sopas para engolir.

Marianna segura-lhe a mão. Como fez há muitos anos com Manina quando estava morrendo de uma infecção no sangue depois de um parto. Como fez com o senhor pai. Só que ele já estava morto quando pegou sua mão e emanava um odor gélido de carne abandonada.

Uma ladainha de doenças e de mortos que tirou o esplendor dos andaimes de seus pensamentos. Cada morto, uma esfregadela com grãos de sal: uma cabeça marcada por machucados e rachaduras irremediáveis.

Agora está aqui chocando o ovo como uma pomba paciente. Espera ver sair dele um novo pombinho desejoso de viver. Poderia mandar buscar Peppinedda. Aliás, seria seu dever fazê-lo, mas não tem vontade. Vai adiando. Voltará quando tiver vontade de comer até se saciar, de roubar botões e de rolar nos tapetes, pensa.

XXXVII

Será comprometedor ir a San Giovanni de'Leprosi com o senador Giacomo Camalèo, Pretor de Palermo? Não será uma ação imprudente que a colocará contra os irmãos e os filhos?

---

[94] Antiga mistura de óleos essenciais e vinagre, que surgiu na Europa durante as epidemias de peste bubônica. Também conhecida como vinagre dos quatro ladrões.

Estas perguntas atravessam a mente de Marianna no instante em que apoia o pé no estribo da carruagem de dois cavalos que a espera no pátio de Villa Ucrìa. Uma mão enluvada ajuda-a a subir.

Ao entrar, é assaltada por um forte odor de gardênia. Dom Camalèo está vestido de escuro, com calças e casaco de veludo castanho filetado de ouro, um tricórnio preto e castanho jogado sobre as mechas empoadas, os sapatos em ponta estão enfeitados por uma roseta de prata cravejada de diamantes.

Marianna senta-se em frente a ele e logo tira de sua *nécessaire* de malha de prata o estojo de madeira com a pena e a tinta, além de papel e prancheta, muito semelhante à que o senhor pai lhe dera e depois foi roubada em Torre Scannatura.

O senador sorri, tocado pela ingenuidade da duquesa: a intimidade será evitada por uma enchente de cartas que ele lhe escreverá durante o caminho, recheadas de citações de Hobbes e Platão. Uma dessas cartas será guardada na caixa de motivos chineses. A carta em que dom Camalèo se revela mais, contando-lhe de seus estudos em Tubinga quando tinha trinta anos a menos.

"Eu morava em uma torre de três andares que dava para o rio Neckar. Ali passava as tardes com meus livros, ao lado de uma estufa de porcelana. Se levantava os olhos, podia ver os choupos ao longo do rio, os cisnes sempre esperando que alguém lhes jogasse pão das janelas. Grasnavam alto e eram terríveis quando combatiam entre si na época dos amores. Odiava aquele rio, odiava aquelas casas de telhados íngremes, odiava aqueles cisnes com voz de porco, odiava a neve que jogava uma coberta de silêncio sobre a cidade, odiava até aquelas belas jovens de xales franjados que andavam para lá e para cá na ilha. O jardim em frente à torre, na verdade, fazia parte de uma ilha longa, melancólica, em que passeavam os estudantes entre uma aula e outra. Agora eu daria dez anos da minha vida para voltar àquela torre amarela às margens do Neckar e ouvir o grito gutural dos cisnes. Até comeria com prazer suas linguiças gordurosas, também admiraria aquelas jovens loiras com os ombros cobertos por xales coloridos. Isto não é uma aberração da memória que ama só o que perde? Justamente porque perde, nos faz definhar de nostalgia pelos mesmos lugares e as mesmas pessoas que antes nos aborreciam profundamente? Não é bobagem tudo isto, não é previsível e vulgar?"

Só uma vez, durante a viagem de Bagheria a Palermo, dom Giacomo Camalèo pega na mão de Marianna e a aperta por um instante nas suas, como que para reforçar seu pensamento, largando-a logo depois com ar arrependido e respeitoso.

Marianna, que é pouco habituada a ser cortejada, não sabe como se comportar. Um pouco empertigando-se e olhando pelo vidro os campos que conhece tão bem, um pouco se curvando sobre a prancheta e traçando lentamente as frases, atenta em não derramar tinta e enxugando as palavras ainda úmidas com as cinzas.

Por sorte, a corte de dom Camalèo é feita principalmente de palavras envolventes, discursos eruditos, citações que visam suscitar mais espanto do que desejo. Mesmo que certamente não seja um homem que despreza o prazer dos sentidos. Mas até agora, dizem seus olhos, a relação deles deu frutos verdes que amarrariam os dentes ao serem mordidos. A pressa é para os jovens que não conhecem as delícias da espera, a volúpia de um prolongamento que envolve a entrega com odores profundos e saborosos.

Marianna observa pensativa os gestos cautelosos, respeitosos daquelas belas mãos habituadas a agarrar o mundo pelo pescoço, mas sem lhe fazer mal, para gozá-lo em uma calma contemplação. Tão diferente dos homens que conheceu até agora, tomados pela pressa e pela avidez. O senhor marido tio era um rinoceronte em relação a Camalèo, em compensação, era transparente como a água de Fondachello. O senhor pai também era de outro feitio: erudito e espirituoso, mas sem ambições, em sua vida nunca pensou em construir uma estratégia, nunca olhou para futuro como um lugar em que catalogar e conservar suas vitórias e suas derrotas; nunca pensaria em adiar um prazer para torná-lo mais saboroso.

Chegando em San Giovanni de'Leprosi, dom Camalèo desce com um salto mostrando-lhe sua agilidade aos cinquenta e cinco anos, sem uma onça de gordura a mais e lhe estende delicadamente a mão. Mas Marianna não se apoia nela, também salta e o olha atrevida, abrindo uma risada muda e festiva. Ele fica um pouco desconsertado: sabe que as senhoras comumente, ao serem cortejadas, amam se fazer mais fracas e frágeis do que são. Mas depois ri com ela e a pega pelo braço como se fosse uma colega de escola.

Um minuto depois, os dois estão diante de uma pesada porta de ferro. Chaves giram na fechadura; uma mão pesada aparece e faz sinais com os dedos, incompreensíveis, um chapéu que voa, mesuras, um correr de guardas, um brilho de espadas.

Agora um guarda de costas largas precede a duquesa por um corredor nu, enquanto o Pretor se fecha em uma sala com dois senhores altos que, pela forma dos chapéus, parecem ser espanhóis.

Ao longo do corredor, alternam-se portas: uma de ferro e uma de madeira, uma de madeira e uma de ferro, uma brilhante e uma opaca, uma opaca e uma brilhante. Sobre a porta, um retângulo gradeado e, atrás da grade, rostos curiosos, olhos desconfiados, cabeças desgrenhadas, bocas que se abrem sobre dentes quebrados e escurecidos.

Um cadeado é aberto, uma porta empurrada. Marianna está em uma sala fria com piso de tijolos quebrados e empoeirados. As janelas altas, inalcançáveis. A luz vem do teto, fraca. As paredes são nuas e sujas, manchadas pela umidade, por marcas pretas, por sinistras manchas vermelhas. No chão, montes de palha, baldes de ferro. Um fedor feroz de jaula aperta a garganta.

O guarda faz sinal para que se sente em uma cadeira empalhada que parece ter sido roída por ratos de tão gasta, com fiapos curvados para cima.

Atrás de uma grade, vê-se o pátio nu, com o piso de pedra suavizado por uma figueira. Encostada na parede do fundo, uma mulher seminua dorme no chão enroscada sobre si mesma. Mais perto, amarrada em uma maca, outra mulher de cabelos brancos que lhe escapam por uma touca remendada, repete ao infinito o mesmo gesto de cuspir longe. Seus braços nus têm marcas de chicotadas. Debaixo da figueira, em pé em uma perna só e apoiada ao tronco, uma menina que deve ter mais ou menos onze anos, tricota com gestos lentos e precisos.

 Um dedo toca a face de Marianna, que recua com um pulo: é Fila, a cabeça com um turbante de faixas sujas que lhe diminuem os traços e aumentam os olhos. Sorri feliz. As mãos tremem um pouco. Emagreceu tanto que, se a visse por trás, não a reconheceria. A roupa longa de pano de saco desce-lhe esfarrapada até os calcanhares, sem cinto, sem colarinho, os braços estão nus e cobertos de hematomas.

 Marianna se levanta, a abraça. O cheiro feroz que invade a sala agora está em suas narinas, repugnante. Em poucos meses Fila se tornou uma velha: o rosto enrugou, perdeu um dente na frente, as mãos tremem, as pernas estão tão magras que mal a mantêm em pé, os olhos estão vítreos, embora se esforcem a um sorriso de gratidão.

 Quando Marianna acaricia sua face, Fila se entrega a um pranto tímido que lhe enruga a boca. Marianna, para vencer o embaraço, tira do bolso um saquinho de moedas, coloca-o nas mãos da jovem, que gostaria de escondê-lo e procura, em vão, bolsos naquele uniforme do manicômio e acaba olhando ao redor aterrorizada fechando o saquinho na mão.

 Marianna, agora, tira o lenço de seda verde do pescoço e o estende sobre os ombros de Fila. Ela o alisa com os dedos, que parecem os de um bêbado. Parou de chorar e sorri feliz. Para logo em seguida ficar séria, baixando a cabeça como que para evitar um tapa.

 Um condenado de braços poderosos pega-a pela cintura e a levanta como fosse uma menina. Marianna está para reagir, mas percebe que naquele gesto há ternura. Enquanto o homem levanta a jovem, fala-lhe docemente, embalando-a nos braços.

 Marianna tenta entender o sentido das palavras fixando os lábios dele, mas não consegue. Trata-se de uma linguagem só conhecida por eles, que a refinaram em meses de convivência forçada. E vê Fila que, satisfeita, estende as mãos de embriagada para o pescoço do gigante, reclinando a cabeça afetuosamente no peito dele.

Os dois desaparecem pela porta antes que Marianna possa se despedir de Fila. Melhor assim, que o condenado tenha conseguido conquistar, senão com afeto, pelo menos uma intimidade com a pobrezinha, pensa Marianna, mesmo se o olhar do homem para o saquinho de moedas faz pensar que essa intimidade não é completamente desinteressada.

XXXVIII

Há dois dias, Saro voltou a comer. Os olhos parecem maiores dentro das órbitas encovadas. As faces pálidas se tingem de vermelho quando Marianna se aproxima da cama. Ainda está enfaixado como uma múmia, mas as faixas tendem a escorregar, a se soltar. O corpo se agita, os músculos voltam a se animar e a cabeça não para quieta no travesseiro. A mecha negra foi lavada e balança como uma asa de corvo sobre o rosto emagrecido do rapaz.

Marianna, esta manhã, depois de outra visita a Fila, tomou banho em água de bergamota para se livrar dos odores nauseabundos do manicômio. Dentro da banheira de cobre batido que veio da França e que, vista de fora, parece um sapato fechado até o calcanhar, fica-se tão confortável como na cama, com água que chega aos ombros e se mantém quente por mais tempo do que nas banheiras abertas.

Muitas damas conversam, recebem as amigas, dão ordens aos criados, sentadas na nova banheira francesa, que às vezes, por pudor, fica escondida atrás de um biombo transparente.

Marianna não fica dentro dela por muito tempo, porque não pode escrever. E nem ler sem molhar as páginas, mesmo se gosta de chapinhar aquecida lá dentro enquanto Innocenza derrama-lhe em cima paneladas de água fumegante.

O inverno chegou de repente, quase sem se fazer preceder pelo outono. Ainda ontem se andava sem mangas, hoje é preciso acender a estufa, cobrir-se com xales e mantas. Sopra um vento gelado que agita as ondas do mar e arranca as folhas das plantas.

Manina acabou de ter outra menina; chamou-a Marianna. Giuseppa veio vê-la ontem. É a única que lhe faz confidências; falou-lhe do marido, que às vezes a ama e às vezes a odeia, e do primo Olivo, que lhe propõe continuamente "fugir" para a França com ele.

Felice vem almoçar aos domingos. Ficou chocada quando a mãe lhe contou sobre Fila e sobre o manicômio de'Leprosi. Também quis permissão para visitá-la. Voltou determinada a criar uma "corrente de socorro às necessitadas". Com efeito, mudou muito nos últimos tempos: descobrindo ter talentos para curandeira, dedicou-se metodicamente a combinar ervas, raízes e minerais. Depois da primeira cura, as pessoas começaram a chamá-la em casos de doenças difíceis, principalmente doenças de pele. E ela, diante da responsabilidade de corpos doentes que se entregam a ela confiantes, começou a estudar e experimentar. Em sua testa apareceu uma ruga reta e profunda como uma facada. Não se preocupa mais tanto com a brancura de seus hábitos e deixa os mexericos para as irmãs mais jovens. Adquiriu um ar atarefado e sério de profissional da medicina.

O senhor filho Mariano, entretanto, não vem nunca. Perdido como está em suas fantasias, não acha tempo para visitar a senhora mãe. Mas pediu ao tio Signoretto para se informar discretamente sobre esse frequentador da Villa Ucrìa do qual fala escandalizado com os parentes.

"Não fica bem na sua idade a senhora cair na boca de todos", escreveu Signoretto com mão circunspecta na folha arrancada de um livro de preces. "Está certo que a senhora é viúva, mas espero que não queira se expor ao ridículo casando-se aos quarenta e cinco anos com um solteirão libertino de cinquenta e cinco".

"Não vou me casar, fique tranquilo".

"Então não devia permitir ao senhor Pretor Camalèo vir visitá-la. Não é bom dar o que falar".

"Não há uma relação carnal, é só amizade".

"Na sua idade, a senhora devia pensar em preparar a alma para a passagem, ao invés de procurar novas amizades..."

"O senhor é mais velho do que eu, senhor irmão, mas não acho que pense realmente na passagem".

"A senhora é mulher, Marianna. A natureza lhe destina uma serena castidade, a senhora tem quatro filhos para pensar. Mariano, o seu herdeiro, está preocupado que a senhora aliene seus bens por uma lamentável atitude impensada".

"Mesmo que me casasse, não lhe tiraria um alfinete".

"A senhora talvez ignore que Camalèo, antes de ser Pretor de Palermo, foi por muito tempo pago pelos franceses para espiar os espanhóis e se diz que depois se passou aos espanhóis, tendo recebido uma oferta mais vantajosa. Ou seja, a senhora trata com um aventureiro, cuja nobreza ninguém ousaria garantir. Viajante misterioso, ficou rico por méritos secretos, não é um homem que uma Ucrìa possa frequentar. A família decidiu que a senhora não o verá mais".

"A família teria decidido com qual direito?"

"Não me venha fazer discursos do tipo que faz minha esposa Domitilla. Estou cansado de Voltaire".

"Antes o senhor também citava Voltaire".

"Bobagens da juventude".

"Sou viúva e creio poder dispor de mim como quero".

"*Chi camurrìa suruzza*![95] Ainda com esse discurso barato! A senhora sabe muito bem que não é sozinha, mas faz parte de uma família e não pode, nem mesmo com a permissão do Monsieur Voltaire e com o apoio de todos os santos do paraíso, permitir-se qualquer liberdade. Deve esquecer aquele homem".

"Camalèo é uma pessoa gentil, ajudou-me a salvar uma criada do patíbulo".

---

[95] T. S.: Que teimosia, irmãzinha!

"Não faça com que as questões relativas à criadagem modifiquem a sua vida. Certamente Camalèo tenciona se casar com a senhora. Aparentar-se com os Ucrìa deve fazer parte de uma estratégia secreta. Creia-me, aquele indivíduo não tem nenhum interesse pela senhora... não confie nele".

"Não confiarei".

Tranquilizado, mesmo se não completamente, Signoretto foi embora, depois de ter-lhe beijado graciosamente a mão. Todos sabem que o senhor irmão teve mais amantes depois do casamento do que teve antes. E ultimamente fez despesas sem critério por uma cantora que se exibe no teatro Santa Lucia e dizem que também foi amante do Vice-rei.

Apesar do seu tom autoritário, foi um prazer revê-lo. Ele, com aquela cabeça loira em cuja doçura vão se coagulando sob a pele grandes verrugas de cor viva. O modo de olhar, levemente enviesado, interrogativo, lembra-lhe o senhor pai quando jovem. Mas do pai falta-lhe a vontade de rir de si mesmo.

O senhor irmão Signoretto desenvolveu uma brutalidade sutil e discreta que lhe pesa nas pálpebras inchadas. E, quanto mais aumenta a sua familiaridade com o comando, mais se faz evidente a indulgência para consigo mesmo, a ponto de não lhe permitir mais distinguir "a cadeira do penico".

Quem sabe quando começou a construir esses novos ossos que lhe encavam os olhos, alargam os quadris, achatam a planta dos pés. Talvez sentando-se no Senado ou subindo e descendo dos patíbulos com outros Irmãos Brancos acompanhando os condenados à forca. Ou então, noite após noite, no grande leito de altos baldaquins, ao lado da esposa que, mesmo ainda sendo belíssima, é-lhe tão antipática que não consegue mais olhá-la no rosto.

Nestes últimos anos, a lembrança do senhor marido tio vem-lhe de improviso quando está diante de outros homens da família. Aquele ser inquieto e lúgubre, sempre a remoer com desprezo as deficiências do próximo, no fundo, era mais ingênuo e direto e certamente mais fiel a si mesmo do que todos os outros que, com seus sorrisos e suas cortesias, entocaram-se em suas casas, tão assustados com cada novidade, a ponto de acreditar em ideias e certezas pelas quais foram alvo de zombaria por anos.

Deve ser uma questão de perspectiva, como diz Camalèo, o tempo criou refinamentos na memória desbotada. Os objetos do senhor marido Pietro que ainda estão pela casa conservam algo da tristeza irritadiça e rude dele. Entretanto, aquele homem a violou quando ainda não tinha seis anos e por isto se pergunta se nunca conseguirá perdoá-lo.

Hoje, é mais próxima do abade Carlo, enfiado nos livros como ela. O único capaz de dar uma opinião que não seja viciada pelo seu interesse imediato. Carlo é o que é: um libertino apaixonado pelos livros. Não finge, não se adula, não se obstina em intervir nas *camurrie* dos outros.

Quanto ao senhor filho Mariano, depois das euforias do crescimento, as grandes caças de amor, as viagens pelo mundo, agora que tem quase trinta anos, assentou, tornou-se intolerante para com as atividades dos outros, os quais vê como uma ameaça à sua paz.

Com as irmãs, adotou um tom irritadiço e seco. Com a mãe é aparentemente respeitoso, mas se vê que não tolera as liberdades que toma a despeito da sua deficiência.

O fato de ter mandado o tio Signoretto a ela em vez de vir pessoalmente dá a entender o tipo de suas preocupações: e se por uma brincadeira da natureza sua mãe pusesse no mundo um filho que ele não foi capaz de ter? E se essa criança atraísse a simpatias de uma tia viúva do ramo Scebarràs de quem espera herdar? E se o ridículo de um casamento fora das regras recaísse sobre ele, que, mais do que os outros, carrega o peso do nome dos Ucrìa de Campo Spagnolo e Scannatura?

Mariano ama o luxo: manda vir camisas de Paris, como se em Palermo não existissem ótimos camiseiros. Cuida dos cabelos com um certo Monsieur Créme, que se apresenta no palácio com quatro valetes que carregam *le nécessaire pour le travail*[96]: caixas e caixinhas de sabão, tesouras, navalhas, pentes, creme de lírios-do-vale e pós ao cravo.

Para o cuidado dos pés e das mãos, há o senhor Enrico Araujo Calisto Barrés, que provém de Barcelona e tem uma loja na via della Cala Vecchia. Por dez carlinos, também vai à casa das senhoras e corta calos de jovens e idosas, pois todas têm algumas dificuldades com os sapatinhos à parisiense de ponta a bico de galinha e salto a bico de cisne.

Marianna deixa seus pensamentos quando Saro lhe aperta a mão com uma força nova. Está se recuperando, parece mesmo que está se recuperando.

Saro abre os olhos. Um olhar fresco, nu, recém-saído de uma vagem, como feijões ainda sonolentos. Marianna chega perto dele, apoia dois dedos em seus lábios rachados. A respiração leve, úmida e regular se insinua na palma de sua mão. Uma sensação de alegria deixa Marianna paralisada naquele gesto de ternura respirando o fôlego amargo do rapaz.

Agora a boca de Saro se estica até os dedos daquela mão e a beija, ansiosa. Marianna pela primeira vez não o afasta. Aliás, fecha os olhos como que para saborear melhor aquele toque. São beijos que vêm de longe, daquela primeira noite em que se viram à luz flutuante da vela, dentro do espelho manchado no quarto de Fila.

Mas o gesto parece tê-lo cansado. Saro continua a segurar os dedos de Marianna contra a boca, mas não os beija mais. Sua respiração voltou a ser irregular, um pouco mais ofegante e convulsa.

Marianna retira a mão, mas sem pressa. Deixa a poltrona e se ajoelha no chão ao lado da cama, alonga o busto sobre as cobertas e, com um gesto que imaginou com frequência, mas nunca fez, apoia a cabeça no peito do rapaz. Sob a orelha, sente a espessura das faixas impregnadas de cânfora e debaixo delas as meias-luas das costelas, e, mais embaixo ainda, o fragor do sangue revolto.

---

[96] Em francês: o necessário para o trabalho.

Saro jaz imóvel, preocupado que um gesto seu possa interromper os tímidos movimentos de Marianna, assustado de que ela possa escapar de um momento a outro, como sempre fez. Por isso, espera que ela decida: segura a respiração e mantém os olhos fechados esperando, desesperadamente esperando, que ela o abrace.

Os dedos de Marianna correm pela fronte, pelas orelhas, pelo pescoço de Saro como se já não confiasse na sua vista. Deslizando sobre os cabelos grudados de suor, para sobre o chumaço de algodão que esconde a orelha esquerda, continua contornado os lábios, desce para o queixo eriçado por uma barba de convalescente, volta ao nariz como se o conhecimento daquele corpo pudesse ser feito apenas pela ponta dos dedos, tão curiosos e móveis quanto o olhar é tímido e indomável.

O indicador, depois de ter percorrido a longa estrada que de uma têmpora conduz à outra, descendo pelo lado do nariz, subindo pelas colinas das faces, tocando as moitas das sobrancelhas, encontra-se, quase por acaso, pressionando o ponto em que os lábios se juntam, abre um espaço entre os dentes, alcança a ponta da língua.

Só então Saro se atreve a um movimento imperceptível: cerra os dentes, mas com uma pressão muito leve, ao redor do dedo que fica preso entre o palato e a língua, e é envolvido pelo calor febril da saliva.

Marianna sorri. E com o indicador e o polegar da outra mão aperta as narinas do rapaz, até ele largar a presa e abrir a boca para respirar. Ela, então, retira o dedo molhado e recomeça a exploração. Ele a olha feliz, como que dizendo que seu sangue está se desfazendo.

Agora, as mãos da senhora pegam o edredom e o fazem escorregar da cama. Depois é a vez do lençol que, embolado, é jogado de lado no chão. E, diante dos olhos surpresos por sua ousadia, está o corpo nu do rapaz, que conserva só as ataduras nos quadris, no peito e na cabeça.

As costelas estão ali, quartos de lua saltados que contam, como em um atlas, as fases das rotações do astro vistas em progressão, uma ao lado da outra, uma acima da outra.

As mãos de Marianna tocam sem peso as feridas recém-cicatrizadas, ainda vermelhas e doloridas. A ferida sobre a coxa parece a de Ulisses atacado pelo javali, assim como deve ter aparecido para a espantada ama que primeiro reconhece seu patrão, que voltou depois de tantos anos da guerra, quando ainda todos acreditavam-no um mendigo estrangeiro.[97]

Marianna passa os dedos sobre ela, levemente, enquanto a respiração de Sarino se torna apressada e, de seus lábios fechados, saem minúsculas gotas que fazem pensar na dor, mas também em uma alegria desconhecida e selvagem, em uma feliz rendição.

Marianna não saberia dizer como fez para se encontrar despida ao lado do corpo despido de Saro. Sabe que foi muito simples e que não teve vergonha. Sabe que se abraçaram como dois corpos amigos e acolhê-lo dentro de si foi como reencontrar uma parte do próprio corpo, que acreditava perdida para sempre.

Sabe que nunca havia pensado em receber em seu ventre uma carne masculina que não fosse um filho ou um invasor inimigo.

Os filhos entram no ventre da mulher sem que ela os chame, assim como a carne do senhor marido tio se agasalhava dentro dela sem que nunca o tivesse desejado ou querido.

Este corpo, porém, ela quis e chamou como se chama e se quer o próprio bem e não lhe traria dor e laceração, como fizeram os filhos saindo dela, mas sairia, uma vez compartilhado o gozo, com a feliz promessa de um retorno.

Em tantos anos de casamento, pensara que o corpo do homem fosse feito para dar tormento. E se rendera a este tormento como a uma *maliceddu di Diu*[98], um dever que toda mulher "de sentimento" não pode deixar de aceitar engolindo fel. Nosso Senhor também não engolira fel no horto de Getsêmani? Não morreu na cruz sem uma palavra de recriminação? O que era a pequenez de uma dor de cama comparada aos sofrimentos do Cristo?

---
[97] Referência a uma passagem da Odisseia, de Homero.
[98] T. S.: maldição de Deus.

Entretanto, ali está um corpo que não lhe é estranho, não a ataca, não a rouba, não lhe pede sacrifícios e que renuncie, mas vai ao seu encontro com atitude segura e doce. Um corpo que sabe esperar, que toma e se deixa tomar sem forçar nada. Como poderá deixar de aceitá-lo?

XXXIX

Peppina Malaga voltou para casa: duas trancinhas negras amarradas atrás das orelhas com um barbante, os pés descalços como sempre, as pernas inchadas e pesadas, a barriga saliente que lhe levanta a saia nas canelas.

Marianna olha-a através da vidraça enquanto desce da carroça e corre para Saro. Ele levanta os olhos para a janela da patroa como que para perguntar *chi fazzu*[99]?

"Não para a tua foice nem para o trigo dos outros"[100] diz a severa Gaspara Stampa. Seu dever é deixar marido e mulher juntos e que sejam felizes. Dará a eles um quarto maior, em que possam criar o novo filho.

E "em meu conforto, sou assaltada por uma dúvida interna/ que sempre deixa meu coração entre vivo e morto"[101]. Será ciúme? Aquela *scimunita*, "o monstro de olhos verdes", como a chama Shakespeare "que zomba da carne de que se alimenta"[102]? A duquesa Marianna Ucrìa de Campo Spagnolo, condessa de Sala di Paruta, baronesa de Bosco Grande, de Fiurne Mendola e de Sollazzi nunca poderá ter ciúme de uma ajudante de cozinha, de uma pombinha caída do ninho?

Mas é assim. Aquela mocinha morena e feinha parece reunir todas as delícias do paraíso: tem a inocência de uma flor de abóbora e o frescor de um cacho de uvas. Daria com prazer suas terras e suas villas, pensa Marianna, para entrar naquele corpinho jovem e resoluto que salta da carroça com o filhinho no ventre para ir ao encontro de seu Saro.

---

[99] T. S.: o que faço?
[100] STAMPA, Gaspara. **Rime d'amore / LXXXV**. "Non por la falce tua ne l'altrui grano".
[101] Idem. "nel mio conforto, sono assalita d'un sospetto interno/ che mi tien sempre il cor fra vivo e morto".
[102] SHAKESPEARE, William. **Otelo – o mouro de Veneza**.

A mão solta a cortina, que volta a cobrir a janela. O pátio desaparece e, com o pátio, desaparecem a carroça puxada pelo asno enfeitado; Peppinedda, que mostra a barriga ao marido como se fosse uma caixa de joias, desparece. Saro, enquanto abraça a esposa, alça o olhar para ela com um ar de resignação teatral. Mas também lisonjeado, vê-se pelo modo como abre os braços para aquele duplo amor.

A partir de agora, começarão os subterfúgios, as mentiras, as fugas, os encontros clandestinos. Será preciso corromper, calar, apagar os traços de cada abraço. Uma imprevista indignação enevoa seus olhos. Não tem nenhuma intenção de cair nessas armadilhas, pensa Marianna; se eu a dei como esposa foi para mantê-lo distante, não para ter um pretexto. E então? Então será preciso acabar tudo.

Há arrogância em seu pensamento, bem sabe: não leva em conta os langores de um corpo que pela primeira vez despertou para a alegria, não pensa nem nos desejos de Saro, e nem ao menos em consultá-lo. Decidirá por e contra ele, mas sobretudo contra si mesma. A longa prática da renúncia fez dela uma guardiã muito atenta. Tantos anos passados controlando seus desejos robusteceram sua vontade.

Marianna olha suas mãos enrugadas que se molharam ao tocarem as faces. Leva-as à boca. Prova um pouco daquele sal que guarda o sabor áspero de sua renúncia.

Poderia se casar com Giacomo Camalèo, que, mesmo não amando, considera sedutor. É a segunda vez que lhe pede. Mas, se não é capaz de pegar pelos cabelos um amor de pedra preciosa, como poderá levar adiante um de vidro?

O que fazer consigo? Na sua idade muitas de suas conhecidas já estão sepultadas ou ficaram corcundas e enrugadas, só andam em carruagens fechadas, com mil precauções, com almofadas e cobertas bordadas, meio cegas por um véu propositalmente caído sobre os olhos, dementes por muito sofrer, cruéis e insensatas por terem esperado demais. Vê-as agitar os dedos gordos cobertos de anéis que não passam mais pelas juntas engrossadas, dedos que, uma vez mortas, serão clandestinamente cortados por herdeiros impacientes para possuir aquelas magníficas pérolas chinesas, aqueles rubis do Egito, aquelas turquesas do Mar Morto. Mãos que nunca seguraram um livro por mais de dois minutos, mãos que deveriam conhecer a arte do bordado e da espineta, mas nem tiveram permissão para se dedicar a elas com meticulosa assiduidade. As mãos de uma dama são ociosas por escolha.

São mãos que, mesmo usando ouro e prata, nuca souberam como chegavam até elas. Mãos que nunca sentiram o peso de uma panela, de uma jarra, de uma bacia, um pano de chão. Talvez tenham familiaridade com as contas do rosário, de madrepérola, de prata lavrada, mas absolutamente estranhas às formas do próprio corpo, sepultado sob muitos linhos, camisas, corpetes e anáguas, considerado pelos padres e pedagogos como "pecaminoso" por natureza. Essas mãos acariciaram alguns recém-nascidos, mas nunca se imiscuíram com as imundícies deles. Talvez tenham, algumas vezes, tocado o corpo martirizado de Cristo na cruz, mas nunca percorreram o corpo nu de um homem, o que seria considerado indecente tanto por ele quanto por elas. Certamente pousaram, inertes, no colo, sem saber onde se enfiar, o que fazer, já que qualquer gesto, qualquer ação, era considerada perigosa e inoportuna para uma moça de família nobre.

Com elas, comera os mesmos doces e bebera os mesmos chás calmantes. E agora, que suas mãos tocaram um corpo amoroso, percorreram-no em todos os sentidos a ponto de pensar ter-se tornado amiga dele, deve cortá-las e jogá-las no lixo, pensa Marianna, em pé ao lado da janela fechada. Mas um movimento de ar a avisa que alguém está se aproximando às suas costas. É Innocenza, que traz um candelabro de dois braços. Alçando os olhos, Marianna vê o rosto da cozinheira bem próximo ao seu. Recua aborrecida, mas Innocenza continua a olhá-la pensativa. Entendeu que a duquesa está mal e tenta adivinhar a razão.

A mão gorda, com um bom cheiro de alecrim misturado com sabão, pousa no ombro da patroa e a sacode docemente como que para livrá-la dos pensamentos espinhosos. Por sorte, Innocenza não sabe ler: bastará um gesto para tranquilizá-la. Não é preciso mentir para ela.

O cheiro de peixe que sai do avental de Innocenza ajuda Marianna a sair de seu estado de gelado torpor. A cozinheira sacode sua patroa com um gesto rude e sensato. Há anos se conhecem e acreditam saber tudo uma da outra. Marianna acredita conhecer Innocenza por aquele sortilégio que a faz ler os pensamentos dela, como se estivessem escritos em papel. Innocenza, por sua vez, acredita que Marianna não tenha segredos para ela, tendo a acompanhado por tantos anos e tendo escutado as conversas dos outros sobre ela.

Agora se olham, uma curiosa com a curiosidade da outra; Innocenza enxugando as mãos gordurosas no avental de listras brancas e vermelhas, Marianna brincando mecanicamente com os objetos de escrita: a prancheta dobrável, o vidro de prata, a pena de ganso com a ponta manchada de azul. Innocenza afinal pega sua mão e a conduz, como se fosse uma menina que esteve por muito tempo sozinha de castigo e agora é levada para junto dos outros, para comer, para se consolar.

Marianna deixa-se levar pelas escadas de pedra, atravessa o grande salão amarelo, roçando a espineta de teclado aberto, passa pelos gêmeos romanos de mármore estriado, sob os olhos alusivos e secretos das quimeras.

Na cozinha, Innocenza a faz sentar em uma cadeira alta diante do fogão aceso; coloca um copo em sua mão, tira do armário uma garrafa de licor, serve dois dedos. Então, aproveitando a distração e a surdez da patroa, leva a garrafa à boca.

Marianna finge não ver para não precisar repreendê-la. Mas depois pensa melhor: por que deveria repreendê-la? Com um gesto de menina, pega a garrafa das mãos da cozinheira e também bebe, colocando os lábios na garrafa. Criada e patroa riem. Passam-se a garrafa, uma sentada, com os cabelos loiros caindo sobre a ampla testa suada, os olhos azuis cada vez maiores; a outra em pé, a grande barriga escondida sob o avental manchado, os braços robustos, o belo rosto redondo franzido em um sorriso beato.

Agora é mais fácil para Marianna tomar uma resolução, mesmo cruel. Innocenza a ajudará sem saber, mantendo-a prisioneira no reino das seguranças cotidianas. Já sente em seu pescoço suas mãos marcadas por cortes, queimaduras e rugas cobertas de fumaça.

Precisará se afastar na ponta dos pés e será preciso um empurrão que só a mão habituada a contar moedas pode dar. Enquanto isso, a porta da cozinha se abriu do modo misterioso com que se abrem as portas aos olhos de Marianna, sem aviso, com um lento movimento cheio de surpresas.

Em pé na soleira está Felice, a cruz de safiras pende no peito. Ao lado dela, o primo Olivo, dentro de um casaco cor de pombo, o rosto comprido transtornado.

"Dona Domitilla sua cunhada quebrou um pé, passei a manhã toda com ela", lê Marianna em um folheto amarrotado que a filha lhe passa.

"Dom Vincenzino Alagna se matou por dívidas, mas a esposa não veste luto. Ninguém suportava aquela 'cabeça de figo-da-índia'. A filha menor teve erisipela o ano passado. E a curei".

"Olivo aqui presente me pede uma poção para o desamor, o que acha mamãe, devo dar?"

"Não querem mais me deixar entrar no Leprosi. Dizem que causo confusão. Porque curei uma sarnenta que o médico residente dera por morta. O que a senhora tem mamãe?..."

XL

O bergantim se move balançando-se levemente na água verde. Em frente, como um leque, a cidade de *Paliermu*[103]: uma fileira de palácios cinzas e ocres, igrejas cinzentas e brancas, casebres pintados de rosa,

---

[103] T. S.: Palermo.

lojas com toldos de listras verdes, as ruas das *balati* desconexas, entre as quais correm riachos de água suja.

Atrás da cidade, sob a agitação de nuvens opacas, as rochas íngremes do monte Cuccio, o verde dos bosques de Mezzomonreale e de San Martino delle Scale; um degradar de penhascos mais escuros e menos escuros entre os quais se aninha a luz violeta do ocaso.

Os olhos de Marianna se fixam nas altas janelas do Vicariato. À esquerda da prisão, atrás de um pequeno anteparo de casas, abre-se o retângulo irregular da praça Marina. No meio da praça vazia, o tablado escuro da forca – sinal de que alguém será enforcado amanhã de manhã –, aquela forca à qual o senhor pai a levou por amor, para que se curasse do seu mutismo. Nunca teria imaginado que o senhor pai e o senhor marido tio guardassem um segredo em comum que dizia respeito a ela; que tivessem se aliado escondendo de todos a ferida infligida a seu corpo de menina.

Agora o bergantim é agitado por ondas longas e nervosas. As velas foram içadas: a proa se dirige decididamente para alto mar. Marianna se apoia com as duas mãos na balaustrada laqueada, enquanto Palermo se distancia com suas luzes vespertinas, suas palmeiras, sua imundície empurrada pelo vento, sua forca, suas carruagens. Uma parte dela ficará ali, naquelas ruas enlameadas, naquele calor que cheira a jasmins açucarados e excrementos de cavalo.

O pensamento vai até Saro e nas vezes em que o abraçou, apesar de ter decidido não vê-lo mais. A mão agarrada sob a mesa, um braço que se estende atrás de uma porta, um beijo roubado na cozinha nas horas de sono. Eram delícias às quais se abandonara com o coração aos pulos.

E não lhe importava que Innocenza tivesse adivinhado e a olhasse com reprovação, que os filhos mexericassem, que os irmãos ameaçassem mandar *ammazzari du zoticu rifattu*[104], que Peppinedda a espiasse com olhos hostis.

---
[104] T. S.: matar aquele caipira mal-educado.

Dom Camalèo, entretanto, tornara-se assíduo. Vinha visitá-la quase todos os dias com a caleça puxada pelo tordilho cinza e lhe falava de amor e de livros. Dizia que ela ficara luminosa como na *lamparigghia*[105]. E o espelho lhe dizia que era verdade: a pele ficara mais clara e lisa, os olhos ficaram mais brilhantes, os cabelos se avolumavam sobre a nuca, como se impregnados de fermento. Não havia touca ou fita que pudesse contê-los: explodiam e caíam cintilantes e desordenados em volta do rosto radiante.

Quando contara ao filho Mariano que iria partir, ele enrugara a testa em uma careta engraçada que queria ser fulminante, mas deixava ver alívio e satisfação. Não era bom como o tio Signoretto para dissimular.

"E aonde a senhora vai?"

"Primeiro para Nápoles e depois não sei".

"Sozinha?"

"Levarei Fila comigo".

"Fila é louca. Não dá para confiar".

"Vou levá-la comigo, agora está bem".

"Uma louca assassina e uma deficiente viajando, bom, que alegria! A senhora quer fazer o mundo rir?"

"Ninguém irá se preocupar conosco".

"Imagino que dom Camalèo irá encontrá-las. A senhora quer lançar descrédito na família?"

"DomCamalèo não me seguirá. Vou sozinha".

"E quando voltará?"

"Não sei".

"E quem irá cuidar das filhas?"

"Elas mesmas. São grandes".

"Vai lhe custar uma fortuna".

---

[105] T. S.: uma lamparina.

Marianna pousara os olhos na cabeça do filho, ainda muito bonita apesar da incipiente calvície, que se curvava sobra a folha enquanto a mão empunhava pesadamente a pena.

Os nós dos dedos esbranquiçados falavam de um rancor mal contido: não suportava ser arrancado de suas fantasias para enfrentar questões que não entendia e que não o interessavam. Única inquietação: o que dirão em seu ambiente daquela mãe imprudente? Não acabará gastando demais? Não fará dívidas? Não pedirá dinheiro, talvez de Nápoles, obrigando-o a desembolsar sabe-se lá quanto?

"Não gastarei nada de seu", escreveu Marianna com mão ligeira na folha branca. "Gastarei só o meu dinheiro e, fique tranquilo, não desonrarei a família".

"A senhora já a desonrou com suas esquisitices. Desde que morreu o nosso pai tio a senhora faz escândalos continuamente".

"De quais escândalos está falando?"

"A senhora só usou luto por um ano, ao invés de fazê-lo para sempre, como impõe o costume. Lembra-se? Pela morte de um pai: três anos de preto; pela morte de um filho: dez anos; pela morte do marido: trinta anos, é como dizer para sempre. E depois não vai à igreja quando há missas solenes. Ainda por cima, cerca-se de gente baixa, indecorosa. Aquele criado, aquele arrivista, a senhora o fez de patrão aqui. Trouxe para casa a esposa, a irmã louca e um filho".

"Na verdade, foi a irmã que o trouxe. Quanto à esposa, eu mesma a dei a ele".

"Exatamente, intimidade demais com gente que não é da sua classe. Não reconheço a senhora, antigamente era mais doce e aquiescente. Sabe que está arriscada a uma interdição?"

Marianna sacode a cabeça: por que lembrar de coisas desagradáveis? Mas há algo nos escritos do filho que não entende; um rancor que vai além dos pretensos escândalos, a preocupação com dinheiro. Ele sempre foi generoso, por que agora deveria se inquietar com as despesas da mãe? Será que ainda é aquele ciúme de menino, do qual não sabe e não quer abandonar? Que ainda não a tenha perdoado por ter preferido – e com impudor evidente – o filho menor, Signoretto?

Marianna olha para a cabeça pelada de Fila, que está em pé ao lado dela no convés do barco e fixa a cidade que se distancia no horizonte. Agora estão cercados de água, que se encrespa, enquanto a figura da proa oferece o peito nu às ondas.

Foi o olhar de Saro que fez com que se decidisse a partir. Um olhar matutino, involuntário: quando ela tirara a boca das costas dele para fazê-lo se levantar e a luz já havia inundado o piso do quarto de dormir.

Um olhar de amor saciado e de apreensão. O medo de que aquela felicidade pudesse ser interrompida bruscamente por uma razão não prevista e controlada por ele. Não só o corpo dela, mas os vestidos elegantes, a roupa íntima de linho, as essências de mirto e de rosa, os faisões cozidos no vinho, os *sorbet* de limão, as granitas de uva, a água de flor de laranjeira, a benevolência, as ternuras silenciosas, tudo que lhe pertencia estava nos olhos cinzentos de Sarino, esplendores refletidos, como aquelas cidades vistas nas horas de calor, refletidas no mar como que por encanto, úmidas e vibrantes de luzes vaporosas.

Estas miragens prometiam opulência e prazeres sem fim, para depois desaparecerem nas luzes apagadas de um crepúsculo de verão. E ela quisera varrer dos olhos do amado a imagem daquela cidade feliz antes que se dissolvesse por si em um tremeluzir de espelhos quebrados.

Agora ela está aqui sobre o piso oscilante, os odores de mar que se misturam aos odores ásperos de alcatrão e de tinta, acompanhada apenas por Fila.

XII

À noite, à mesa do capitão, no salão de teto abaulado, sentam-se estranhos viajantes que não se conhecem: uma duquesa palermitana surda-muda dentro de um elegante sobretudo à Watteau com listras brancas e azuis, um viajante inglês de nome impronunciável que vem de Messina e usa uma curiosa peruca de cachos rosados, um nobre de Ragusa todo vestido de preto, que nunca se separa de seu espadim de prata.

O mar está agitado. Pelas duas janelas que se abrem na lateral do navio, vê-se um céu amarelado estriado de lilás. A lua está cheia, mas é continuamente coberta por xales de nuvens tempestuosas que a envolvem e desnudam alternadamente.

Fila ficou na cabine escura, deitada com um lenço molhado em vinagre na boca, para se defender do mal de mar. Vomitou o dia todo e Marianna segurou sua cabeça enquanto pode, depois precisou sair ou começaria a vomitar também.

O capitão agora lhe oferece uma porção de cozido. O inglês dos cachos rosados coloca em seu prato uma colher de mostarda de Mântua. Os três homens conversam, mas, de vez em quando, voltam-se para a senhora e lhe dirigem um sorriso gentil. Então continuam a conversar, talvez em inglês, talvez em italiano, Marianna não consegue descobrir pelo movimento de seus lábios e não lhe importa muito saber. Depois de uma primeira tentativa de incluí-la com gestos na conversa, deixaram-na com seus pensamentos. E ela está contente por se ocuparem com outras coisas; sente-se desajeitada e inábil. O espanto da nova situação embaraça seus movimentos: parece-lhe impossível segurar o garfo, as rendas das mangas tendem a cair continuamente no prato.

Restos de pensamentos boiam em sua cabeça cansada: a água que estava ali estagnada e parecia límpida, calma, foi mexida por mão impaciente, que fez subir do fundo trechos de memórias dispersas e quase dissolvidas.

O corpo tenro de seu filho Signoretto agarrado ao seio como um macaquinho sem fôlego e as dores que sentira sem conseguir saciá-lo. O rosto afilado do senhor marido tio quando, pela primeira vez, ousara olhá-lo de perto e descobrira que seus cílios tinham ficado brancos. Os olhos atrevidos de sua filha Felice, freira sem vocação que encontrara na medicina das ervas uma forma sua de dignidade e já não precisa do dinheiro de casa porque lhe pagam bem.

O grupinho de irmãos como os pintara naquele dia de maio em que desmaiara diante de Tutui no pátio da *casena*: os braços de Agata picados por mosquitos; os sapatos de ponta de Geraldo, os mesmos sapatos que depois foram postos em seus pés dentro do caixão como uma credencial para o paraíso, com votos de que fizesse longas caminhadas nas colinas povoadas de anjos; a risada maliciosa de sua irmã Fiammetta, que com a idade tornara-se um pouco *stramma*, por um lado se fustiga e usa o cilício, por outro, intromete-se nos assuntos de cama de toda a parentela; os olhos perdidos de Carlo que, para se defender da consternação, assumiu um ar de mau, raivoso; e Giuseppa, ainda inquieta e insatisfeita, a única que lê livros e tem vontade de rir, a única que não reprovou suas extravagâncias e que a acompanhou ao porto na partida, apesar da proibição do marido. As paredes da villa de Bagheria, com frágeis tijolos de arenito que, vistos de perto, parecem esponjas furadas por muitos buraquinhos e tocas onde se aninham lesmas do mar e minúsculas conchas translúcidas. Não existe no mundo uma cor mais suave do que a das pedras de arenito de Bagheria, que acolhem as luzes e as conservam nas entranhas como muitas lâmpadas chinesas.

O rosto inundado de sono da senhora mãe, as narinas enegrecidas pelo rapé, as grossas tranças loiras que se separavam nos ombros redondos. Em sua cômoda, sempre havia três ou quatro vidrinhos de láudano, que, como Marianna descobrira já adulta, era composto de ópio, açafrão, canela, cravo e álcool. Mas nas receitas do farmacêutico da praça San Domenico, a quantidade de ópio aumentara nos últimos tempos em relação à de canela e de açafrão. Por isso, às vezes, de manhã encontrava a senhora mãe bendita revirada sobre as cobertas, com o rosto extático, os olhos semicerrados, uma palidez de estátua de cera.

E no quarto em que Marianna dera à luz seus cinco filhos, sob o olhar entediado das quimeras, entrara Saro com as pernas ágeis e o sorriso doce. Na cama dos partos e dos abortos se abraçaram, enquanto Peppinedda andava pela casa inquieta, levando na barriga um filho de dez meses que não se decidia a nascer. Tanto que a parteira precisara forçar a saída e se pusera a pular em cima dela como se fosse um colchão de palha. E, quando parecia que ia morrer exangue, finalmente saiu um menino enorme com as mesmas cores de Sarino, preto, branco e rosa, o cordão umbilical enrolado três vezes no pescoço.

Também foi por causa de Peppinedda que decidira partir. Por aqueles olhares de rendição e de cumplicidade feminina, como que dizendo que consentia em partilhar o marido com ela, em troca da casa, das roupas, da comida abundante, e da total cegueira diante de seus furtos para as irmãs.

Tornara-se um entendimento familiar, uma "concordância" a três, na qual Saro se refugiava dividido entre apreensão e felicidade. Felicidade que antecederia a saciedade. Mas talvez estivesse errada: entre uma amante mãe e uma esposa menina ele continuaria para sempre, com ternura e dedicação. Teria se transformado, como já estava fazendo, em uma cópia de si mesmo: um jovem satisfeito a ponto de perder a candura e a alegria, por uma justa combinação de condescendência paterna e inteligente administração do futuro familiar.

Cobrira-o de ouro antes de ir embora. Não por generosidade, mas para se fazer perdoar pelo abandono e para se fazer amar mesmo de longe, por mais um tempo.

O viajante inglês de belos olhos castanhos desapareceu, deixando o prato pela metade. O barão de Ragusa está à janela, arquejante, o capitão está subindo de dois em dois os degraus que levam à coberta. O que está acontecendo?

Pela porta chega um cheiro forte de sal e de vento. As ondas devem ter se transformado em vagalhões. Fechada em seu ovo de silêncio, Marianna não ouve os gritos no convés, os rangidos que aumentam, as ordens do capitão, que manda baixar as velas, o vozerio dos viajantes sob o convés.

Ela continua a comer como se nada fosse. Nenhum sinal do mal de mar que sacode as entranhas dos companheiros de viagem. Mas agora a lâmpada a óleo oscila perigosamente sobre a mesa. Finalmente a duquesa percebe que talvez não se trate só de um pouco de mar grosso. Gotas de óleo quente caíram na toalha e ateiam fogo em um guardanapo. Se não se afastar logo dos tecidos, as chamas passarão à mesa e da mesa ao chão, todo de madeira envelhecida.

De repente, a cadeira de Marianna escorrega e vai bater contra a parede, quebrando o vidro de um quadro com o espaldar. Morrer assim, sentada com a roupa de viagem listrada, com o broche de lápis-lazúli que lhe deu o senhor pai preso na gola, a rosa de tafetá nos cabelos presos à nuca, seria como uma morte teatral. O cão da senhora mãe talvez esteja para pegá-la pela cintura, para arrastá-la ao líquido negro. Parece ver cílios que batem furiosos, açucarados. Não são os olhos das quimeras da Villa Ucrìa de Bagheria que riem dela?

Em um instante, Marianna encontra forças para se levantar: vira a garrafa d'água sobre a toalha incendiada. Com o guardanapo molhado cobre a lâmpada que se apaga chiando.

Agora a escuridão envolve o aposento. Marianna tenta se lembrar de que lado é a porta. O silêncio só lhe sugere a fuga. Mas para onde? O barulho do mar que cresce, que ulula, é percebido pela muda só por meio das madeiras do assoalho, que parecem se retorcer e se levantar, para afundar logo depois sob seus sapatos.

O pensamento de Fila em perigo a faz finalmente encontrar a porta, que se abre com dificuldade jorrando sobre ela uma avalanche de água salgada. Como fará para descer pela escada com aqueles solavancos? Mas tenta, segurando-se com as duas mãos no corrimão de madeira e procurando cada degrau com o pé.

Descendo no ventre do bergantim, um cheiro de sardinhas salgadas trava-lhe a garganta. Algum barril deve ter se esfacelado perdendo sua carga de peixe. No escuro, enquanto tenta alcançar a cabine às apalpadelas, Marianna sente cair sobre ela algo pesado. É o corpo de Fila tremendo e encharcado.

Abraça-a, beija suas faces geladas. Os pensamentos informes da companheira entram-lhe pelas narinas impregnados do cheiro acre de vômito: "Mereces um câncer, muda idiota, cabeça de asno, por que me fizeste partir?... A duquesa me trouxe com ela e me arruinou, cabeça oca, cabeça de vento, um câncer para ti, sacrossantíssima!"

Ou seja, blasfema contra ela. E ao mesmo tempo a abraça com força. É certo que estão para afundar com o navio, trata-se de saber quanto tempo levará para serem engolidas. Marianna começa uma prece, mas não consegue ir até o fim. Há algo de grotesco naquela sua preparação estúpida para a morte. Entretanto, não saberia o que inventar para vencer a força das águas. Nem sabe nadar. Fecha os olhos esperando que dure pouco.

Mas o bergantim resiste miraculosamente, sacudido como está pelas ondas. Resiste dobrando-se, torcendo-se, na elasticidade das altas estruturas de cedro e de castanheira.

Patroa e empregada permanecem abraçadas em pé, esperando a morte e estão tão cansadas que são tomadas pelo sono sem nem perceber, enquanto a água salgada descarrega sobre elas pedaços de madeira, sapatos, sardinhas, cordas desenroladas, pedaços de cortiça.

Quando as duas mulheres acordam já é de manhã e ainda estão abraçadas, mas deitadas no chão debaixo da escada. Uma gaivota curiosa as observa da entrada do convés.

XIII

Uma peregrina? Talvez, mas os peregrinos vão em direção a uma meta. Seus pés, entretanto, não querem parar. Viajam pelo prazer de viajar. Fugindo do silêncio de suas casas para outras casas, outros silêncios. Uma nômade às voltas com as pulgas, com o calor, com a poeira. Mas nunca realmente cansada, nunca saciada de ver novos lugares, novas pessoas.

A seu lado Fila: a pequena cabeça calva sempre coberta por uma touca de algodão imaculado que todas as noites é lavada e colocada à janela para secar, quando encontram janelas, porque dormiram até sobre a palha, entre Nápoles e Benevento, perto de uma vaca que as cheirava curiosa.

Pararam nas novas escavações de Stabia e de Ercolano. Comeram melancia fatiada por um menino, sobre uma mesinha parecida com aquela que Marianna usa para escrever. Beberam água e mel sentadas admirando um enorme afresco romano em que o vermelho e o rosa se misturavam deliciosamente. Descansaram à sombra de um gigantesco pinheiro marinho depois de ter caminhado sob o sol por cinco horas. Cavalgaram em mulas pelas encostas do Vesúvio descascando o nariz apesar dos chapéus de palha comprados em Nápoles. Dormiram em quartos fedidos de vidros quebrados, com uma vela no chão ao lado do colchão sobre o qual as pulgas pulavam como em um torneio.

De vez em quando, um camponês, um comerciante, um fidalgo, ia atrás delas curioso pelo fato de viajarem sozinhas. Mas o silêncio de Marianna e os olhares feios de Fila logo os afugentava.

Uma vez, foram até roubadas na estrada para Caserta. Deixaram nas mãos dos bandoleiros dois pesados baús de fecho de latão, uma bolsa de malha de prata e cinquenta escudos. Mas não ficaram desesperadas demais: os baús eram um estorvo e continham vestidos que não usavam nunca. Os escudos eram só uma parte de suas riquezas. Fila escondera as outras moedas tão bem, costuradas na saia, que os bandidos nem perceberam. Tiveram pena da muda e nem mexeram nela, apesar de ela também ter moedas dentro de um bolso do sobretudo.

Em Cápua, fizeram amizade com uma companhia de atores em viagem para Roma. Uma atriz cômica, um ator jovem, um empresário, dois cantores castrados, e quatro serviçais, mais uma montanha de bagagens e dois cães vira-latas.

Bem-dispostos e simpáticos, pensavam muito em comer e jogar. Não se perturbaram com a surdez da duquesa, aliás, logo começaram a falar com as mãos e com o corpo, fazendo-se entender muito bem por ela e suscitando as risadas malucas de Fila.

Naturalmente, cabia a Marianna pagar o jantar para todos. Mas os atores sabiam retribuir o favor, mostrando seus pensamentos com mímica, para alegria de todos, seja à mesa de jantar ou de jogo, nas carroças ou nas estalagens onde paravam para dormir.

Em Gaeta decidiram embarcar em uma chalupa que custava poucos escudos. Dizia-se que as estradas estavam infestadas de bandoleiros e "para cada um que é enforcado surgem outros cem, que se escondem nas montanhas da Ciociaria e procuram justamente as duquesas", dizia um bilhete malicioso.

No barco, todos os dias jogava-se *faraone* e *biribissi*[106]. O diretor Giuseppe Gallo dava as cartas e perdia sempre. Em compensação, os dois castrados ganhavam. E a atriz cômica, senhora Gilberta Amadio, nunca queria ir se deitar.

Em Roma, alojaram-se na mesma estalagem, na via del Grillo, uma pequena rua em aclive em que as carruagens nunca queriam subir e eles tinham que ir e voltar a pé da praça del Grillo.

Uma noite, Marianna e Fila foram convidadas ao teatro Valle, o único em que se podia representar fora do período de carnaval. E viram uma opereta meio cantada e meio recitada em que a cômica Gilberta Amadio trocava dez vezes de roupa correndo atrás das coxias e aparecendo ora vestida de pastora, ora de marquesa, ora de Afrodite, ora de Juno, enquanto um dos dois castrados cantava com voz suave e o outro dançava vestido de pastor.

Depois do espetáculo, Marianna e Fila foram convidadas para a Osteria del Fico, no beco del Paniere, onde precisaram se empanturrar com grandes pratos de tripa ao molho. Precisaram engolir copos e copos de vinho tinto, para festejar o sucesso da companhia e depois todos começaram a dançar sob os lampiões de papel, enquanto um dos serviçais faz-tudo tocava bandolim e o outro, flauta.

---

[106] Jogo de azar semelhante à roleta, praticado a partir do século XVII.

Marianna apreciava a liberdade: o passado era uma cauda que enrolara debaixo das saias e só de vez em quando aparecia. O futuro era uma nebulosa dentro da qual se vislumbram as luzes de um carrossel. E ela estava ali, meio raposa e meio sereia, ao menos uma vez sem preocupações, em companhia de gente que não se importava com a sua surdez e lhe falava alegremente contorcendo-se em caretas generosas e irresistíveis.

Fila se apaixonara por um dos castrados. E acontecera justamente na festa depois do espetáculo, durante a dança. Marianna os surpreendera se beijando atrás de uma coluna e passou por eles com um sorriso discreto. Ele era um belo rapaz, cabelos encaracolados, loiro, só um pouco gordo. E ela, ao abraçá-lo, ficara na ponta dos pés, arqueando as costas, em um gesto que lembrava o irmão mais novo.

Uma exceção, um descuido e a cauda começara a se desenrolar. Nem sempre fugindo se foge de verdade. Como aquele personagem das *Mil e uma noites* que vivia em Samarcanda. Era Nur el Din ou Mustafa, não se lembra. Disseram-lhe: morrerás logo em Samarcanda e ele apressara-se em galopar para outra cidade. Mas justamente naquela cidade estrangeira, enquanto caminhava pacificamente, foi morto. E depois se soube que a praça em que foi agredido se chamava exatamente Samarcanda.

No dia seguinte, a companhia partira para Florença. E Fila ficara tão triste que não quisera comer por uma semana.

Ciccio Massa, o proprietário da estalagem do Grillo, levava pessoalmente ao quarto de Fila caldos de galinha que perfumavam a casa toda. Desde que foram morar com ele, só fizera andar atrás da jovem, que o detestava. Um homem corpulento de pernas curtas, olhos de javali, uma boca bonita, uma risada fresca, contagiosa. Violento com os criados, para depois se arrepender e se tornar generosíssimo com os mesmos que maltratara. Para com os clientes é afável e nervoso, preocupado em parecer bem, mas também em lhes tirar todo o dinheiro que pode

Só com Fila era inofensivo e, quando a via, e ainda agora quando a encontra, ficava embasbacado admirando-a. Já com Marianna, assume frequentemente um ar malandro de superioridade, e, assim que pode, arranca-lhe dinheiro.

Fila, que há pouco completou trinta e cinco anos, voltou à beleza de seus dezoito anos, com uma plenitude sensual a mais que nunca possuíra, apesar da cabeça pelada, das cicatrizes e dos dentes quebrados. Ganhou uma pele tão clara e lustrosa que as pessoas se voltam na rua para olhá-la. Os olhos inquietos e cinzentos pousam com suavidade nas coisas e nas pessoas como se quisessem acariciá-las.

E se casasse? Iria lhe dar um bom dote, pensa Marianna, mas a ideia de se separar da jovem arrefece qualquer entusiasmo seu. Além disso, está apaixonada pelo castrado, que foi para Florença chorando, mas sem ter-lhe pedido que o seguisse. Isto entristeceu Fila a ponto de, por despeito ou por consolação, não se sabe, começar a aceitar a corte do animalesco dono da casa.

XLIII

Cara Marianna,

Todo homem e toda época são constantemente ameaçados por uma barbárie oculta e iminente, como diz o nosso amigo Gian Battista Vico. A sua ausência causou uma certa negligência nos meus pensamentos, nos quais cresceu mato. Estou ameaçado, mas seriamente, pela mais perversa das preguiças, pelo abandono de mim mesmo, pelo tédio.

De resto, a ilha não sofre menos do que eu de uma nova barbarização: enquanto Vitor Amadeu de Saboia trouxera um certo ar de severidade e de rigor administrativo, continuado a custo pelos Habsburgo, agora Carlos III recriou aquela atmosfera de frouxidão e de abandono que agrada tanto aos nossos comedores de cassatas e de triunfos da gula.

Aqui reina a mais sensata injustiça. Tão sensata e tão arraigada a ponto de parecer "natural" à maioria. E na natureza não se manda, a senhora bem sabe; quem pensa em trocar a cor dos cabelos ou da pele? Pode-se mudar um estado de legitimidade divina para um estado de arbítrio diabólico? Um rei tem o poder, diz Montesquieu, de fazer seus súditos acreditarem que um escudo é igual a dois escudos, "dar uma pensão a quem foge por duas léguas e um governo a quem foge por quatro"[107].

Talvez estejamos no fim de um ciclo, já que a natureza dos homens antes é crua, depois se torna severa e então benigna, a seguir delicada e finalmente dissoluta. A última idade, se não é controlada, dissolve-se no vício e a "nova barbárie leva os homens a degradarem as coisas".

Desde que seus antepassados construíram a torre Scannatura e a *casena* de Bagheria, muita água passou debaixo da ponte. Seu avô ainda cuidava pessoalmente de suas vinhas e de seus olivais, seu pai já o fazia por meio de outros. Seu marido, de vez em quando, enfiava o nariz em seus barris cheios de vinho. Seu filho pertence à geração que considera cuidar das terras como vulgar e inconveniente. Ele, portanto, dedicou sua atenção só a si mesmo. E a senhora precisa ver com que graça impetuosa o faz! Pelo que sei, seus campos de Scannatura estão se arruinando pela falta de cuidado, roubados pelos arrendatários, abandonados pelos camponeses, que sempre em maior número emigram para outros lugares. Estamos caindo a passo de dança para uma indiferença festiva que muito agrada aos palermitanos do nosso tempo, aliás, do tempo dos nossos filhos. Uma indiferença que tem toda a aparência de ação, já que é animada por um movimento que ousaria chamar de perpétuo. Esses jovens se agitam da manhã à noite em visitas, bailes, almoços, namoricos e mexericos, que os ocupa tanto a ponto de não lhes deixar nem um minuto de tédio.

Seu filho Mariano, que recebeu da senhora a bela fronte alta e os olhos langorosos e brilhantes, ficou famoso por suas prodigalidades realmente dignas do nosso rei Carlos III, por suas ceias às quais todos, amigos e parentes, são convidados. A senhora diz que ele ama sonhar,

---

[107] Metáfora que critica a desigualdade na punição. MONTESQUIEU. **O espírito das leis**.

mas certamente se sonha, sonha grande. E, enquanto sonha, mantém a mesa posta. Provavelmente, atordoa os amigos com comida e com vinho para evitar que o acordem.

Dizem que mandou fazer uma carruagem igual à do Vice-rei Fogliani, marquês de Pellegrino, com rodas de madeira dourada e trinta estatuetas de madeira prateada no teto, além de brasões e borlas de ouro que pendem de cada canto. O Vice-rei Fogliani Aragona soube e mandou lhe dizer que não faça tanto estardalhaço, mas o seu sublime rebento se fez de desentendido.

Imagino que a senhora deva ter tido outras notícias de seus entes queridos. Sua filha Felice está ficando famosa em Palermo por suas curas da erisipela e da sarna e de todos os eczemas. Faz os ricos pagarem muito e os pobres, nada. Por isso a amam, mesmo se muitos a critiquem por andar sozinha, freira como é, puxando as rédeas de um cavalinho árabe, sempre com pressa, sentada na boleia de uma caleça. O seu projeto de "socorro às necessitadas de'Leprosi" engole tanto dinheiro que precisou pedir um empréstimo a um usurário de Badia Nuova. Para pagar esta dívida, parece que tenha começado a fazer também abortos clandestinos. Mas estas são informações "de taverna". Não deveria dá-las à senhora por zelo profissional. Mas a senhora sabe que meu amor supera qualquer escrúpulo e qualquer discrição.

A sua outra filha, Giuseppa, foi surpreendida pelo marido na cama com o primo Olivo. Os dois homens se desafiaram em duelo. Bateram-se. Mas nenhum dos dois morreu. Dois covardes que, ao primeiro sangue, largaram as armas. Agora a bela Giuseppa espera um filho que não sabe se é do marido ou do primo. Mas será recebido pelo marido como dele. Porque, de outra forma deveria matá-la, e certamente não tem vontade. Olivo foi mandado para a França pelo pai Signoretto, que parece ter ameaçado deserdá-lo, mesmo sendo o primogênito.

Quanto à Manina, recentemente teve outro filho, que chamou de Mariano, como o bisavô. No batizado estava toda a família, inclusive o abade Carlo, que assumiu ares de grande cientista. Com efeito, vêm das universidades de toda a Europa pedidos para que ele decifre manuscritos antigos. É considerado uma celebridade em Palermo e o Senado propôs dar-lhe uma condecoração. Neste caso, serei eu a entregá-la em seu estojo de veludo.

O seu protegido Saro parece que ficou tão desgostoso com a sua partida que rejeitou comer por semanas. Mas depois passou. E agora parece que se diverte com a esposa na sua villa de Bagheria, onde se comporta como um barão: dá ordens, gasta e esbanja às suas custas.

De resto, quem deveria dar o bom exemplo não se importa. Carlos, o nosso rei e sua deliciosa consorte dona Amalia, obrigam os cortesãos a se ajoelharem por horas enquanto comem. A rainha, dizem, diverte-se molhando biscoitos na taça cheia de vinho das Canárias que sua dama de companhia deve manter alta para ela, sempre de joelhos. Um bom teatro, não acha? Mas talvez sejam mexericos, eu pessoalmente nunca assisti a uma cena dessas.

Por outro lado, a grande princesa da Saxônia perdeu todo o prestígio desde que pôs no mundo uma menina, ainda por cima com a ajuda de um cirurgião.

Estou me tornando um moralista medíocre, convenho. Já vejo o seu rosto ficando sombrio, seus lábios esticarem, como só a senhora sabe fazer com toda a suave ferocidade de sua mutilação.

Mas a senhora sabe que foi exatamente a mutilação de metade dos seus sentidos que me atraiu para a órbita de seus pensamentos? Que se fizeram densos e vigorosos justamente por causa desse rompimento com o mundo que a levou aos livros e cadernos, no fundo de uma biblioteca. A sua inteligência tomou um rumo tão curioso e insólito que me induziu a uma deliciosa tentação de amor. Coisa que considerava impossível na minha idade, e que admiro como um milagre da imaginação.

Peço-lhe mais uma vez por carta, com toda a solenidade da escrita: quer se casar comigo? não lhe pedirei nada, nem dividir o leito, se preferir. Gostaria de tê-la como está agora, sem villas e terrenos, sem propriedades, filhos, casas, carruagens e criados. Meu sentimento vem de uma necessidade de companhia que me consome como manteiga ao sol. Uma companhia feminina aliada à prática do pensamento é coisa raríssima em nossas mulheres, que são mantidas em um estado de ignorância galinácea.

Quanto mais me embrenho em meu trabalho, mais gente vejo, mais senhores frequento e mais me afundo em uma solidão de convento. Será só um lampejo do *esprit de finesse* pascaliano que me aproxima da senhora ou há algo mais? O movimento de correntes capazes de aquecer os oceanos?

Sua mutilação é o que a torna única: fora dos privilégios, apesar de dentro deles por direito de nascimento até o pescoço, fora dos estereótipos de sua casta, apesar de fazerem parte da sua própria carne.

Eu venho de uma família de honestos tabeliães e honestos advogados, ou talvez desonestos, quem sabe, a honestidade não é a conquista rápida e triunfante da vantagem social e do bem econômico. Meu avô, mas confesso só à senhora, comprou o título de barão para uma família de modestos e orgulhosos burgueses querendo se engrandecer. Tudo isto conta pouquíssimo, eu sei. Meus olhos aprenderam a ver além das togas e das túnicas, e também das "saias rodadas" e dos "corpetes armados" de cores pastel.

A senhora também sabe ver além dos damascos e das pérolas, a deficiência a levou à escrita e a escrita a trouxe a mim. Ambos nos servimos dos olhos para sobreviver e nos alimentamos como traças gulosas de papel de arroz, de tília, de carvalho, desde que riscado de tinta.

"O coração tem razões que a própria razão desconhece"[108], amava dizer o meu amigo Pascal e são razões obscuras que afundam as raízes na nossa parte sepultada. Ali onde a velhice não se transforma em perda, mas em plenitude de intenções.

---

[108] PASCAL, Blaise. **Pensamentos**, fragmento 277.

Conheço os meus defeitos, que são muitíssimos, a começar por uma certa perversidade adquirida em muitos anos de estúpida censura sobre as ideias que amo. Para não falar da hipocrisia que me devora vivo. Mas devo muito a ela. Às vezes penso que seja a minha maior virtude, já que é acompanhada por uma paciência de eremita. E não está separada de uma capacidade mundana de "entender o outro". A hipocrisia é a mãe da tolerância... ou será a filha? Não sei, mas certamente são parentes próximas.

Frequentemente, deixo-me levar por mexericos, por mais horror que tenha por eles. Mas vendo bem, descobre-se que na raiz da literatura está justamente o mexerico. Monsieur Montesquieu não é mexeriqueiro com as suas *Cartas persas*? Aquelas missivas que se sobrepõem destilando humor e malignidade? Não é mexeriqueiro o nosso senhor Alighieri? Quem mais do que ele se diverte contando todos os secretos vícios e fraquezas dos amigos e dos conhecidos...?

O humor em que os escritores bebem com tanta graça não deriva de expor os defeitos alheios? A ponto de fazê-los parecer gigantescos e irremediáveis, enquanto se descuidam com desenvoltura dos próprios defeitos, a senhora também não concorda?

Como sempre tento me justificar: será que com as autoacusações tento tirá-la com uma isca das águas mortas de seus silêncios?

Também sou mais perverso do que a senhora pensa. De um egoísmo às vezes revoltante. Mas o fato de desfraldá-lo à senhora possa significar que talvez não seja tão verdade. Sou um mentiroso consciente. Mas como sabe, Sólon dizia que em Agira todos são mentirosos. E ele mesmo era de Agira. Dizia a verdade ou mentia? A menos que não seja tudo um truque para mantê-la em suspense. Vire a página, minha cara muda, e encontrará algo mais para seus dentes. Talvez outra solicitação de amor, talvez uma informação preciosa ou só outra exibição de vaidade. Eu também sou mutilado nos sentidos que se vulgarizaram com as práticas do mundo. Mas o mundo é o único lugar em que poderia aceitar estar. Não creio que iria prazerosamente ao paraíso, mesmo se ali as ruas são limpas, não há cheiro ruim, nada de facadas, enforcamentos, extorsões, raptos, furtos, adultérios e prostituição. Mas o que faria o dia todo? Só passear e jogar *faraone* e *biribissi*?

Saiba que a espero com mente serena, confiando na sua mente de pensamentos profundos. Não digo confiando em seu corpo, porque ele é indócil como um mulo, mas me dirijo àqueles espaços abertos de sua mente, nos quais escorre o ar marinho, ali onde a senhora é mais discursiva, mais propensa à curiosidade, ao amor, assim pelo menos me iludo a crer... A senhora sabe, às vezes é o amor dos outros que nos apaixona: vemos uma pessoa só quando ela pede nossos olhos.

Com toda a minha terna devoção e os votos de que volte logo. Estou mal sem a senhora,

Giacomo Camalèo

Marianna olha as folhas de papel fino desordenadas sobre sua saia listrada. A carta inspirou-lhe um sentimento de saciedade que agora a faz sorrir. Mas a saudade de Palermo ofusca seu olhar. Aqueles odores de alga seca ao sol, de alcaparras e de figos maduros não encontrará em lugar nenhum; aquelas costas áridas e perfumadas, aquelas ondas revoltas, aqueles jasmins abrindo ao sol. Quantos passeios com Saro a cavalo para o promontório de Aspra, onde lhes chegava e envolvia odores e sabores embriagadores. Desciam do cavalo, sentavam-se nos montículos de algas dos quais saltavam pulgas-do-mar, deixavam-se assaltar pela leve *ventuzzu africanu*[109].

Suas mãos, andando para trás como caranguejos, encontravam-se às cegas, apertavam-se até doer os pulsos. Era um lento entrelaçar de braços, de dedos. E depois, e depois o que fazer com a língua em um beijo que bate no rosto como uma novidade indiscreta e deliciosa? O que fazer com os dentes que tendem a morder? Os olhos nos olhos, o coração que dá cambalhotas. As horas paravam no ar, junto daquele profundo perfume de algas salgadas. Os seixos redondos e duros às

---

[109] T. S.: brisa africana.

costas tornavam-se travesseiros de plumas enquanto, sob uma acácia de ramos balouçantes sobre a água, abraçavam-se.

Como pudera sobreviver sem aqueles abraços quando foram proibidos pela sua cruel vontade? Mas ela não pode impedir que voltem à tona como cadáveres inquietos que não conseguem afundar.

Desde que Fila se casara com Ciccio Massa, é difícil para ela ficar na estalagem. Por mais que Fila diga querer continuar a servi-la, por mais que ambos a encham de comida e a tratem como uma menina, todos os dias acorda pensando em partir.

Voltar aos filhos, à villa, a Saro, às quimeras, ou ficar? Fugir daquelas formas demasiado conhecidas que constituem a sua constância ou dar ouvidos àquelas asinhas que lhe saíram nos dois lados dos tornozelos?

Marianna guarda as dez folhas no bolso da saia e olha ao redor buscando uma resposta à sua muda pergunta. Faz sol. O Tibre corre a seus pés denso e salpicado de amarelo. Um tufo de canas de um verde claro pálido é curvado pela corrente na margem. Mas, depois de ter se deitado na água até afundar, levanta-se em toda a sua alegria. Uma miríade de minúsculos peixes prateados pulula ali onde a água quase descansa, forma um lago entre moitas de urtigas e espinheiras de cardos. O cheiro que vem da água é bom, de terra molhada, de menta, de sabugueiro.

Mais adiante, a proa de uma barca de fundo chato desliza ao longo de uma corda estendida que a mantém presa à margem. Mais adiante ainda, as lavadeiras ajoelhadas nas pedras enxaguam a roupa na água. Outra barca, aliás, uma balsa, com dois remadores em pé, move-se lentamente de um lado a outro do rio transportando sacos cor de canela e rodas de carroça.

Acima, o porto de Ripetta se abre como um leque, com seus degraus de pedra, suas argolas de ferro para atracar as embarcações, suas muretas de tijolo cru, seus bancos de mármore branco, o seu ir e vir de carregadores.

Naquela calma meridiana, Marianna se pergunta se poderia apropriar-se desta paisagem, fazer dela uma casa, um abrigo. Tudo lhe é estranho e por isso, querido. Mas até quando se pode pedir às coisas que estão ao redor para permanecerem forasteiras, perfeitamente compreensíveis e remotas em sua indecifrabilidade?

Fugir do futuro que a sorte está lhe preparando não será um desafio grande demais para suas forças? Esta vontade de conhecer gente diferente, esta vontade de perambular, não será uma soberba inútil, um pouco frívola e perversa?

Onde irá morar se toda casa lhe parece enraizada e previsível demais? Gostaria de colocá-la às costas como um caracol e andar sem saber para onde. Esquecer a plenitude de um abraço desejado não será fácil. A barragem está ali vertendo cada gota de recordação, cada migalha de prazer. Mas também deve haver algo mais que pertence ao mundo da sabedoria e da contemplação. Algo que afaste a mente das bobas pretensões dos sentidos. "É impróprio para uma senhora andar de uma estalagem à outra, de uma cidade à outra sem descanso, sem fim", diria o senhor filho Mariano e talvez teria razão.

Aquele correr, aquele vagar, aquele partir a cada parada, cada espera, não será um aviso do fim? Entrar na água do rio, primeiro com a ponta dos sapatos, depois com os tornozelos e por fim com os joelhos, com o peito, com a garganta. A água não está fria. Não seria difícil se deixar engolir por aquele turbilhão de correntezas cheirando a folhas podres.

Mas a vontade de retomar o caminho é mais forte. Marianna fixa o olhar nas águas amareladas, gorgolejantes e interroga seus silêncios. Mas a resposta que recebe ainda é uma pergunta. E é muda.

FIM

DACIA MARAINI

Dacia Maraini (1936) é uma das autoras mais importantes e influentes da moderna literatura italiana, suas obras destacam-se pela defesa dos direitos das mulheres e da condição feminina.

Nascida em Fiesole, filha da princesa siciliana Topazia Alliata di Salaparuta e de Fosco Maraini, um etnólogo florentino, Dacia Maraini escava em seu passado familiar e na história recente da Itália para dar vida a personagens femininos quase sempre subjugados, como forma de denunciar a violência contra a mulher, não apenas física, mas também psicológica, tema central de seuas narrativas.

Além dos romances, sua vasta obra inclui ensaios, contos, poesia e peças de teatro. Grande parte destes trabalhos é inspirada por suas viagens. Aos dois anos de idade a família transferiu-se para o Japão, para escapar do fascismo, o que marcou profundamente sua visão de mundo. De volta à Itália, em 1945, primeiramente na Sicília e depois em Roma, logo aproxima-se da escrita, consolidando-se como escritora a partir dos anos 1960. No entanto, seu reconhecimento acontecerá definitivamente com o romance *A longa vida de Marianna Ucrìa*, vencedor do prêmio Campiello de 1990. A partir daí, sua carreira firma-se não apenas como escritora, mas como figura central na defesa dos direitos humanos e nas questões sociais, sobretudo femininas. Em 2012, recebeu novamente o prêmio Campiello, desta vez pelo conjunto de sua obra.

Francisco Degani

©Copyright 2025
Todos os direitos reservados.

Capa, Projeto Gráfico e Editoração Eletrônica:
MauricioMallet Art & Design

Editora Nova Alexandria
www.editoranovaalexandria.com.br

Impresso em papel polén 90g
Formato 15,5 x 23 cm

O presente trabalho foi realizado com o apoio do Istituto Italiano di Cultura di Rio de Janeiro.